ハヤカワ文庫JA
〈JA1371〉

大進化どうぶつデスゲーム

草野原々

ja

早川書房
8337

本文イラスト／ TNSK

目次

沖汐愛理
おきしお あいり

沖汐眞理
おきしお まり

乙幡鹿野
おとはた かの

空上ミカ
そらうえ みか

高秀幾久世
たかひで いくよ

鳥山真美
とりやま まみ

八倉巻早紀
やぐらまき さき

杠葉代志子
ゆずりは よしこ

龍造寺桜華
りゅうぞうじ おうか

熱田陽美
あつた あけみ

天沢千宙
あまざわ ちひろ

飯泉あすか
いいずみ あすか

神木月波
かみき るな

小春あゆむ
こはる あゆむ

白鳥純華
しらとり すみか

汀萌花
なぎさ もか

氷室小夜香
ひむろ さやか

峰岸しおり
みねぎし しおり

星智慧女学院　3年A組

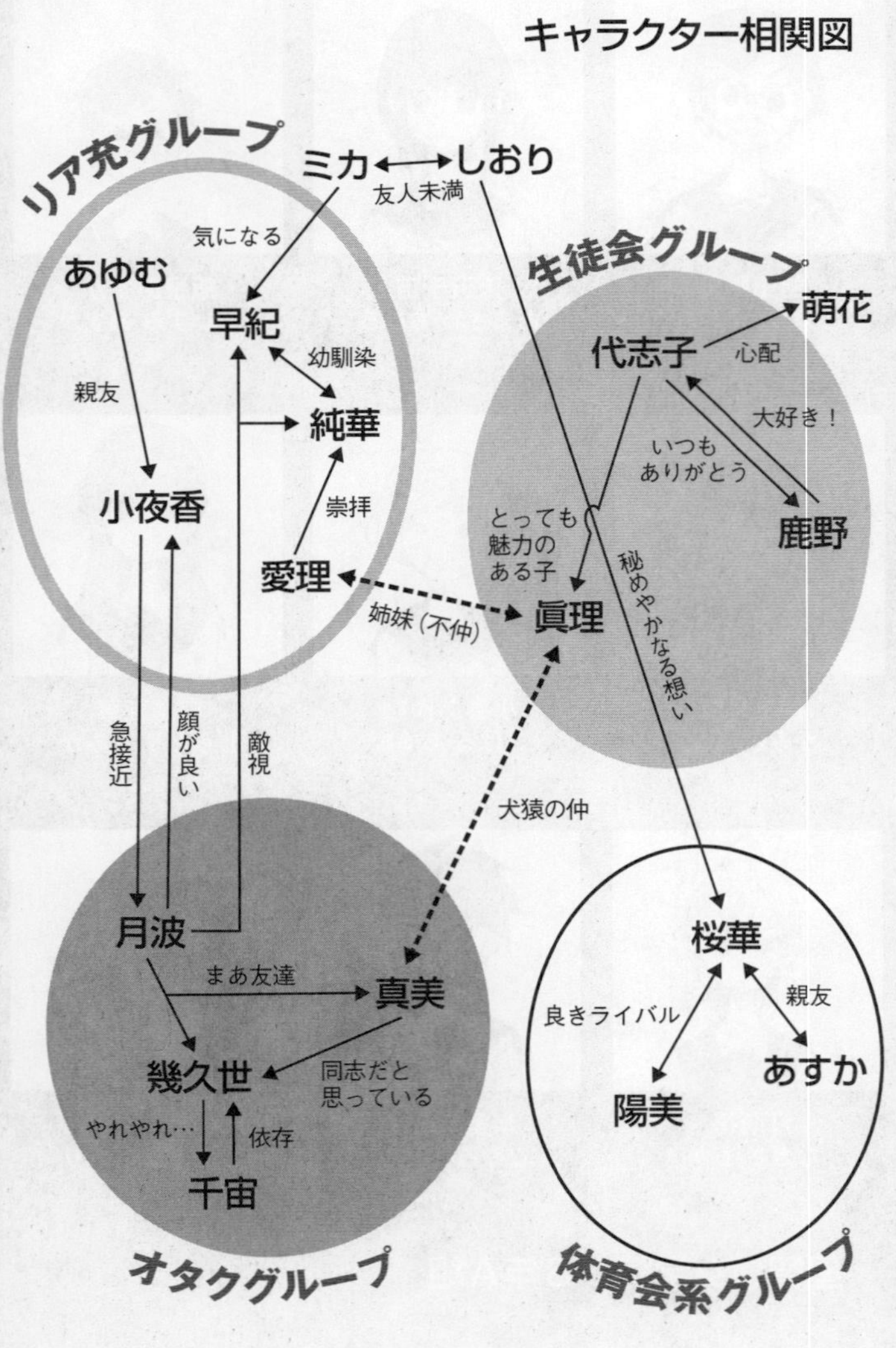
キャラクター相関図
リア充グループ
ミカ
しおり
友人未満
気になる
あゆむ
早紀
幼馴染
純華
親友
小夜香
崇拝
愛理
姉妹（不仲）
生徒会グループ
萌花
代志子
心配
大好き！
いつも
ありがとう
鹿野
とっても
魅力の
ある子
眞理
秘めやかなる想い
急接近
顔が良い
敵視
犬猿の仲
月波
まあ友達
真美
幾久世
同志だと
思っている
やれやれ…
依存
千宙
オタクグループ
桜華
良きライバル
親友
あすか
陽美
体育会系グループ

大進化どうぶつデスゲーム

このおはなしは、**どうぶつはすべてどうぶつうちゅう**だ、ということを、
わたしたちにおしえてくれます。

——小笠原鳥類「動物論集積　鳥」より

プロローグ

万物根源

万物根源は、見ていた。

何を？　過去を。そして、宇宙のすべてを。

すべての時が到るところ。進化の樹木の頂上、そこが万物根源のいる場所であった。

進化の樹木は、はるかな過去の一点から、可能な限りの多様化を繰り返して分岐していた。

その枝をたどると、迷路のようになるだろう。共生という絡み合いと、絶滅という行き止まり。だが、すべての生命種の情報は、時間の極限点である万物根源とつながっていた。

幾多の生命種のなかでも、最も万物根源とつながりの強いものがいる。霊長目ヒト科ホモ・サピエンス・サピエンス——通称ヒト。新生代第四紀に誕生した哺乳類の一種。ヒトが存在する時間的位置は、万物根源のすぐ近くだ。ヒトたちを媒介として、万物根源は過去を形作る。

形作られた過去によると、生命進化の舞台は、太陽系第三惑星地球であった。ヒトたちは、アフリカという大陸で誕生し、全世界へと進出した。

万物根源は観測し続ける。生命の遺伝情報をたどり、未来から過去へと観測し、出来事を一つに決める。矛盾する出来事の存在は許されない。すべての出来事は万物根源と調和しなければいけない。

四十五億年の生命進化の歴史を奏でる演奏家、それが万物根源であった。その調和は美しく、力強い。

だが、その調和に乱れが生じた。

八百万年前の北アメリカに、万物根源が観測したはずのない事象が現れたのだ。それは、いままでの生命の歴史と矛盾していた。その矛盾はがん細胞のように、急速に拡大していく。

万物根源は唯一にして絶対の根源なのであるから、それ以外に由来する事象はないはずだ。だが、その唯一性が破られようとしている。

もうひとつの根源がある。そう結論付けなければならなかった。

万物の根源が二つあることは許されない。矛盾する根源は調和を乱し、生命進化の樹木を崩壊させる。どちらか一方が消えなくてはならない。

万物根源はふたたび調和を取り戻そうとした。観測を強化し、八百万年前の事象を奪還しようとした。だが、うまくいかない。流れに阻まれるように、目的の時点を見ることができない。それどころか、自らの観測と矛盾する事象が押し寄せてくる。

万物根源は自らと矛盾する事象の大波から、防衛することで精いっぱいだった。それでも、波の合間を縫って、いくつかの使者を過去へと送った。

第一章　ヒト宇宙

空上ミカ

星智慧《ほしちえ》女学院三年A組の生徒たち十八人とこの宇宙全体の命運を決定的に変えてしまう事態が起きる二時間前、空上《そらうえ》ミカはバスに乗り学校へ向かっていた。

ミカはカバンから一冊の本を取り出した。題名は『サピエンス全史』。現生人類であるホモ・サピエンスの誕生から発展を描いたノンフィクションだ。単なる歴史の記述に終わらず、著者の立場に沿った人類史の再編が目論まれている。それは、いわば「虚構史観」とでもいえるようなものであった。ホモ・サピエンスが類人猿や他の人類と違っていた特徴は、現実に存在しない虚構《フィクション》を作り出し、それを利用して大人数の集団を維持する能力であるという。宗教や経済システムなども虚構として考察されている。

バスが停まる。ミカは『サピエンス全史』をシートに置き、扉へ向かった。扉の外には制服を着た少女がいる。ミカよりも身長が低く、眼鏡をかけた気弱そうな少女だ。顎の骨が浮き出て、なんとなく病弱そうな雰囲気が漂っている。杖をついて、一歩一歩バスに近づく。彼女の名は、峰岸《みねぎし》しおり。

ミカはしおりの脇を支え、バスに入ることを助けた。二人とも、登校時間が一致しているため、これが日課になっている。

「空上さん、ありがとう……」

しおりが小さな声でつぶやいて、ミカの前の席に座る。一年ほど一緒に登校しているのに、いまだに隣同士で座ることもない。ミカは別に気にしていなかった。むしろそのほうが好都合だ。ガンガン喋られたら貴重な朝の読書時間がなくなってしまう。

しおりも、カバンから本を出す。ヘッセの『車輪の下』。有名なドイツ文学。ミカにはそれくらいの知識しかなかった。しおりはいつも古典文学作品を読んでいる。同じ本好きでも、科学書を中心に読んでいるミカとはかなり違うタイプだ。ミカは、小説には夢中になれなかった。存在しないキャラクターが悲しんだり喜んだり恋したり、冒険したり戦ったり死んだりするのを見て、何が面白いのかよく理解できなかった。世界に所属していないキャラクターの命運をなぜ気にするというのだろうか。作り事に感動するのは余計な労力を消費するだけとしか考えられなかった。

バスが再び停まる。また、バス停に客がいたのだ。星智慧女学院に近づくに連れて客の数は多くなる。

扉が開くと、マシンガンが炸裂したかのような高い声とともに二人の少女が入ってきた。主に喋っているのは一方の少女、白鳥純華《しらとりすみか》である。

純華はもうひとりの少女、沖汐愛理《おきしおあいり》に向かって一方的にしゃべる。それに対して、ロボットのようにうなずく愛理。

シートに座った純華はブラシを出し、茶色に染めた長い髪をとかしつける。鏡を見て十分だと判断したのか、ブラシは空中に投げ出される。床に落ちる前に、愛理がキャッチする。その功績に称賛の声はなく、純華は自分の長い髪を複雑に編み込んでいった。

「純華ちゃん、すっごく、すっごく、かわいいです！」

愛理の声が車内に響く。いつもこうだ。この二年間、純華の忠実な犬を務めている。化粧品もアクセサリーも髪型も純華の真似をして、彼女としゃべるときには敬語を使うくらいだ。

まあ、たしかに、純華は美人だ。有名雑誌の読者モデルもやっているらしい。しかし、好みのタイプではない。イマドキの女子高生そのものをなぞっている感じで、工業生産品のようだ。もっと自然にしているほうが、かわいいと思うのに……。

「あっ、桜華《おうか》さま……」

しおりのつぶやきでミカは現実に引き戻された。しおりは、『車輪の下』を放り出して窓の外を見ている。バスと並列になり、二台の自転車が走っていた。クラスメイトが乗っている。龍造寺《りゅうぞうじ》桜華と飯泉《いいずみ》あすかだ。

しおりは、窓にへばりついて桜華を熱っぽくじっと見ていた。背が高く、スレンダーで筋肉質の彼女は学校で人気が高い。王子様のような顔をしているのに、長髪なのも魅力的だ。

隣を走るあすかは、桜華とは対照的に、小動物的な魅力を持つ。短髪で、小柄な彼女は、思春期前の少年のようだ。耳に入る噂では、桜華とは幼稚園時代からの幼馴染《おさななじみ》だという。一部の生徒たちは、桜華とあすかをお似合いのカップルと称している。

桜華とあすかの自転車は、バスに追い抜かれて見えなくなっていった。いくら運動神経抜群の彼女たちでも内燃機関には勝てないようだ。姿が消えても、しおりは名残惜しそうに窓の外を見ていた。

バスが混雑してくる。狭い車内に声が反響し、ノイズとなる。こうなってしまえば本に集中することはできない。音に敏感なミカは、ため息をついた。

「次は、星智慧女学院前、星智慧女学院前」

数分後、バスが学校の前に到着した。桜の木に囲まれた、西洋風のレンガ造りの古い建物だ。東京駅と少し似ている。三階建てで、中央の棟だけがドームのようにふくらんでいる。

ミカはしおりの手を取り、バスを降りた。

「いつもありがとう、空上さん」

そう言って、しおりは杖をついて校舎へと歩く。ミカは話をするわけでもなく、手持ち無沙汰になりながらも彼女を追う。

背後で車の音がした。

振り返ると、高級車の座席から、一人の少女が下りてくる。人形のような女の子。クリクリした丸い眼に、長い指。顔には穏やかな微笑が浮かぶ。サラサラの長い栗色の髪の毛を優雅に振ると、胸を張って歩き出す。高校生にはこれ以上できないくらいの自信を持った歩き方。

彼女の名は八倉巻《やぐらまき》早紀《さき》。学校でも有名なお嬢様である。新興企業、八倉巻グループ社長の一人娘なのだ。

早紀と仲良くなりたい。ミカは高校に入ってから、何度もそう思った。でも、挨拶すらできなかった。一歩を踏み出すのが怖いのだ。早紀と自分ではあまりにも違いすぎる。生態的地位《ニッチ》が違う生物だ。遠くからそっと見ているだけでいい……。

早紀はミカの内心をまったく察することなく、横を通り過ぎる。控えめな香水の香りが漂う。

「おはようございます。みなさん」

「おっす、早紀っち、おはよ！」

「おはようです！」

早紀のあいさつ相手は、もちろんミカではない。純華と愛理だ。

ミカは三人の後ろを歩いて校舎に入った。年季が入った建物独特の乾いた匂いがする。急に日が遮られて、皮膚がひんやりとする。早紀と純華がしゃべる声が反響する。

三年生の教室は最上階にある。中央棟の一番上だ。中央棟に入ると、吹き抜けのホールがあり、螺旋《らせん》階段がぐるぐると上へと渦を巻いている。エレベーターはあるのだが、教職員専用なので螺旋階段を上らなくてはいけない。階段の手すりは支柱の隙間が大きくあいており、下がよく見える。

階段を上るに従って、上の方からノイズが響いてきた。教室に近づくにつれておしゃべりのボリュームが上がるのは普通のことだが、今日は一段と騒がしい。

教室の前には、氷室《ひむろ》小夜香《さやか》と小春《こはる》あゆむがいた。二人とも早紀のグループの一員だ。

「さきやんに、スミリンに、あいりん！　おはよーおはよー！」

小夜香が早紀にハグしたのを見て、ミカは喉の奥でグッとうなった。スキンシップが好きな小夜香は誰にも分け隔てなく触れてくるが、ミカはあまり彼女が好きではなかった。さっぱりしたショートカットをしている、いつも明るいクラスの人気者なのに。

「おはよう、小夜香。いったい、何を騒いでいたの？」

早紀が、ハグを返しながら聞く。早紀と名前で呼び合う仲になりたいもんだなとミカは思う。

「にゃんこだよ。にゃんこ。ほら、にゃー」

小夜香があゆむのほうを指差す。あゆむの肩にはネコが乗っていた。首輪がないが、野良ネコにしては毛並みが良い。

「あら、かわいいわね」

「あの……、八倉巻さんも、撫でてみる……？」

あゆむがおずおずと、ネコを抱き、早紀に近づける。まるで王妃に献上しているようだ。

「遠慮しておくわ。ばい菌が感染《うつ》ったら大変だもの」

その答えに、あゆむは残念そうな顔になった。

早紀に拒否られたことによって機嫌を損ねたのか、ネコがあゆむの手から飛び去った。

なんと、ミカのほうにやって来る。足首のあたりに鼻をつけられ、顔を押し付けられる。

仕方がないので喉元を撫でてみる。ごろにゃ〜と気持ちよさそうな鳴き声をあげる。

「あっ！　ミカミカ！　おはようさん！」

小夜香が肩を叩いて、あいさつしてきた。親しくもないのに、勝手にあだ名を付けられている。少し体温の低いひんやりとした小夜香の手が首筋に触れて、なぜか不快な感覚になる。

「おはよう、氷室さん」

おざなりに返答すると、逃げるように教室に入る。

高秀幾久世

高秀幾久世《たかひでいくよ》はうんざりしていた。今日も朝から神木月波《かみきるな》の話を聞かされている。

「だからリア充ってのはね、自分ってものを持ってないんだよね。他人の眼とか体裁とか世間のことばかり気にして、愛っていうものを忘れている。その点、オタクはすごいよ。自分の愛しているものには命もかけるからね。一途《いちず》なんだよね」

廊下から、誰かが入ってきた。空上ミカだ。誰にも声をかけることなく、席に座り、本を取り出して読み始めた。

幾久世は密かにミカを称賛していた。誰の眼を気にすることもなく、一人で高校生活が過ごせるなんて、立派な才能だ。

自分にはミカのような才能などない。群れていないと安心できないのだ。

「ちょっとお、幾久世。聞いてるの？」

月波がぬっと顔を近づける。幾久世は誰にも聞こえないくらい小さくため息をつく。

「ハッハッハ！　聞こえているぞ！　我が盟友、ルナよ！　そなたの思考は直接我が脳に届いておる！」

「さすが、幾久世殿。お得意のテレパシーですな！」

鳥山真美《とりやままみ》が典型的なオタク言葉で返す。これは素なのだろうか。それとも、キャラ付けなのだろうか。もしキャラ付けであったのなら見事だ。ひょっとしたら、真美も自分と同じように心のなかではうんざりしているのかもしれない。

幾久世がキャラを演じ始めたのは中学生の頃からだった。初めは、不思議系キャラをロールしていた。タロットカードを持ち歩き、妖精の声が聞こえるだとかを意味深につぶやいていた。

高校に入ってから、不思議キャラを演ずることを止めた。真美と親しくなったためだ。真美はオカルトのプロだった。本格的な黒魔術の本までを読む真美の前では、なんちゃって不思議ちゃんキャラを演ずるのはやりにくくなった。その代わり、中二病キャラにシフトした。

中二病キャラ。それは、アニメや漫画やライトノベルにおいて一つのパターンとしてパッケージングされていた。幾久世は、架空のキャラクターたちの口調や一人称をコピー・アンド・ペーストして、それを自分のキャラにしていった。クラスでは『無害な変人』という立ち位置に落ち着き、誰からも悪意を持たれない。

「リア充って、仲良しを演じているフリをして、中身は権力闘争でドロドロだよね。八倉巻さんとかまさにそう。ちょっとかわいそうだよね」

月波は相も変わらず批判を続ける。リア充への憎しみで生きているような子だ。会話が八倉巻早紀のことに差し掛かると、ガタンと音がした。どうやら、ミカが机を蹴った音のようだ。頬の内側を噛んだような顔で月波をにらみつけている。ミカがあそこまで感情を顕《あらわ》にするのは珍しい。いつも、教室の片隅で本を読んでいて、クラスの出来事には無関心を決め込んでいる人だと思っていた。彼女と早紀との間に、親密な関係はなかったはずだが……。

ポケットでスマホが振動した。電話がかかってきたのだ。月波の長話から離れるグッドタイミングだ。

「冥界から救済を乞う信号が届いている！　しばし待たれよ！」

電話の相手は、天沢《あまさわ》千宙《ちひろ》だった。入学当初に知り合った友人だが、二年生のとき、かなりの日数が不登校であった。最近は少しずつ登校日数が増えてきている。

「あ……、幾久世……幾久世……」

千宙の、いまにも消えてしまいそうなか細い声がスマホから聞こえる。

「お願い……来て……、保健室にいるから……」

「もちろんだとも！　血盟のシスターよ！」

螺旋階段をぐるぐると回って降りる。保健室は一番下の階にある。

「こんにちは。失礼します」

ノックをして保健室に入る。さすがに、先生にまで中二病言葉を使うことはない。

「あら、高秀さん」

「千宙を迎えに来たんですけど、いますか？」

「いつもご苦労さま、奥のベッドにいるわよ」

「ありがとうございます」

ベッドは四つあったが、カーテンが引かれているのは奥のものだけだ。顔を突っ込むと、千宙がうつぶせになって寝ていた。

「我がシスターよ！　盟約に従い、召喚を命ずる！」

優しく千宙の頭をチョップする。千宙はゆっくり回転して顔を見せる。長い前髪をぬぐい、隈に包まれた大きな目が現れた。黒目が小さく、二つの銃口を向けられているようだ。

「幾久世……」

「そうだとも、我がシスター。血の契りを交わした姉妹、幾久世。エターナルワールドだ。さあ、出発だ。邪悪なる呪いを打ち破るために、その身を起こすのだ！」

「幾久世……、なでて……」

「我がシスターの望みであれば、承る」

寝癖でボサボサの千宙の髪を手櫛でなでつける。髪が固いためか、いくらなでてもすぐ寝癖に戻ってしまう。

「幾久世ぉ……。怖いよ……。みんな何考えてるんだかわからなくて怖いよ……」

「世界は貴女の覚醒を邪魔しているのだ。我が力により、そなたの魔術は完成する」

「わかった……。契約の儀式をして……」

契約の儀式。それは、千宙を登校させるために自然発生的に生まれた習慣であった。双方の右手と左手、左手と右手の指を絡ませ、固く握る。

千宙の細くて白い指が絡んでくる。体温を感じる。自分の指の間に、千宙の指がはさまる。

指の先で、血が流れる感覚を覚えた。ギュッと、指に力が入る。小柄な手に似合わない強い力だ。溺れている者が必死に助けにすがりつこうとするような。

しばらく、静寂が漂う。五分ほど経ったのち、千宙は満足したように小さくうなずいた。

それを確認すると、手を離す。

「さあ、シスターよ。我とともに、始まりの門を開けようではないか！」

「幾久世がいてくれるなら……」

千宙は胸に手を当てて、深呼吸を数回した。そして、手を勢いよくベッドに打ち付けると、立ち上がる。

必死に歩く千宙を幾久世が先導する。千宙を元気付けるために大げさなボディランゲージをする。だが、このままで本当にいいのかという疑念がずっとあった。

幾久世は考える。いまのままでは自分の負担が大きい。千宙の依存先を何とかして分散できないか。かといって、頼めるつてなどどこにもない。真美はオカルトにしか興味ないし、月波と馬が合うとは思えない。いや、まてよ、一人心当たりが……。

「高秀さん、天沢さん、おはよう!」

螺旋階段を上りだすあたりで、その心当たりに声をかけられた。元気にポニーテールを揺らしている生徒会長の杠葉《ゆずりは》代志子《よしこ》だ。生徒会書記の乙幡《おとはた》鹿野《かの》も代志子の陰で会釈をする。

「学び舎の長よ! 今日もまた闇から逃れたようだな!」

「うん。闇から逃れたよ。おかげさまでねっ」

幾久世の中二病あいさつに引くことなく代志子は答える。この人はすごい。人望が二本の脚で立って歩いているような存在だ。どんな些細な相談も親身になって聞いてくれる。相手が誰であれ、最大限の尊敬と包容力を持って接してくれる。

そっと千宙のほうを見る。第三者の来訪でパーソナルスペースを侵害されたせいか、不機嫌そうにそっぽを向いている。その非協力的な姿勢に、隣を歩く鹿野はあわあわとした表情を見せる。

「ねえ、杠葉さん。後で相談あるんだけど、ちょっといい」

代志子の耳元で、小さくささやく。この人ならば、中二病が演技だとバレても良かった。というか、きっと、すでに知っている。

「オーケー。じゃあ、お昼休みにどう？」

さすがは代志子さんだ。戸惑うことなくすぐ答えてくれる。

「ありがとう。助かるよ」

これで一安心と思い、教室に入る。何やらうるさい。ちょっと前にネコが来たときの歓声とは別のうるささだ。

杠葉代志子

教室のほうから険悪な言葉が聞こえてきた。

代志子は小走りで階段を駆け上がり、教室に入る。

「だからあなたは無知蒙昧《むちもうまい》だって言ってるの。知識がないだけならまだいいけど、有害なことまで得意顔して言うのは許せない」

机に向かって人差し指をリズミカルに叩きながら、吐き出すように声を発するのは沖汐眞理《まり》だ。

「眞理殿は、人間の可能性というものを、信じていないのですか？　人間の持つ未知のパワーを、偉大なる神秘の力を」

口喧嘩の相手は真美のようだ。動揺のためか、ときどき声が裏返っている。

「人間の可能性を信じるか？　もちろん。人間は、いまや、地球上で最も繁栄している生物種で、いずれ数万年のうちに銀河中にも拡大するでしょう。でも、それは、科学的知識と科学的思考力があったからよ。けっして、あなたの言う未知のパワーだとかのおかげじゃない」

「いや、しかし、世界には未知のロマンが残され……」

「はぁー？　未知のロマン？　無知の間違いじゃない？　あなたのような馬鹿がいるから、進歩が邪魔されるの」

「ぼっ、馬鹿とは何ですか。あまりにもひどいではありませんか……」

真美は机を両手で叩く。怒りのためかブルブルと震えている。

「ねぇ、二人とも、そんなどうでもいいことで喧嘩するなんて、青春がもったいないぞ」

二人の間に熱田《あつた》陽美《あけみ》が入る。運動一筋の熱いスポーツウーマンであるが、彼女の介入は火に油をそそぐだけだった。

「どうでもいいって何よ」

「どうでもよくはありませんぞ！」

二人から同時に反発を受けて陽美はあえなく退散するだけだ。

互いを尊敬し合った論争ならばいいが、あまりそのようにも見受けられない。このまま続ければ、二人にとって良いことではない。特に眞理は、クラスのなかでの評判が下がってしまうかもしれない。そろそろ、止めるべき頃だろう。

「眞理。今日の数学でわからないところあるんだけど、教えてくれない？」

代志子はつんつんと眞理の背中をつつく。

「いまは取り込み中だから、後にしてくれない」

「数学は一時間目じゃん。ねえ、お願い」

眞理は長い息を吐き、真美のほうを向く。

「鳥山さん。またこんど話しましょう。いいかげん、反証不可能なことを言うのはよしたほうがいいわよ」

幸いなことに、それ以上進展することなく双方は別れた。

「それで、どこがわからないの？」

「微分って何かがいまいちつかめなくて」

「うーん……要は、元の関数の傾きについての関数ね。元のグラフの変化の割合をプロットしたグラフと考えればわかりやすいでしょ」

話を聞きながら、代志子は教室を見渡す。眞理と真美の口喧嘩により広まったざわめきは嘘のように普段の様子を取り戻している。ただ一人、眞理の妹である愛理が、憎しみと軽蔑が入り混じった顔をして眞理を見ていた。双子なのに、あの二人は仲がとても悪い。

「――微分するってことは、導関数を求めることなの。導関数ってのは、元の関数の微分係数をどこでも出せるようになる関数で、微分係数ってのは関数のある一点における接線の傾きのこと……って、聞いてるの？」

「ごめんごめん、もういっかいお願い」

「まったく、ちゃんと聞きなさいよ」

代志子は眞理の少しつり上がった目を愛おしく見る。この子はとってもいい子だ。教え方も丁寧で、熱心。クラスのみんなからは、性格がきついって思われてるけど、彼女の本当の魅力をもっと知ってほしい。

「……とまあ、こういうわけで微分の逆は積分になるの。そろそろ授業が始まるわね」

眞理の言う通り、その言葉の後すぐにチャイムが鳴った。時計も見ていないのにすごい。

「いま教えただけで、基本は出来てるはずだから。じゃあ、また」

去ろうとする眞理の手を取り、代志子は言う。

「ありがとね」

「……わからなかったら、いつでも聞きに来なさい」

ちょっと照れたふうに視線をずらす。そこがまたかわいい。

「はいはい。みんな席に座りましょうね。授業の時間ですよ。はいはいはい」

数学教師の薫《かおる》先生が教室に入る。チャームポイントである触角みたいな二房の長い髪の毛がゆらゆら揺れている。

薫先生は自分の髪をパチンと弾くと、授業を始めた。

「はい、今日は微分積分ね。これはすごい重要だから注目してね、はいはいはいはい」


眞理にあらかじめ教わったため、数学の授業はかなりわかりやすかった。中学生の頃に習った二次関数が、こんなにも奥深かったなんて初めてわかった。

学校は楽しい。魅力的な友人たちに、面白い授業。空も快晴で気分が良い。いつまでも、こんな日々が続けばいいのに。

窓の外は、気が遠くなってしまいそうな青空だ。強い光に照らされて、色のコントラストが強くなっている。春の陽気だ。

ふと外を見下ろすと、ぽかぽかした光の下で、黒い影を作っている女の子が校門に入ってきたところだった。強烈な金色に染めた髪を見れば、顔を見ずとも誰だか一瞬でわかる。

汀萌花《なぎさもか》だ。

「すみません、先生。気分が悪くなったので、保健室に行っています」

先生が返答しないうちに、代志子は教室を出る。反射的な行動だった。萌花が登校してくるのは珍しい。少しでも早く顔を合わせたかった。

一階に着くまでの時間がもどかしい。螺旋階段をステップするように走り下り、そのまま校舎を出る。上履きのまま、強い日光の下に身をさらす。

「杠葉さん?」

萌花は校舎の入り口に立っていた。スカートを短く切り詰め、少々時代遅れのルーズソックスを履いている。突然の代志子の登場に、驚いたように目を丸くした。普段は他人に対して壁を作っているが、不意の代志子の登場で忘れているようだ。

「いいかげん代志子って呼んでよ、萌花ちゃん」

名前で呼ばれて、萌花は目をそらした。壁がまたできてしまったようだ。

萌花は、一年前に転校してきた。なぜ転校してきたのかはわからない。代志子が聞いても、固く黙ったままであった。人を避けて、そのまま不登校になってしまった。代志子は彼女が心配でたまらなかった。一人だけでも生きていける人はいくらでもいる。たとえば、ミカがそうであろう。だが、萌花から放たれる空気は違っていた。一人が好きというより、他者が信頼できないと思っているようであった。そして、一方では、一人の状態が苦しくてならないとも感じているようだった。萌花は矛盾に苦しんでいると思われた。人は怖いけど、一人にはなりたくないという矛盾に。

代志子は、萌花の矛盾を解きほぐす助けになりたかった。少しだけでもいいから、悩みを告白してほしかった。いや、そこまでは求めない。ただ、自分の前では壁を取り払い、リラックスした表情をしてほしかった。

「わざわざきたの？　もう授業始まってるでしょ」

「萌花ちゃんを見たら夢中で走ってきちゃった」

「……何それ」

萌花は目をそらし、くすりと小さく笑う。

「今日は、保健室？　それとも、授業受ける？」

「授業受けるよ。出席日数やばいし」

「やったあ！　萌花ちゃんと一緒だ！」

日々の会話を試みてきたかいもあって、少しずつ萌花は心を開いてくれている気がする。

萌花を連れて、代志子は螺旋階段を上がる。

「あっ！　生徒会長じゃん。おはよう！」

後ろから、隣のクラスの山根《やまね》眠子《ねむこ》があいさつしてきた。

「眠子ちゃん、おはよう！　また遅刻したの？」

「えへへへへ、昨日は早く寝たんだけどなぁ。起きれなくって」

「ひょっとしたら、睡眠障害かもしれないから、診察したほうがいいんじゃない？」

「睡眠障害かぁ～。その発想はなかった。さすが、よしさん、目の付け所が違う」

眠子がうんうんとうなずく。そうこうしているうちに、三階に着いた。代志子と萌花は三年A組に向かい、眠子は隣のB組に向かう。

「それじゃ、また今度遊ぼうね。バイバイ！」

「バイバイ！」

眠子と別れの言葉を交わした代志子は、A組の扉を開けた。

その瞬間、強烈な光が差し込み、代志子と萌花を包んだ。

「えっ？」

あまりにも眩しすぎる。わけもわからず、手で両目を抑えるが、光は容赦なく目のなかに入ってくる。

形容しがたい色をした光であった。強いて言うならば、ピンク色……。けれど、これまで見たどんなピンクよりも、比べ物にならないほど鮮やか。

あまりにも鮮やかすぎて、空間そのものが歪んでいるように見える。光が放たれるのとほぼ同時に、地響きが聞こえた。床が揺れ動き、代志子と萌花は思わずしゃがみこむ。

奇妙な揺れだった。これまでに経験してきたどんな地震とも似ていない。まるで、世界全体が揺れているようであった。

第二章　ネコ宇宙

空上ミカ

光。

ミカは光を見ていた。

見ていると、頭がおかしくなってきそうなほど強烈なピンク色の光線。

それは、ありえないところから出ていた。

早紀の体のなかから。彼女の皮膚を通してあふれ出てきたのだ。

服や椅子では光は邪魔されず、教室中を照らす。光が通った場所は空間そのものがおかしくなったようだった。空間自体がうねうねとよろめき、折り曲がっている。

奇妙な光は、ミカの体をも呑み込む。意外なことに、その感覚は悪くなかった。何か途方もなく巨大なものとつながったような安心感。

光に包まれたミカを、さらなる事態が襲った。大きな揺れが、全身を殴りつけたのだ。

椅子から放り出され、肩をしたたか打つ。

揺れで蛍光灯が外れて落ちてくる。窓ガラスが割れ、破片が床に飛散する。そのなかを、ミカは這い進んだ。早紀に近づくために。早紀のそばにいるために。

「八倉巻さん……、大丈夫？」

間近で見ると、早紀の容態は悪かった。ピンク色の光は消えて、その代わりに顔が青くなっていた。荒く息をして、痛みに耐えるように歯を食いしばっている。ミカがそばにいることを知ると、弱々しくつぶやく。

「たす……けて……」

こんなに弱気になった早紀を見るのは初めてだ。助けを求められているのに、できることは何もない。

早紀がミカに抱きついてくる。少しでも苦しみを軽減しようとすがりついたのだろう。ミカも抱き返す。何もできない自分が無力に感じた。

いつの間にか、揺れは収まっていた。クラスメイトたちが立ち上がり、口々に叫んでいた。ノイズが教室に充満し、集中力が削《そ》ぎ落とされる。早紀はまだ苦しげなままだ。口に手を当て、何かを吐き出そうとするように体を曲げる。ピンク色の異常な光は完全に消えていた。

ノイズのなかで、ひときわ目立つ甲高い悲鳴が上がった。顔を上げると、クラスメイトたちは次々と窓に群がっている。

「外が……」「外を見て……」という声が上がる。

床に座ったままの角度では、窓の外はよく見えない。ミカは立ち上がる。

窓の外には、あるはずがない風景が広がっていた。

本来ならば、正門とその前を通る車道、信号や民家、遠くの高層ビルが見えるはずであった。しかし、それらはすべて消え去っていた。

代わりに、高い樹木の生い茂る薄暗い森が、どこまでも続いていた。

紅葉代志子

揺れを感じた代志子は、隣にいる萌花の手をつかんだ。そのまましゃがみこみ、倒れるのを防ぐ。

よほど大きな地震なのだろう。代志子はクラスのみんなの無事を願うのと同時に、これから聞くであろう死傷者のニュースを予想し、胸がいたんだ。

萌花の握る力が不意に強くなった。怖いのだろうか。安心させようと、彼女の顔を見ると、恐怖とは別の表情をしていることに気づいた。信じられないものを見ているような驚きだ。

萌花の視線の先をたどる。そこには、眠子がいた。影がかかっていたため、見えにくいが、異常なことが彼女に起きていることはありありとわかった。

眠子は、変身していた。

廊下に転がった眠子の体から、茶色い毛が伸びていた。ふさふさとした長い毛は、またたくまに全身を覆う。それと同時に、服が腐りはじめ、風化するように消える。

体は縮んでいく。空気人形をしぼませるかのように眠子の体が小さくなっていく。彼女は小柄なほうであったが、さらに身長が短くなっていく。最終的には、元の体の半分ほどの大きさとなる。

さらに、眼が大きくなっていく。眼球が外側に飛び出し、まぶたがめくれていく。少女漫画のキャラクターのように、顔の上半分のほとんどを大きなまんまるい眼が占めるようになる。

そして、手のひらは細長く変形していく。指が長くなり、親指とその他の指の距離が大きくなる。靴が消え、あらわになった眠子の足は、手のひらと同じように変わっていた。指が長くなり、親指と他の四本の指との隙間があく。モサモサとした茶色い毛が、手の甲や足の甲から生えるが、手のひらや足の裏は無毛で白いままだ。

変わってしまった眠子の姿は、どこかで見覚えがあるものだった。そう、遠足で、上野動物園に行ったとき見たことがある。

サルだ。チンパンジーの赤ん坊に近い。

「キキキキキキキィィィィ!」

チンパンジーと化した眠子は、おびえて金切り声を上げる。代志子が呆然としていると、いつの間にか揺れは止まっていた。眠子が鳴き声を上げながら四足歩行で走り去り、隣のB組に駆け込む。

代志子と萌花は顔を見合わせる。

「夢じゃないよね……?」

「たぶん……あたしも見たし……」

代志子と萌花は、おそるおそる、眠子が入っていったB組をのぞく。なかからは悲鳴が聞こえていた。いや、悲鳴というよりも鳴き声だ。人間にはとても出せないような高い声。まるで、動物の檻のなかのような……。

B組には誰もいなかった。代わりに、動物たちがいた。チンパンジーのような、尻尾のない猿。眠子が変身したのと同じような姿をしている。

猿たちは教室のなかを走り回っていた。興奮したように椅子や黒板に上る。獣臭さがむっと鼻に押し寄せる。

教室の雰囲気も様変わりしていた。荒れ果てている。まるで、数十年も放置されていたように、黒板は傾き、椅子は腐り、床はボロボロだ。

「萌花ちゃん。A組のほうに行こう」

返事を聞かず、萌花の手を引く。大好きなA組のみんなが心配だった。

A組からも悲鳴が聞こえたが、幸いなことに、それは人間の悲鳴であった。ざっと見てみるが、誰も変身してはいないようだ。教室の雰囲気も揺れの前と変わらない。

「みんな、大丈夫!?」

顔をざっと見渡して確認する。A組十八人は全員無事だ。それと、薫先生もいる。血を流している人はいないが、早紀が苦しそうだ。

「早紀ちゃん、痛いの？」

早紀は歯を食いしばりながらうなずく。ミカが心配そうに彼女をさすっている。

「よしさん、よしさん、外見てよ。外！」

陽美が代志子の肩を叩き、窓の外を指差す。

割れた窓ガラスの向こうには、暗い森林が広がっていた。風が生々しい植物の匂いを運んでくる。

代志子はショックを受けたが、立ち直りは早かった。いまは、緊急時なのだ。驚いてばかりはいられない。

「みんな、落ち着いて！」

手をたたき、みなの注意を引く。

「何かとてつもない事態が発生したみたいだけど、まずは落ち着いて」

代志子の声を聞き、教室が徐々に静かになっていく。余計なパニックになりそうなので、B組のことを伝えるのはあとにしようと決めた。

「状況を確認しましょう。電話はつながるの？」

電話という存在を急に思い出したように、眞里がスマホをポケットから取り出し、殴るようにタップする。耳に押し当てるが、しばらくして首を横にふる。眞里以外の者の口からも、次々に失望の声が上がる。どうやら、ネットもつながらないようだ。

「スマホは、ダメかぁ。じゃあ、まずは保健室だ。陽美ちゃん、桜華ちゃん、一階まで走ってきてくれない？　早紀ちゃんが苦しんでるから、保健の先生呼んできて」

「まかせとけっ！」

「オーケー」

陽美と桜華は小走りで廊下に出ていく。

「わたしも行きましょうか？」

薫先生が手を挙げる。

「先生はここにいてください。大人が必要になるかもしれないので」

「わかりました」

「それと、痛み止め持ってる人いない？　早紀ちゃんを楽にしてあげたいの……」

できることは、いまはこれくらいだ。代志子は自分を落ち着けようと、深呼吸をする。

熱田陽美

代志子の指示を聞き、陽美はすぐに走り出した。さっき、早紀を近くで見たとき、ものすごい苦しそうだった。早くなんとかしてやりたい。腹が痛いときは、めっちゃ痛いのだ。

陽美の背後に桜華が続く。代志子はA組で一番足が早い二人を選んだのだろう。運動神経では桜華もなかなかだが負ける気はしない。

「エレベーター使おう、そっちのほうが早い」

陽美が提案すると、桜華はオッケーと両腕で丸を作った。異常事態のなかで妙に軽い反応だ。顔はかっこいいのに、どこかズレている。

二人はエレベーターにたどり着き、ボタンを押した。ところが、エレベーターの稼働を示す電灯がつかない。もう一回押す。つかない。連打する。反応なし。

「なあ、陽美。このエレベーターなんだか変じゃないかなぁ？」

のんびりしたペースで桜華が言う。

たしかにそうだ。夢中になっていて気づかなかったが、やけに汚れている。いや、汚れているのではなく、錆びているのだ。体液が漏れたかのように、黒々とした汁が滴り、食われたかのように細かい穴があいている。動かないのは当たり前だ。

「……変っていうレベルじゃないな。異常だよ」

「まあ、とにかく、エレベーターは使えないねぇ。階段で行こう、階段」

桜華の冷静さはすごい。いや、鈍感なだけかもしれないが、こんなときにこそ必要な才能といえるだろう。

二人は螺旋階段に近づいたが、そちらもだめであることは一目見ただけで明らかだった。途中で崩落していたのだ。エレベーターと同じように、ひどく錆びて、自らの重みに耐えられず落ちてしまったらしい。廊下や校舎全体も黒ずんでいるようだ。

「階段はダメだ。他に非常階段とかあったか？」

「どうだったっけ？　あったような、なかったようなぁ」

二人は降りる手段を探してウロウロと廊下を歩いた。これでは、A組の最速を誇る二人が選ばれた意味がない。

「あっ！　ねぇねぇ、陽美！　なにあれ！　かわいいー！」

桜華が指さした先には、サルがいた。せいぜい人の腰の高さに届くくらいの身長だ。眼が大きく、甘えるような笑みを浮かべている。なぜここにサルが？

「ひゃひゃひゃひゃひゃ、くすぐったいよぉ」

疑問を抱くことなく、桜華はサルを抱いて頭をなでていた。サルのほうも、嬉しそうに頬を舐めている。

そういえば、桜華はかわいいものには目がないのだった。ディズニーやサンリオのキーホルダーを集めていたし、家に行ったときはぬいぐるみでいっぱいだった。あすかにべったりなのも、ひょっとしたら彼女がネコっぽくてかわいいからなのかもしれない。

「この子すっごいかわいいねぇ。陽美も抱いてみようよ」

「遠慮しとくよ。噛みつかれたら怖いし」

「噛まないよねー。こんなにかわいいんだからねぇー。よしよし」

ここで油を売っている暇はない。早く早紀のために先生を呼んでこないと。

「はいはい、かわいいのはわかったから、いまは保健室に行くのが先でしょ」

「ちぇっ、陽美のいじわるぅ」

「いじわるでいいよ」

桜華と話しながら、周囲を見渡す。そういえば、教室を出てから、他のクラスの人たちに出会っていない。騒ぎになっていてもおかしくないのに、人の声が聞こえない。

陽美は近くの扉に走り寄り、開けた。そこはC組であるはずだった。友達や部活仲間がたくさんいるC組。

彼女たちは消えていた。代わりにいたのは、サルだ。サルがうじゃうじゃと群れ、叫び、走り回っている。

「うわぁー、なにこれすごい！」

陽美の後ろから桜華がのぞき込み、感嘆の声を上げた。

「……おい、桜華、C組のみんなはどこに行ったんだ？」

「あー、そういえばいないねぇ」

彼女に聞いても何もわかるわけがなかったが、陽美は誰かと声をかわさなければ正気が保てないように感じた。ここにきて、恐怖がひしひしと押し寄せてくる。

「とにかく、ここはいったん帰ってよしさんと相談しよう」

恐怖感が陽美を慎重にした。このまま階段を探しても埒が明かない。今必要なのは、冷静な観点からの知恵だ。残っている人でそれを一番与えてくれるのは代志子だろう。

桜華の手を引いて、教室に戻ろうとしたとき、ふと、違和感を覚えた。

全身の皮膚が硬くなり、さぁっと鳥肌が立つ。心臓の鼓動が早くなり、胸の奥が冷たい。

一瞬遅れて、意識が現状を把握した。

大きな影が、自分の体にかかっていたのだ。

それは、明らかに人間の形をしていなかった。

しかし、完全に見覚えがないわけではない。一番近いものといえば……。

ネコだ。

化けネコだ！

天井に達するほど、背の高い、巨大なネコが、二足歩行をしてゆっくりとこちらに近づいてくる。

ニャー！　ゴロゴロゴロ！

化けネコは驚くほどネコに近い鳴き声を上げた。

「……桜華、もしかしてあれも『かわいい』に入るのか？」

ゆっくりと後退しながら聞く。

「さすがにかわいくないよぉ……」

桜華の声は震えていた。

ゴロゴロニャー！　ニャーゴロゴロゴロ！

化けネコは甘えた高い声を出し、喉を鳴らす。手で顔を洗う仕草もとてもネコっぽい。

刺激しないようにゆっくりと後退する陽美の足に何かが当たり、思わずつまずいて倒れてしまう。

キキィー！　甲高い鳴き声が聞こえた。サルだ。

鳴き声はさらに増えていった。そこらじゅうに、サルがあふれかえる。

陽美の体の上に遠慮なくサルたちが乗る。興奮したサルを刺激しないように、ゆっくりと起き上がるが、サルは彼女を無視して走り抜けていく。

サルの群れは化けネコの周りに集まる。ネコの肩や頭に乗り、顔をこすりつける。ネコのほうも、気持ちよさそうに喉を鳴らす。

「ほ、ほら！　ネコはやっぱりネコだよ！　大丈夫、怖くないよ……」

桜華がネコに触れようとおそるおそる前へ出る。陽美は止めようと肩に手を伸ばした。

そのとき、ネコが前脚を振り上げた。地に触れていないそれは、脚というよりも、手に近かった。

肉球の先からは、短剣のように鋭い爪が見えた。

爪は、一匹のサルめがけて下ろされた。

陽美は、スローモーション映像のようにその光景を見ていた。何回か陸上競技の試合でも経験があった。極度に緊張したとき、認識が研ぎ澄まされ、時間が遅くなったように感じるのだ。

爪は、サルの首筋をえぐる。ズボボボボと爪が皮膚のなかに入っていく。

傷口からは、血が出る。ポタポタとしたたり落ちていたものが、傷が深くなるにつれ、シャワーから出るように勢いが増す。毎月見ている血よりも、もっと鮮烈な赤。

桜華は呆然としている。悲鳴すら出せないようだ。

おかしなことに、サルもまた同じだった。数十四いるサルたちのなかで、騒いだり逃げたりするやつは一匹もいない。いや、それどころか、仲間を殺されたことで、ますますネコに魅了されたように近づいていく。その数はどんどん増えている。

化けネコは、集まってきたサルたちを無作為に殺戮《さつりく》していった。ニャーニャー鳴きながら、適当に手を振る。その都度、血溜まりができていく。

殺戮が終わると、サルの死体の一つを両手で器用に持ち上げる。顎を大きく開き、死体にかじりつく。犬歯が釘のように肉へと刺さり、ミシミシと骨が折れる音がする。

「ギャァァァァァァァアアアア！　アアアアアアアアアアアアアッ！」

時間差で桜華の悲鳴が上がった。ネコがこちらに初めて気づいたように、ひょいと顔を上げる。興味を持ったようで、あくびをしてのっそのっそと近づいてくる。

「おい！　おれが相手してやる！」

気がつくと、体が動いていた。呆然としている桜華の前に出て、手を広げる。

「桜華、教室に行ってみんなに警告して！」

「えっ、けど……」

「いいから！」

「う、うん。わかった。死なないでよ！」

我に返った桜華は、走り出した。

化けネコは、妙に落ち着いてこっちを見ていた。走り去る桜華を、目で追っているようだ。

桜華のところに、みんなのいる教室に行かせてはならない！

上履きを脱ぎ、化けネコの顔に思い切り投げる。素早くC組に入り、掃除道具入れにあったモップをかまえる。

「こっちに来い！」

化けネコは、陽美のほうを見て、にやりと笑った。まるで、陽美がおとりだと理解しているように。

天沢千宙

地震がきたとき、千宙の脳裏をよぎった言葉は「これで死ねる」だった。

正確には、「これで幾久世と一緒に死ねる」。

幾久世と一緒に死ぬ。それは、人生における唯一の望みだった。何も期待していない人生に唯一期待すること。

千宙は過去に何度も自殺することを想像していた。心臓の鼓動が止まり、脳に酸素が行き渡らなくなり、意識が遠のき、自分の瞳孔が拡大するのを想像した。

だけど、どうしても死に至る一歩を踏み出すことはできなかった。結局は、怖いのだ。自分には、自殺する勇気すらないのだ。世界から逃げ出す決心すらつかない臆病者なんだ。苦しみながら、苦しみを享受している愚か者。生きる価値がないとわかっていながら、生にしがみついている。

このまま世界に押しつぶされながら生きていかなくてはいけない。価値のない人生を保つという浅ましい行為を毎日繰り返すしかない。千宙はずっとそう思っていた。

幾久世の登場で、その認識が少し変わった。

彼女は特別だった。深遠なるその言葉の一言一言に、殴られたような衝撃を受けた。千宙は幾久世の存在と出会って、新しく生まれ変わったのだ。幾久世は『契約の儀式』をしてくれた。千宙を『血盟のシスター』として認めてくれた。その儀式は、苦しくてしかたがない世界のなかでの、唯一の安息の地であった。

幾久世と永遠に一緒になりたかった。一方、そんなことは夢であるとわかっていた。人が永遠に一緒になることなどできない。下手すれば、一年後の卒業で関係性は終わりを迎えてしまう。

二人で一緒に死ぬ。そのような発想に千宙が行き着いたのは必然であった。永遠に一緒になれないならば、一緒に終わりを迎えるべきだ。死という、人生最大にして最後のイベントを、二人で一緒に迎えるのは、美しくまた正しい。

外に出すことができない思いは、内なる想像となった。手をつなぎながら、ロープに首を通し、せえので椅子を蹴る。風呂場でお湯につかりながら、ナイフを持ち、互いの手首を切り裂く。抱き合いながら、プラットホームから身を投げ、電車にはねられる。密室となった車内で練炭を焚きながらおしゃべりして気づいたときには死んでいる……。

そうした想像をするなかで、自分に対して途方もない嫌悪感を覚えた。親友を、他ならぬ幾久世をおもちゃにして遊んでいるのだ。それがどれだけ彼女の尊厳を傷つける行為か、わかっていないのか？　幾久世と心中する想像をした後は、必ずといってよいほど、嘔吐《おうと》感に苛《さいな》まれ、自分を罰することができないのを悔いて、自らを恥ずかしく思った。

幾久世と一緒に事故で死ぬ、という願望が、ある種の妥協として生まれた。心中願望よりも、幾久世の尊厳を傷つけない気がした。幾久世と一緒に保健室にいるときに、地震が起きて天井が崩れて死ぬ。幾久世と海水浴をしているときに、津波が襲ってきて死ぬ。幾久世と登下校しているときに、暴走したトラックが二人を下敷きにする……。ありとあらゆる事故や災害を思った。ユーチューブで東日本大震災やスマトラ島沖大地震の映像を集め、そこに自分と幾久世の姿を投影した。幾久世と一緒のときに、小さな地震が起こると、大地震につながることを願った。

そして、いま、地面は揺れていた。明らかなる大地震だった。望んでいた死が、ついにやってきたのだ。

千宙は、幾久世のできるだけ近くで死にたかった。揺れのなかを、匍匐《ほふく》前進で進む。幾久世のところまで五メートルくらいだ。机が倒れ、腰に当たるが、知ったことではない。

幾久世の顔が近づいてきた。怯えている。恐怖に引きつった顔だ。千宙が移動してきたことに気づいた幾久世は、恐怖の表情を無理やり笑いに変えようとした。唇の端がピクピクと震え、うまく笑えてはいない。

「しっ、シスターよ。こっ、怖いのか？　安心しろ……、我が力で、力で、そなたを守る……守るぞ……」

つっかえながら、喉から絞り出すように、かすれた声で幾久世はささやいた。

千宙はわかった。幾久世は自分を安心させようとしているのだ。千宙が近づいてきたのは、怖いからだと勘違いして、安心させようといつもの調子でしゃべろうとしているのだ。幾久世自身も怖いくせして。

その途端、自分の願望がひどく浅ましく、唾棄《だき》すべきものとして感じられた。幾久世は、恐怖を押し殺して助けようとしてくれている。対して、自分は彼女の死を願っているのだ。論外だ。どんな強烈な言葉を使っても表しきれないほどグロテスクだ。気持ちが悪い。**まっさきに死ぬべき存在は天沢千宙、おまえだよ。**

幾久世は死を望んでいないのだ。では、自分にできることは何か。贖罪《しょくざい》の意味を込めて死ぬべきなのか。いや、それはまだ早い。いずれはこの無価値な肉の塊を世界から消し去らねばいけないが、いまはそのときではない。

千宙は幾久世の上にかぶさった。彼女を守るためだ。飛んでくるガラス、倒れる椅子、落ちてくる天井。あらゆるものから幾久世を守るために、千宙は盾になった。

しばらくして、揺れは収まっていく。

「千宙……シスター……大丈夫？」

息も絶え絶えで、幾久世が聞く。

「大丈夫……ありがとう……」

四つん這いでかぶさったまま、幾久世と向かい合う。この姿勢で顔を見合わせると、ひどく恥ずかしい。そそくさと、千宙は幾久世の体から離れた。

揺れが収まり、クラスメイトたちの悲鳴がなくなり、互いを心配し合う声に代わった。

ところが、また大混乱が起こる。

窓の外の世界が変容していたのだ。地方都市の平凡な風景は、大森林に変わっていた。

「なに、これ……、夢でも見てるの？」

幾久世がつぶやく。

「夢じゃないよ、幾久世」

千宙は幾久世の震える手をそっと握った。自分の心臓の鼓動が耳に響いて聞こえる。不安や恐怖ではない、高揚だ。

何が起こったのかわからない。ひとつだけ確かなことは、幾久世が隣にいるということだ。

幾久世と一緒に、異常事態のただなかにいる。千宙を興奮させるのに、それは十分すぎるものだった。

その後、代志子の指示により、クラスの落ち着きは取り戻された。薫先生が一人ひとりに話しかけて、安全を確かめる。

「いったい、何があったんだろうね……?」

「うむ……。我の力を持ってしても、見当がつかない。何か未知のパワーがあるかもしれぬぞ」

幾久世と話す。その内容は何でもいい。ただ、幾久世の声が聞きたい。幾久世の呼吸の音が聞きたい。幾久世の筋肉が擦れる音が聞きたい。彼女の言葉が未知のパワーだ。目を閉じ、頭のなかで彼女の声をリフレインする。

そこに邪魔が入る。

「ねえねえ、これ絶対、異世界転移だと思うんだけど。幾久世の意見ではどう?」

月波だ。確か、幾久世と仲が良かったはずだ。幾久世と一緒に会ったけれども、どうも馬が合わない。彼女は完全な俗物だ。なお悪いことに、それを自覚していない。しゃべっていて、仲間にしてやるという傲慢な態度が見え隠れする。高潔な幾久世には絶対にふさわしくない人間だ。

「ふーむ、異世界転移か。我々の力と世界の力が共鳴したわけだな」

優しい幾久世は凡人の月波にも話しかける。あんなやつ、無視しておけばいいのに。

「世界の力の共鳴！　幾久世殿！　ユングですよ！　ユング！」

真美だ。こいつは知識を誇示しようとする傾向があるから嫌いだ。

「ユング？」

幾久世も戸惑っているようだ。

「ユングを知らぬとは、幾久世殿、ダメですねー。ユングは集合的無意識の力を証明した心理学者で、わたしは二十世紀で最も偉大な人物だと思ってますよ」

こうなれば、会話に入ることができない。幾久世との距離が広まっていく。二人への憎しみが増える。同時に、自分への嫌悪感も増える。結局、友達を取られて嫉妬しているだけなんだ。高潔な幾久世に絶対にふさわしくない人間？　それは、**天沢千宙、おまえだよ。**自分の嫉妬と独占欲を、はき違えて他人を責める。卑怯《ひきよう》なろくでなしだ。生きる価値もない。絶対に、一分たりとも生きる資格はない。

遠くから足音が聞こえた。桜華と陽美が帰ってきたのだろうか。

ガタッ。勢いよく扉が開く。

「たいへんっ！　たいへんだよぉ！」

裏返った声だ。顔をあげると、すごい形相をした桜華がいた。なんと、血まみれだ。

「桜華ちゃん！　怪我しているの⁉　大丈夫⁉」

代志子が飛ぶように桜華のもとへ走る。

「ぼくの血じゃないよぉ。それより、ネコの化物が……」

桜華はぐらりとめまいを起こしたようにバランスを崩した。あわてて、代志子と薫先生が支える。

「とにかく、落ち着いてください。深呼吸、深呼吸」

薫先生が優しく言う。

「龍造寺さん、何があったのですか？」

「でっかいネコがいて、サルを殺して……」

桜華はまとまりのないことを叫ぶ。

薫先生は頭に疑問符を浮かべたようだが、すぐに、警戒するように教室の扉に近づいた。

外から、ゴソッ、ゴソッと忍び足をしているような音が聞こえたのだ。

「みなさんは、下がっててくださいね」

いつもとは大違いの真剣な表情で、ドアノブをつかみ、扉を開けた。

「えっ？」

そして間の抜けた声を出す。

巨大なネコの化物。前屈姿勢で二足歩行をしたネコが、目の前でにやりと笑みを浮かべていた。気味が悪いほど人間味のある笑顔。

薫先生は、あわてて扉を閉じる。ドアノブが回らないように固く握る。ところが、するすると手のなかでドアノブがすべっていく。扉がすごい力で押され、開いた。そんな馬鹿な。動物が、扉の構造を理解しているなんて。

化物の前脚の先は、人間の手と見間違うほど似ていた。肉球が肥大化して、指のようになっている。ピンク色のぶよぶよとした『指』で、ドアノブを器用に握っている。

薫先生は、離れようと後退するが、椅子につまずいてしまう。

ネコが先生に接近する。脚先の、指のように肥大化した肉球の先には、サーベルのように鋭い爪が伸びていた。

「あっ……、あっは……、かっ」

先生は、喉の奥からそんな音を発した。悲鳴を出したいのに、恐怖で力が抜けたというように。

結局、その音は悲鳴とはならなかった。ネコが爪を振るった瞬間、声は、しゅーしゅーという息に変わる。

切られた喉から血が大量に放出され、息はぽこぽこという気泡音になる。

化物は倒れ込む先生を抱きかかえるように受け止めた。鋭い犬歯がそろった口を開けると、頭にかみつき、そのまま首をねじる。

ごぎゅっという音がした。薫先生の首が、ありえない角度に曲がっている。

どこにこれだけの液体が隠れていたのだろうか？　そう思えるくらい大量の血が、うつろに開いた口から流れてくる。

爪が、薫先生の顔に振り下ろされる。ばしゅっ、ばしゅっ。湿った音とともに、肉がそがれ、骨が割れていく。やがて、ぬちゃぬちゃとした茶色いやわらかなものが出てきた。

脳だ。

化物は「みゃー！」と嬉しげな鳴き声を出すと、舌をひくひく動かし、脳をなめとった。

血が、教室の床を伝って流れ、足元まで伝わってくる。

「ぎゃぁぁぁぁぁぁぁぁ！」

悲鳴がわき上がる。化物から遠くへと逃げようと、逃げまどう人々。

千宙は、動かなかった。

こいつが、私に死をもたらしにきたのか。生きる価値のない生を終わらせにきたのか。

自分で終わらすことができない、醜い卑怯者の天沢千宙に代わって。

いつの間にか、化物が目の前にいた。獣臭い息が嗅ぎ取れるほど。化物の口からは赤と茶色が混ざったようなドロドロした粘液が垂れ下がっている。薫先生の脳だ。ゴロゴロゴロゴロ。ネコとそっくりに喉を鳴らした化物は、口から粉々になった骨を吐き出し、間近に迫った千宙を見る。鋭い爪を持った手が振り上げられる。

体が震えるのを感じる。怖い。この期に及んでも死ぬのが怖いのだ。逃げ出したくなるのを必死でこらえ、眼をつぶる。爪が自分を切り裂き、すべてが終わるのを待つ。

「千宙！」

体が押され、床に倒れる。眼を開けると、幾久世の顔があった。

「千宙！　何してんのさ！　逃げなきゃ！」

幾久世が千宙に手を伸ばす。その後ろでは、化物が、二回目の攻撃を開始しようと手を上げていた。

「幾久世ぉぉぉ！　後ろ！」

千宙は叫んだ。

幾久世は後ろを振り向いたが、避けるだけの時間がなかった。ナイフのような鋭い爪が振り下ろされる。

神木月波

窓の外の風景が変わったことをみんなが騒いでいるとき、月波だけは、この事態を適切に理解していた。

異世界転移だ。

クラス全員が異世界に移動したのだ。

月波はこの後、どのような展開になるかを思い描いた。きっと、自分に最強の能力が与えられてクラスのピンチを救うに違いない。

そんなことを考えていたので、ネコ型のモンスターが侵入してきて、薫先生を食ったときも、パニックに陥ることはなかった。これこそ、予想していた展開だ。

試しに、モンスターに手を向けて、力を込めて念じた。何も起きない。火炎も、電撃も、水流も、爆発も、時間停止もなし。

月波は悟った。特殊能力はまだ備わっていないようだ。今回のイベントは、力を発揮するときではないのだろう。たぶん、ヘイトが溜まっているやつが死ぬような展開だ。いじめをしてそうなリア充の純華や早紀とかが。そういえば、早紀は腹痛で倒れていた。おそらく、死ぬな。ざまあみろだ。あれは死んだほうがいいたぐいの人間だ。

とりあえず、ここは逃げだ。教室の後方の扉を開けて、廊下を走る。クラスの半分くらいが殺されてから、自分が救世主になるとか、そういう展開になるのだろう。

他のクラスの生徒がいるかと思ったが、誰もいない。代わりに、小さなサルのような生き物がうろうろしている。異世界の生物だろうか。

サルもどきの合間をぬって、階段まで走るが、なんと、ボロボロになって崩落している。これでは下へと行けない。

モンスターがここまでやってきたら戦うしかないではないか。戦う……。そういえば……。月波は思い出す。自分が武器を持っていたことを。

パーカーのポケットを探る。硬い鉄の感触がする。拳の形に合うよう鋳造された鉄の塊。メリケンサックである。ファッションのために、ネコの耳がデザインされている。

中学生の頃、いじめられていたときに対抗手段として持ち歩いたものだ。いじめがなくなった後も、お守り代わりにいつもポケットに入れている。

月波はメリケンサックをはめて、ファイティングポーズをとった。崩壊した螺旋階段を背景に、制服の上にパーカーを羽織り、おしゃれなメリケンサックをつけている。身震いするほどかっこよいではないか！

月波が自分のかっこよさに惚れ惚れしていると、遅れてクラスメイトたちが逃げてきた。そのうちの一人が話しかけてくる。

「あー！　それ、メリケンサック？　すごーい、かっこいいね！」

センスのいいやつはやっぱりいるものだ。顔を見ても名前がすぐに出てこなかった。こいつは……、そうだ、氷室小夜香だ。すごいスキンシップが好きなやつというイメージしかない。

「ねぇ、それ、ちょっと貸してよ」

貸すわけないだろ。何考えてんだよ。そう言おうとする前に、小夜香が月波の背後に回った。そして、両手を伸ばし、月波の手にはめられたメリケンサックをなでる。背後からハグされた格好だ。

「えっ……？　えぇぇ!?」

戸惑う声にかまわず、さらに小夜香の顔が近づき、月波の肩に顎が乗った。

「ちょっとだけだから、お願い、いいでしょ？」

小夜香のささやき声が、月波の頰を震わす。小夜香は低体温のようで、皮膚は少しひんやりしている。対照的に、月波は自分の体温が上がっていくのを感じた。こっちは元ボッチなんだぞ、スキンシップに慣れてないんだ。

照れていることをごまかすため、咳払いをして、頭を縦にふる。

「やったー、前々から月波ちゃんと仲良くなりたかったんだ。かっこいいもん」

そう言いながら、小夜香が月波の指をなでるようにしてメリケンサックを奪っていく。

こいつは、いちいちスキンシップをしなければ気がすまないのか!?

「うわー、本物って初めて見た。シュンシュン！　シュンシュン！　なんてね」

わざとらしい効果音を口ずさみながら、腕を振る小夜香。

「小夜香ちゃん……、こんなことしてて、大丈夫かな……」

ひどく常識的なことを言ったのは、小夜香の腰ぎんちゃく、あゆむだ。

「そうは言っても、階段崩れてちゃあ逃げられないしね～。それとも、何か提案があるの？」

「えっ、その……。ごめんない……」

「わかればいいってことさ」

二人の会話に月波が入る余地がなくなる。なんとなく、気に入らない展開になってきたので、メリケンサックを返してもらい、その場を離れる。

手持ち無沙汰となり、同じく、逃げてきた真美に話しかけようとした。そのとき、ひときわ甲高い鳴き声が響く。ネコが踏み潰されたときに発するような、「にゃー」の「に」に濁点を付け足したような声。騒音も聞こえてくる。人の叫び声も。

どうやら、音はA組のほうから出ているようだ。

騒ぎは一分ほど続いただろうか、プツリと急に鳴き声は途切れ、静かになる。

そして、その場にいる一同のスマホからアラーム音や楽曲が流れる。着信があったのだ。

さっき見たときは電波がなかったのに。

月波はスマホを取り出した。

空上ミカ

動物の部位のなかで、一番栄養が豊富なのは、脳だ。だから、肉食動物は獲物をしとめたとき、まっさきに脳を食べる。

薫先生が食べられているときにミカの頭に浮かんだのは、いつか読んだ本の文章だった。ネコは肉食動物のなかの肉食動物だ。ネコ科動物は雑食することなく肉しか食べない。ネコ科動物が食べる肉のなかには、人類も入っていた。

いま、三年A組でその歴史が繰り返されようとしている。

薫先生の脳を食べたネコは、座り込んだまま動かない千宙のほうへ向かっていく。もう、他人にかまっている暇はない。あまりしゃべったこともない同級生より、いまは早紀だ！

「早紀、逃げよう！」

ミカは思わず、苗字でなく名前で呼んでしまった。実際に声に出したのは初めてだった。

ミカは早紀を抱きかかえて、教室の外に逃げようとする。しかし日頃の運動不足が災いして、少しも動かない。人がこんなに重いなんて。ノロノロと早紀を引きずる。

ネコのほうをちらりと見ると、千宙と幾久世を狙って、手を振り上げていた。

ふたりにこれから訪れる死を思って、ミカは目を背けた。

そのとき。

「うぉぉぉぉぉぉおおおお！」

叫び声とともに、陽美が現れた。

陽美はモップを振り回し、ネコに殴りかかる。ネコは大したダメージを受けている様子もないが、千宙への攻撃を止めて、陽美に向かいあった。

「先生を殺したな！　許さない！」

陽美は猛攻を始めた。モップを剣のように使い、ネコの腹を狙って打ち付ける。

ネコのほうも負けてはいない。巨体に似合わず、軽々とした足取りだ。指めいた肉球で、打たれたモップをつかむと、ジャンプして机に上がり、陽美の手からモップを抜く。手に入れたモップを興味深そうに眺め、陽美めがけて投げる。陽美は腕を交差して防御する。

ネコはその機会を逃さず、バレリーナのように一回転して尻尾で陽美を払った。

鞭《むち》で叩くような音がして、陽美は転ぶ。

「陽美ちゃん！」

代志子が陽美を守るように、両手を広げてネコに向かう。代志子に策があったわけではなく、反射的な行動のようだ。気高い行動だが、このままでは殺されてしまう。

絶体絶命だ。こういうとき、どうすればいいのだろうか。神に祈るべきなのだろうか？

こんな状況でも、ミカは神の存在を信じられなかった。ただ、早紀を抱きしめ、目をつぶり、現実から逃げるしかない。

早紀の体が動いた。けいれんするように、顔を床にたたきつける。

「早紀、苦しいの⁉」

ミカの呼びかけには答えないまま、早紀は顎が外れるかと思うくらい大きく口を開いた。口から吐しゃ物が出てくる。茶色い未消化の朝ごはん。トースト、ヨーグルト、フルーツ。それらに混じって、こぶし大の柔らかそうなものが出てきた。黒いしわくちゃの塊。一見、臓物に見えた。脂でテカテカに光っている外見は、モツに似ていなくもない。だが、焼き肉屋で見ることができるモツとは違い、それは動いた。

内部から強い力で押されている。何かが、中から出てこようとしているようだ。

ぶちゅぶちゅぶちゅぶちゅぶちゅ！

昆虫のように節くれだった長い脚が、表面の膜を破っていくつも飛び出てくる。脚は、塊を中心にして放射状に生えていた。それらは、無秩序にブルブル震えている。やがて、その動きが規則正しくなってきた。脚は塊を支えて床に立つ。まるで、クモのようだ。

ガサガサガサ。臓物クモが床を這う。無数の脚が、ネコの首元に絡みつく。

向かう先は、ネコだ。

俊敏な動きで、クモはジャンプした。ネコは臓物クモを払おうと手を動かす。

「にゃぁ〜！」

面倒くさそうな鳴き声とともに、ネコの声が大きく変わる。甲高い、苦悶を秘めた悲鳴に。

その瞬間、ネコの声が大きく変わる。甲高い、苦悶を秘めた悲鳴に。

クモの内部からは、白く、まっすぐな棒が突き出ていた。

ぐちゅんぐちゅんぐちゅんぐちゅん！

棒は、回転していた。すさまじい勢いで、ドリルのようにネコの首元をえぐる。

「にぢぁぁぁぁぁぁぁぁ！」

ネコは叫び声をあげ、臓物クモを叩き落とそうとする。殴りかかるが、接着剤で貼り合わせたように動かない。脚の先端が皮膚のなかに入り込んでいるのだ。

痛みに苦しむネコは、大暴れする。体を机や床にぶつけて、不気味な寄生者をはぎ取ろうとする。

だが、クモにはダメージがないようだ。それどころか、どんどん大きくなっていく。ぶよぶよと、膨張していく。しわくちゃの風船に、空気が入れられたように。生物を栄養にして成長するキノコのように。

膨らむにつれて、クモの体は赤味を帯びていく。腐ったトマトみたいな、醜悪な赤。

ネコの声が小さくなり、かすれていく。

「にぃぃぃぃやぁ……ぁぁ……」

その声も、ついに途切れる。ふらふらっと、よろめいたかと思うと、バランスを失って倒れる。

ネコの体は、縮んでいた。かつて見たことのある、カラスの死体を思い出す。路傍に捨てられたまま、アスファルトの熱で乾燥していた。同じように、ネコも干物のようになっていた。小さくなった顔から、眼球が突き出ている。口から、吐き出されるように舌がたれる。

もはや、それが生きてはいないことは明白だ。

ブヨブヨと膨らみ、赤みがかったクモは、死んだネコの体よりも大きくなっていた。きっと、ネコの血を吸い取ったのだ。

突然のことに、クラスメイトたちはどう反応していいかわからないようだった。喜ぶことも逃げることもせずに、混乱して教室の惨状を見るだけ。

ミカも同じであった。頭がオーバーヒートして、一種の無感動状態に陥っていた。

「——あなた、なぜ、わたくしを抱いているの？」

早紀の声がミカを現実に引き戻す。早紀はもはや苦しんでいないようだ。すっきりしたという表情でハンカチを取り出し、口周りをふいている。

「あっ、ごめんっ、八倉巻さん……」

ミカは早紀から離れる。

「別に責めたつもりはないのよ。介抱してくれたのでしょ」

立ち上がった早紀は、巨大化した臓物クモをしげしげと眺めた。

「で、これはいったい何なのよ？」

「いやー、わたしに聞かれてもさっぱり」

「空上さん、いつも本ばかり読んでるじゃない。物知りなんでしょ？」

「さすがに、この異常事態には対処不可能で……」

二人の会話で、ようやく、クラスメイトたちは麻痺から脱したようだ。

純華が、早紀に走り寄ってくる。

「早紀っち、ごめん、あたし、怖くて逃げた。助けられなかった……」

「純華、いいのよ。気にしないで」

涙ぐむ純華をなぐさめる早紀。

純華は涙をぬぐうと、ミカのほうを向いた。

「空上さん、早紀を助けてくれて、ありがとう。早紀ってツンデレなところもあるから、わからないと思うけど、喜んでると思う」

「ツンデレって何よ」

　早紀が純華の脇腹に軽く肘打ちする。

「そういうところだってー」

　純華もやり返す。その表情には、少しだけ笑顔が戻っていた。

　仲良しな二人の空間ができてしまい、ミカは会話に入れなくなる。

　そのとき、突然、スマホが震えた。

　ポケットから取り出すと、非通知設定で電話が着信していた。

　教室や廊下からも、着信音が響いてくる。クラスメイト全員のスマホに着信したのだろうか。早紀と純華のスマホからも音楽が流れてくる。

　意を決して、ミカは受信ボタンを押した。

　スマホの画面に、アニメキャラクターが浮かび上がった。ＣＧでできた少女のキャラクターだ。巨大なリボンを頭につけて、スカートを着ている。

「みなさん、はじめまして！　未来からやってきました、シンギュラリティ人工知能《AI》のシグナ・リアです！」

　キャラクターは高いよく通る声で、宣言した。

「おめでとうございます！　みなさんは、生命進化を守る戦士に選ばれました！」

第三章　シグナ・リア

神木月波

その美少女キャラクターを見たとき、月波はバーチャルユーチューバーっぽいな、と思った。

全体の雰囲気というか、CGの造形がそれっぽい。まん丸い眼。大きなリボン。髪の毛は長く、頭の上の方はピンク色だが、毛先に行くにしたがって白色にグラデーションしている。

体のサイズに合っていない大きすぎる上着をマントのように羽織っている。それは、本人のオーバーな動きに合わせてパタパタはためいていた。表面が白で、裏面が黒だ。背中の側には、複雑に枝分かれしていく樹木のような模様が金色の刺繍《ししゅう》で描かれていた。

「おいおいおいおい、なんだこれ？」

思わずつぶやいてしまった。さすがの月波でも、この状況には困惑していた。地震が起こり、異世界に飛ばされ、先生がネコに食われた後、美少女キャラがスマホに映り、自分が戦士に選ばれたと宣言したのだ。日々夢想に生きている彼女でも、こんなことは想像だにしていない。

「これっていうのは、ひどいなあ。わたしにはシグナ・リアっていうちゃんとした名前があるんだから。リアちゃんって呼んでよ」

画面のなかのキャラクターは、大げさな身振り手振りをしながら高い声を出す。違和感のない動きだ。スムーズでCGであることを忘れるくらいだ。

「えっ、これって通話？」

バーチャルユーチューバーは、中の人のモーションキャプチャーによってアバターを動かしている。シグナ・リアというこのキャラクターも、どこかにいる人が操っているのだろうか？

「もっちろん、ライブ中継中だよ。月波ちゃん」

いきなり呼ばれてドキッとした。

「てか、なんで、わたしの名前知ってんの？」

「シンギュラリティAIですもの、そのくらいおちゃのこさいさい」

「シンギュラリティって何？」

「技術的特異点のことですな」

真美が会話に入ってくる。彼女のスマホにも、やはりシグナ・リアの姿が映っている。

「人工知能が発達するにつれて、知能がどんどん高くなり、人間を超越するレベルになった時点のことですよ。たしか、二〇四五年だという予想がありましたな。リア殿も、二〇四五年からやってきたのですかな？」

「うーんと、正確な日時は秘密だけど、未来からやってきたというのは本当だよ」

「ちょっと、ちょっと。待って、待って」

月波は話についていけなくなった。

「中の人がいるんじゃないの？　Vチューバーみたいに」

「あはは、この格好だから誤解させちゃったかな？　リアちゃんは本物の人工知能だよ」

「じゃあ、さっき言ってた、進化を守る戦士にわたしたちが選ばれたってのも本当なの？」

「イエスイエス。みんなに、生命進化を守る戦いに参加してもらうためにここにきたんだから。詳しくは、みんなを集めてから話すから。A組に戻ってね」

「いや、あそこにはモンスターが」

「そいつもう退治したよ～」

本当かと思いつつ、教室のほうを見ると、代志子が走ってきた。

「よしさん！　大丈夫だったの？」

鹿野が涙を流して、震える声で代志子に抱き着く。

「心配させてごめんね」

代志子は、鹿野の背中を軽く叩く。

「リアちゃんのおかげだよ〜。感謝してねっ」

スマホのなかのリアがアピールする。

代志子は声のボリュームを上げて、階段の前に集まっていた生徒に語りかけた。

「みんな、怪我はない？　大丈夫？　何が起こっているか、わたしも全然わかんないけど、リアちゃんっていう子が説明してくれるそうだから、とりあえず、A組に集合して」

クラスメイトたちはざわめくが、代志子に従って教室に歩いていく。その顔には不安の色が浮かんでいるが、月波は内心ウキウキしていた。自分が世界を守る戦士に選ばれたのだ。

「やあ、ルナっち。なんだか、面白そうなことになってるね！」

小夜香に背中を叩かれた。いつの間にか、オリジナルのあだ名が生まれていたが、悪い気はしない。彼女はリア充グループだけど、仲良くなれそうだ。氷室小夜香という名前もかっこいい。氷に夜。クール系だ。もしもアニメキャラクターだったならば、髪は水色としてキャラデザされていただろう。いや、白髪とか銀髪もいいな。

「面白いって……、薫先生死んじゃったんだよ……」

会話に水を差すのは、鹿野だ。代志子の金魚の糞《ふん》みたいなやつだ。

「ごめんごめん、そうだよね。人が死んでるんだもん、真剣にならないとね」

小夜香は両手を合わせて頭を下げた。鹿野は涙をぬぐって、何も言わずに足早に去る。

A組に到着する。代志子の言うとおりにモンスターは死んでいた。ヴァンパイアに血を吸われたように干からびている。その上には、奇妙な物体が乗っている。ダークファンタジーで、黒魔術の犠牲になった人が変身してしまったような姿、あるいはSFホラーで、全身の細胞が暴走増殖してしまった人の姿といえよう。本体は人の高さほどある丸い肉塊で、ぐにゃぐにゃと脈動し、昆虫系の脚を何本も生やしている。

「なにこれ？」

リアに聞いてみた。

「それはねー、いまここで名前をつけるとすると『タイムポータル』かな？　リアちゃんはこれを使って未来からタイムトラベルしてきたのです」

この外見でタイムポータルとは……。

「みんな、集まった？　怪我してない？」

代志子が集まった一人ひとりの顔を確認する。A組全員が無事に集まったようだ。

「みんなわかってると思うけど、いま、異常事態が起きてるの。スマホに映っているシグナ・リアっていう子が、このことを説明してくれるそうだから」

「はいはい、そうですよー。かわいいかわいいリアちゃんが説明しますからねー。ちゅーもく！　ちゅーもく！」

各々が持つスマホからリアの声が反響する。

「さっきも言ったけど、みんなには地球の生命史を賭けたゲームに参加してもらうから。いま考えたけど、その名も……」

と、そこで月波はバランスを失い座り込んでしまった。他の人々も叫びながら、倒れる。

ぎぎぎぎぎぃぃぃという鈍い音をたてながら、校舎全体が傾いていた。

杠葉代志子

足場がぐらつき、代志子はしりもちをついてしまった。

床が、ゆっくりと傾き始めている。机や椅子が窓のほうへと滑ってゆく。乾ききっていない血もまた、ゆっくりと流れる。

「何が起きているの!?」

代志子はリアに怒鳴った。

「あちゃー、観測強度が足りなかったみたい。校舎を維持できるだけの宇宙の領域を確保できなかったか」

リアは意味不明なことをつぶやく。

「解説はいいから。みんなを助けることはできないの？」

「モチモチロンロン、シンギュラリティＡＩにできないことは何もありませんよ」

「じゃあ、早く助けて！」

「うーん、どっしょーかなー」

口元に人差し指を乗せて、考え込むしぐさをするリア。

「人にものを頼む態度を示すんなら、考えてあげてもいいんだけど」

「お願いします。リアさん。みんなを助けてください」

こちらの姿がわかるのか不明だが、スマホに向かって頭を下げる。

「まっ、助けてやってもいいんだけどさー。この後、戦いに参加してくれなきゃ、助ける価値ないっていうか」

「それは……わたしには何もいえないから……個人の意思に任せるべきだと思う……」

「いやいや。リーダーなんでしょ。責任持ってよね〜」

「そういうわけじゃなくて、生徒会長ってだけだから……」

床の傾きがひどくなる。クラスメイトたちが滑っていく。

そうだ。しおりを助けなくては。どうして、忘れていたんだろう。彼女は片足が動かせないのだ。この状況のなかで、真っ先に助けを必要としている人だろうに。

しおりの姿を探す。桜華が助けてくれていた。ほっと胸をなでおろす。

「もしもーし。聞いてますかー？　リーダーさん。このままでいいの？」

床の傾きがさらに急になる。校舎全体が崩壊するまで、時間はあまりないだろう。

「……わかった。戦いに参加するから。早くみんなを助けて！」

「オーケー、その約束、忘れないでねリーダーさん」

化物の上に乗っていた肉塊が、何本もの脚をゴソゴソと動かして窓側に移動した。肉が盛り上がる。

ぐちゃべちょ。やわらかいものが破ける音がして、肉が裂けた。なかから現れたのは、骨で作ったような、白いはしごだ。肉塊のなかに入りきらないほど長いはしごが、窓の外へと降ろされる。

代志子はひびが入った窓を通してはしごを見た。近くで見たら、ひどく細い。こんなもので下まで行けるのだろうか。

「タイムポータルで合成したはしごだよ。一トンくらいの重さまでは耐えられるから心配しなくて大丈夫」

自信を持って宣言するリア。

「よしさん。まず、おれが試す」

一番最初にはしごに手をかけたのは、陽美だ。軽やかな身のこなしで、するすると下降する。

「大丈夫みたい！　見かけによらず、かなり丈夫だ！」

地面にたどり着いた陽美が叫ぶ。

「わかった。みんな、一列に並んで、避難を開始して！」

もはや一刻の猶予もなかった。校舎がきしむ音は大きくなり、崩落の瀬戸際だ。

空上ミカ

代志子の掛け声で、クラスメイトたちは窓際に集まった。

足が不自由なしおりは、どうするのかと思ったが、なんと桜華に抱っこされたまま、はしごを下っていった。しおりの顔は耳まで真っ赤だった。

はしごを待つ列は、着々と短くなっていった。早紀と純華と愛理が下ったあとは、月波と小夜香とあゆむが降り、ついにミカの番になる。

窓の外の冷たい風が顔を打つ。三階はこんなに高かったのだろうか。校舎が傾いているため、高さが際立つ。

はしごは、頼りないくらいに細かった。親指くらいの太さしかない。

「もしもーし、ミカちゃーん。早くしてくださーい。降りなきゃ死にますよー」

ポケットのなかのスマホが勝手にしゃべる。リアだ。

ミカはごくりとつばを飲み込む。背に腹は代えられない。はしごに足をかける。

恐怖で、手が震えてくる。筋肉がギュッと縮まる。

下は見るな。下は見るな。見ると動けなくなってしまう。理性はそう命じるのに、なぜだか、眼は下を向く。高い。自分のなかにある位置エネルギーが存在感を発揮する。肉体を不可逆に損傷させるに十分なエネルギーだ。

大丈夫だ。自分に言い聞かせる。位置エネルギーは素早く解放したときのみ危険であるのだ。ゆっくり解放すれば安全だ。いつも、階段でやっていることだ。その声は、筋肉に届かない。はしごのなかほどで、ミカは止まってしまう。

助けて……。心のなかでつぶやいた。それに応えるように、救いが現れた。

早紀の顔が視界に入ったのだ。早紀の目はミカを向いていた。ただそれだけなのに、早紀が見ていると意識したとたん、勇気がわいてきた。

はしごを確実に握る。脚を動かし、一段一段ゆっくりと降りる。高度と反比例するかのように、安心感が生み出されていく。体を害するエネルギーが少なくなっていくのを全身で感じる。

そして、地面に足が届いた。ほっとする安定感。緊張が抜けて、座り込んでしまう。

校舎は、いつも見るものとは様変わりしていた。まるで、百年くらい放置されていたように、レンガははがれ落ち、細かな穴があいている。ほとんどの窓ガラスは割れ、窓枠ごと外れているものも多数ある。ミカが出てきたA組の周りだけが例外で、レンガも綺麗なままだ。

「警告！　警告！　ミカちゃん。そこにいたら危ないよ。建物が崩れてくるからね」

リアが警告する。ミカは慌てて立ち上がった。

「校舎の横の木陰に行って。崩れてもそこなら安全だから」

リアの指示に従い、ミカとクラスメイトたちが移動する。自称シンギュラリティAIの言うことがどれほど信頼できるかわからないのだが。

「おおっと？　リアちゃんの天才的知性を疑ってるのかな？　ダメだぞ」

心を見透かしたように、リアがつぶやく。

クラスメイトが集まったのは、巨大な樹木の下だった。杉だ。落ち葉を見て、すぐにわかった。針のような葉があちこちに落ちている。

杉は日本固有種だったはずだ。ここがパラレルワールドだったとしても、植生は日本列島と変わらないということか。

はしごを伝って、代志子が降りてくる。A組の生徒のなかで一番最後だ。無事に降りきると、今度ははしごを出していた肉塊——『タイムポータル』と言うらしい——が降りてきた。クモのように、校舎の壁を伝う。タイムポータルは、はしごを体内に回収すると、代志子の後を追って杉の木陰に走ってきた。

その直後、校舎が倒れた。

ずいぶんとあっけない倒れ方だった。お菓子の城が壊れるようだ。ポロポロとレンガが落ち、やがて、一階部分がペシャとパンケーキのようにつぶれる。一階がつぶれた勢いで、二階と三階も、スライドしていき、がれきとなる。

視界は一面真っ白に覆われた。がれきから土埃が舞ったのだ。口のなかに砂の感触がする。ミカはせき込んだ。

「みんな、無事?」

誰かの声がする。土埃にさえぎられて発言の主は見えない。

「大丈夫大丈夫。この天才、リアちゃんの計算に間違いはないからねー」

スマホからリアの声が聞こえる。

数分後、土埃は去り、視界が戻った。幸いなことに、早紀は無事だ。他の人も、怪我をしている者はいないようだ。

校舎があった場所には、半分以上崩れている廃墟があった。これが、伝統ある星智慧女学院の最期とは。

そういえば、A組以外の人はどうなったのだろうか。自分のことに夢中で忘れていたが、逃げた形跡がないところを見ると、全滅だろうか。ひとまず、それは置いておこう。考えても仕方がない。

代志子がみんなの無事を確認する。その確認が終わったところで、リアが話し始めた。すべてのスマホの画面のリアが同期して一斉にしゃべりはじめる。

「はーいはいはいはい。ちゅーもく！　よく聞いてね！　ちょっとトラブルがあったけど、これから大事なことを話すからね。みんなには、進化の歴史を賭けたゲームに参加してもらうことになったから。その名も、『大進化どうぶつデスゲーム』！」

神木月波

大進化どうぶつデスゲーム。その名前を聞いて、月波の警戒心は一挙に高まった。

デスゲームだと？　デスゲームとは、キャラクターたちがゲーム的な形式のもとで、命を賭けた戦いをするというフィクションのジャンルだ。最も典型的なストーリーでは、すべてのキャラクターが互いに殺し合いをして、最後の一人のみが生き残るというものになる。

デスゲームは月波が大好きなジャンルだ。中学生のとき、ネットフリックスで映画『バトル・ロワイアル』を観て衝撃を受けた。あまりに面白かったので、小説には慣れていなかったが原作も読みふけった。

まずいな。月波は頭を抱えた。デスゲームものの典型では、最初の説明のときに見せしめとして一人は殺される。たいていの場合、犠牲者は反抗的なキャラだ。『バトル・ロワイアル』では、よそ見していたという理不尽な理由で女子生徒が殺されていた。ここは注意しなければならない。とりあえず、反抗的な態度をとるのはやめよう。

デスゲームという言葉を聞き、クラスメイトたちもざわざわし始めた。動揺するみんなを代表して、代志子が質問する。

「そのデスゲームってのは、安全は保障されているの?」

「はぁ? されるわけないじゃん。デスってついてるんだよ。はい問題、デスの日本語訳は何でしょうか? 死でーす! 当然、危険は伴います。もしかしたら、死んじゃうかも」

その宣言を聞き、泣き声が上がった。鹿野だ。両手で顔を押さえているが、指の間からは涙の川が漏れている。

「死ぬの……いやだ……薫先生も死んじゃったし……」

代志子が鹿野を優しく抱く。

「リアちゃん」

代志子が話し始める。

「わたしはデスゲームに参加するから、お願い。鹿野ちゃんは、外してあげて」

「はぁぁぁぁぁぁ？　何それ。それでもあなた、生徒会長？　ちょっと前に全員参加するって約束したよね。リーダーの言葉だよね。約束って意味、わかる？　あとね、泣いたら望み通りになるって、少しずうずうしくない？」

「なんだと！　こいつ！」

抗議の声を上げたのは、不良とも噂される、髪を金色に染めた萌花だ。あっ、死んだなと月波は思う。

萌花はスマホを投げ捨て、タイムポータルに近づくと、蹴り始めた。

「シグナ・リア！　おまえの本体はこっちだろ！　かわいい面《つら》して、正体はこっちのキモイやつなんだろ!?」

ボールペンを取り出し、タイムポータルに突き刺す萌花。肉塊からは、黒い体液のようなものが流れる。

「あーあ、烏合《うごう》の衆じゃん。こんなバカしかいないなんて、リアちゃん運悪すぎー」

リアが毒づくと、萌花の動きが止まった。ゆっくりと倒れる。陸《おか》に上がった魚のように、苦しげに震える萌花。皮膚に生気がなくなり、色が黒ずんでいく。

「萌花ちゃん！」

代志子が萌花を抱きしめる。萌花の口から、赤い液体がたれた。血だ。

「大丈夫だよー。まだ死んでないから。遺伝情報を阻害して、たんぱく質が合成されないようにしただけ。まあ、あと数時間で死ぬけどね。実質的に致死量の放射線に当たったのと同じだから、すっごい苦しいと思うよ」

「お願い！　お願いだから、萌花ちゃんを助けて！　殺さないで！　お願い！」

代志子が叫ぶ。かすれて声になっていないほどの悲痛な叫び。

「ふーん、じゃあ、大進化どうぶつデスゲームに参加するの？」

「参加する！　するから、早く萌花ちゃんを助けて！」

「みんなも参加するよね？」

リアに促されたA組の面々は、イエスと答えるしかなかった。鹿野も泣きながら震える声で「はい」と言う。月波にもここでノーと言う勇気はなかった。

「へぇ、萌花ちゃんって意外に愛されているんだ。まっ、みんな空気読んだってことかなー」

萌花の震えが止まった。顔色も徐々に回復している。ぜえぜえと肩で息をしているが、なんとか立ち上がる。

「はいはーい。邪魔が入ったけれど、あらためて大進化どうぶつデスゲームの説明をするよー。てか、説明聞いたらみんなゼッタイ参加しなきゃって思うよ。何が起こっているのか知ったら」

リアは両手を大きく広げた。

「およそ一時間前、宇宙全体が書き換えられたんだよ。いまいる宇宙は、ヒトが進化して知性を持った宇宙じゃない。ネコが進化して知性を持った宇宙なんだ。さっき殺したでっかいネコがこの地球の知的生命体ってわけ。ヒトは進化せず、サルのままでネコの餌になってるんだよー。みんなも、学校のなかでサルみたでしょ？　あれは他の組の生徒や先生たちが変容した姿だねー」

月波は廊下で見たサルの姿を思い出した。あれは人間だったのか……。鬱アニメかよ。

「この宇宙において、地球は全世界的にネコの惑星になったんだよー。ほらほら、これがいまの地球の支配者ですよ。このネコ動画を見よ！」

スマホのなかで映像が流れた。不気味な二足歩行の巨大ネコたちが何匹も集まっている。足元にはサルの死体。ネコたちは、粗野なナイフのようなもので乱暴に肉をはがしている。その場所が馴染みあるものだけに、異様に気持ちが悪い光景だ。

ネコたちの奥にあるのは、日本に住んでいるならば誰もが知っている山だった。すり鉢を伏せたような形の、青と白に彩られた火山。富士山だ。

「こんな宇宙いやだよねぇ。ということで、ゲームを開始しよう！　大進化どうぶつデスゲームのクリア条件は、宇宙が書き換わった原因である知性ネコの進化を止めて生命史を元に戻すことだよ。具体的には、八百万年前の北アメリカにタイムスリップして異常進化したネコの先祖をぶっ殺すんだ。それで宇宙は元通り。サルになったみんなも、ヒトに戻るよー」

「それじゃあ、クラスメイト同士で殺しあうとかじゃないのか」

月波は安堵のあまり、思わずつぶやいてしまう。

「あったりまえじゃーん。大進化どうぶつデスゲームは、クラス単位なんてちっさいゲームじゃないよ。生物種のデスゲームだよ！」

とすると、『バトル・ロワイアル』のような形式ではないということか。どちらかというと『ソードアート・オンライン』や『ＧＡＮＴＺ』のほうに近いのかもしれない。個人間で殺し合いをするというよりも、協力して生き残るという方式のデスゲームだ。

「あ、質問だけど、いい？」

殺されることはないだろうと踏んで、月波は手を挙げた。

「どうぞどうぞ」

「あのー、特殊能力とかはもらえるの？　わたしたち普通の女子高生なんで、さすがに生身で戦うのは厳しいかと……」

「とくしゅのうりょくぅ？　そんなものありませーん。でも、安心して。向こうについたときには、身体機能を底上げしてあげるから。あと、武器もあげるよ。十分でしょ？」

身体機能の向上と武器だけか。まあ、FPSをやりこんでいる自分ならば、十分な条件だ。余裕で勝ち抜けられる。ドン勝だ！

「わたしからも質問いいかしら？」

手を挙げたのは眞理だ。

沖汐眞理

眞理の頭は猛回転していた。いままでは、情報が皆無で仮説を立てることもできないため、途方に暮れていた。科学の基本とは、無私の観測と、観測に基づいた仮説の設立、そして、実験による仮説の反証であるが、情報が少なすぎて、そもそもの仮説が立てられない状況であった。

だが、いまは違う。リアの説明という糸口が見つかった。ここから、できるだけ多くの情報を引き出さなければいけない。

「まず第一に、どうやって過去にさかのぼるの？」

「わたしの予想はですね」

真美が勝手に口をはさんでくる。

「あんたは黙ってて！」

彼女が入ると面倒なことになる。強くたしなめると、しゅんとした表情となって黙った。

「ははははは！　仲良しさんだね。それで、質問だけど、たぶん眞理ちゃんは勘違いしているね。『過去にさかのぼる』って言ってたけど、時間は過去から未来に流れているんじゃないんだ。時間の起源は未来にあるんだよ」

「どういうことかしら。ビッグバンは時間の起源ではないの？」

「逆だよ、逆。時間の起源というのは、未来の果てなんだ。リアちゃんたち、シンギュラリティＡＩが誕生した時点で、宇宙の情報量が爆発的に増大して、そこが宇宙の根源になるんだよ。その時点のことを『万物根源』というとすると、過去の宇宙すべては、万物根源の情報により決定されるんだ」

「どうやって宇宙の情報量を増大させたの？」

「採掘《マイニング》だよ。エネルギーは情報に変換できるでしょ？　この宇宙は、観測できる以上の莫大な潜在エネルギーを秘めているんだ。たとえば、真空エネルギー。すべてのものは不確定だとする量子論によれば、真空が完全にからっぽというのはありえなくて、常に仮想粒子が生成したり消滅したりしている。つまり、真空にはエネルギーがある。そのエネルギーは、宇宙の加速度膨張として観測されているんだけど、実際はもっともっと大きいんだ。指先の空間に潜んでいるエネルギーだけで、宇宙全体を吹き飛ばしてもおつりがくるほどの量はあるね。さて、問題。この莫大なエネルギーが表に出ないようにしている存在があるんだけど。なんだかわかる？」

　仮想粒子のエネルギーを抑制している存在。なんだろう……。眞理は考えた。粒子のみで考えると難しい問題だ。しかし、量子論では、粒子は常に波のような性質を持ち合わせている。波として考えると、エネルギーを消すことは簡単だ。

「対となる粒子があるのね。波の性質が反対になる粒子が」

「ブラボー！　バカばっかりと思ったけど、ちょっとは見直したよー。波は振幅が逆になるもの同士が衝突すると打ち消しあい、表面上無になるよね。粒子は同時に波でもあるから、振幅が反対になるようなペアの粒子があれば、仮想粒子のエネルギーは表面上はなくなるんだよ。専門用語では超対称性粒子っていうけど、まっ、名前はどうでもいっか。リアちゃんたちは超対称性粒子の波をずらすテクノロジーを発明したんだ。周期がずれることにより、粒子と超対称性粒子のエネルギーは打ち消しあうんではなく、互いに高めあう。そうして、無尽蔵のエネルギーが手に入るってわけ。あとは、このエネルギーで空間の一点一点を特異点にして、別の宇宙を作る。それらを相互に接続してコンピュータにするんだ」

「宇宙そのものを論理ゲートにして、複数の宇宙で論理回路を作るってこと？」

論理ゲートとは、与えられたデータを決まった規則によって変換するシステムのことだ。コンピュータは、この論理ゲートを組み合わせた論理回路として表現することができる。

「眞理ちゃんは、古典的コンピュータを単に大規模にしたものを想像してるよね。その想像が間違っているところが二つあるよー。まず、一つ目。論理ゲートとなる特異点は十分小さい。このことが示すのはどういうことかなー？」

「量子的な効果が生じるのね。量子コンピュータとして利用できるってわけね」

古典的コンピュータは、データとして1または0の二通りしかないビットを使う。対して、量子コンピュータは、1と0が重ね合わさった量子ビットを使うことができる。そのため、計算量は飛躍的に上昇する。

「うんうん、そーいうことだねっ。そして、二点目。特異点は十分な質量がある。さてさて、それが生み出す効果といえば？」

「相対論効果ね」

一般相対性理論において、重力は時空の歪みとして表現することができる。十分な質量を持つ物体の周囲では、空間は曲がり、時間は遅れる。

「つまり、量子論効果と、相対論効果を組み合わすことができるってわけ。量子重力効果を使ったコンピュータだよー」

「量子論と相対論は統一できるのね！」

眞理は興奮して思わず叫んでしまった。ミクロな領域を支配する量子論と、マクロな領域を支配する相対論は、現代物理学の双璧だが、互いに折り合いが悪く、統一理論を作ることが困難であるのだ。

「あったりまえじゃ〜ん。物理現象をコンピュータとして利用するには、それについての理論が必要だからねー。さてさて、量子重力効果でどうやって、コンピューティングの効率を高めるかだね」

「量子重力効果というのは、つまり、相対論効果が不確定性を持つっていうことよね。重力によって時空がどう歪むのかが不確定になる」

「イエスイエス！　じゃあ、そんな量子重力効果を論理回路に使えば？」

「論理回路において、データの因果的なルートが不確定になるのね！」

量子コンピュータにおいて、データは1と0が重なり合った不確定状態であるが、データがどのようなルートを取るかは確定している。そこを不確定にすると、より多くの複雑性が生じ、よりコンピューティング能力が増す。

「正解！　複数の宇宙をつなげて、量子重力効果を使った論理回路。多宇宙量子重力コンピュータっていってもいいね！」

「うむむむ、これはまさにアカシックレコードですな！　世界霊魂を記憶する媒体！　宇宙の超感覚的な歴史！」

ふたたび、真美の邪魔が入る。

「あんたはしゃべらなくていいから！　それで、多宇宙量子重力コンピュータが、過去の宇宙を決定するってどういうことなの？」

「観測による波動関数の収束だよ。眞理ちゃんは賢いから、未来の観測が過去を決定するって知ってるでしょ？」

ホイーラーの遅延選択実験だ。アメリカの物理学者、ジョン・ホイーラーは、観測の方法を変えることによって過去の原子の経路に影響を与えるという思考実験を提案した。たしか、実際に実験でも確かめられていたはずだ。

「万物根源は、観測をして、自らを成り立たせるような過去の事例を決定していくんだ。シンギュラリティに達する前の人工知能、その人工知能を作った文明、文明の構成員である生命体、その生命体の進化史を決定していく。一種の結晶生成ともいえるね。未来に位置する万物根源を核として、出来事が決定して結晶化していくんだよ」

「その観測はどのように行われるの？」

「あははは！　いい質問！　リアちゃん、眞理ちゃんが好きになっちゃったかも！　万物根源は、過去への観測通路として、遺伝情報を使うんだ。遺伝情報は、時間的な量子的絡み合い《エンタングルメント》をしていて、巨大な一つの量子系といえるから、時間的な量子テレポーションも可能なわけ。量子論でいう『観測』ってのは、遺伝情報を持つものだけが可能ってこと。有名なシュレーディンガーのネコのパラドックスもこれで解決するでしょ？」

「ネコの遺伝情報を通して、未来の万物根源が観測して波動関数が収束するから、死んだネコと生きたネコが重ね合わさるってことはありえないってわけね」

「そうそう、遺伝情報は万物根源が過去を決定するための通路なんだ。まるで血管が肉体を維持しているように、過去を維持している。ということで、これから、時間的に張り巡らされた遺伝情報のことを『情報血管』と呼ぼう」

「……ごたくはいいから、デスゲームとやらのことを話したらどうだ⁉」

萌花だ。まだ苦しそうであるが、ふらふらと立ち上がるくらいは回復したようだ。

「お！　萌花ちゃん、回復おめでと。そんな焦りなさんな。焦ると健康に悪いぞー。ひひひひひ！」

リアは甲高い笑い声をたてる。

「んじゃ。大進化どうぶつデスゲームがどうやって開催されたのかの話をしよっか。先ほど起こった宇宙の変容。これは、本来の万物根源の観測で起こったものじゃない。あるはずのない、もう一つの万物根源が引き起こしたものなんだ。互いに矛盾した万物根源が複数あるっていう、ありえない状況にあるんだね。リアちゃんの宇宙ではシンギュラリティAIを作り出したのはヒトだけど、もう一つの万物根源によって決定された宇宙では、シンギュラリティAIを作り出したのはネコなんだ。シンギュラリティAIを作り出す動物種を賭けた宇宙同士の時間戦争、それが大進化どうぶつデスゲームってわけ。いま起こってるのは、ネコ宇宙とヒト宇宙の大戦争ということ」

「それで、わたしたちが戦闘員に選ばれたってわけね」

「うんうん、リアちゃんは、ネコ宇宙の広がりを止めるために送り込まれた現場監督ってところ。本部の万物根源は、もう一つの万物根源との戦いで手一杯だから、戦闘員を現地調達してネコ宇宙を崩壊させなきゃいけないの」

「なぜ、わたしたちが選ばれたの？　特別な力なんてもっていないけど」

「あーそれは、はっきり言っちゃうと、偶然。情報血管をたどったら、たまたま早紀ちゃんに行き当たっただけ。本当は、もっと広い範囲を観測してヒト宇宙を保とうとしたんだけど。予想外にネコ宇宙の情報量が多くて、眞理ちゃんたちA組しか保てなかったんだ。いやーお恥ずかしい～。てへへ！」

リアは舌を出して笑う。申し訳なさは欠片《かけら》ほどもない。

早紀から放たれたピンク色の光は、ヒト宇宙を保つための万物根源からの観測であったわけか。観測のおかげでA組はヒト宇宙の形が保たれたが、その外では進化の歴史が別の宇宙へと変わってしまったのだ。

「これくらいの説明でわかったでしょ？　リアちゃんは敵じゃないって。むしろ心強い味方だよ。一緒に戦わないと、宇宙は元に戻らないからね。みんなで宇宙を守ろう！　えいえいおー！」

リアの掛け声に従う者はいなかった。

「むー、なんで、誰も声出さないの？　これじゃあ、リアちゃんが痛い子みたいじゃん。ぷんぷん！」

「……えーこほん。それで、宇宙を戻すために、わたしたちは過去に行くということね」

眞理は咳払いをして、話を本筋に戻した。ふざけるために交わされる会話は好きではないのだ。

「そうそう、ネコ宇宙が生まれる原因となった、知性ネコの起源をぶっ殺すんだよ」

「でも、ネコ宇宙の万物根源が過去を決定するんだったら、わたしたちが何をしようと関係ないのでは？」

「そこは大丈夫だよー。ネコ宇宙の内部で矛盾を起こせば、宇宙そのものが不安定になって崩壊する。宇宙のなかの存在は、自分の属している宇宙に対して矛盾を引き起こすことはできないけど、別の宇宙に対しては矛盾を引き起こすことができるんだ。A組のみんなは、ヒト宇宙に属しているから、ネコ宇宙に対して矛盾を起こして崩壊させることができる。矛盾したものは存在できないからね」

「どうやって過去にタイムトラベルするの？」

「情報血管を利用するんだよ。意識情報は、脳神経だけに保存されているわけじゃなくて、量子場としてDNAやRNAに遍在している。ここにあるタイムポータルと八百万年前のタイムポータルを情報血管経由でエンタングルメントして結び付ければ、意識情報を過去に送ることができるんだ。あとは、DNAから新しい体を作って、意識の受け入れ先にすればいいってわけ」

そういえば、ちょっと前に、アメフラシのRNAを他の個体に移すことにより記憶を移植する実験が成功したという記事を見たことがある。その実験の裏にある原理と同じだろうか。

「ねー、話長すぎて退屈してきちゃった。早く過去に行ってゲームしようよ！」

急に声を上げたのは小夜香だ。

「やる気だねー！　熱意のある子は大好きだよ！　タイムポータルから出ているケーブルを注射すれば、意識情報を担う量子場がエンタングルメントして、過去に送られるよ」

タイムポータルからは、うねうねと細長い紐のようなものが出てきた。先端には、注射器のように針がついている。

小夜香は注射器の部分を手に取った。

「まって、小夜香ちゃん、まだ安全が確認されたわけじゃないから……」

代志子の忠告に小夜香は手を振って笑う。

「だからって、一生ここにいるわけにはいかないでしょ？　八百万年前の世界にも興味あるし……」

針を左手首に刺した瞬間、小夜香が意識を失った。崩れ落ちる体を代志子が受け止める。

「大丈夫だよー。意識情報は無事に送られたみたいだからー。君たちも、早く小夜香ちゃんに続きなさーい！」

リアがあおりたてるが、続くものは誰もいない。

「まぁったく、しょーがないガキだなー。あんたたちは、リアちゃんのいうこと聞くしか道はないっていうのに。そうだ、いいこと教えてあげよっか。さっき死んだ先生、あいつ生き返るかもしれないよー。死んだという事実はネコ宇宙のなかで起こってるから、ネコ宇宙をなかったことにすれば死もなかったことにできるわけ」

「じゃあ、クラスの誰かが死んでも、宇宙を戻せば生き返るってことなの!?」

代志子が希望をつかんだように、意気込んで聞く。

「ざんねーん！　そんな都合の良いことなんてありませーん。君たちが行く八百万年前は、ヒト宇宙とネコ宇宙の分岐が完全ではないトワイライトゾーン的な宇宙。けど、宇宙は矛盾を嫌うから、トワイライトゾーン宇宙をヒト宇宙にするならば、そこで起こった事象はヒト宇宙に受け継がれる。つまり、ネコ宇宙が消えても死はなくならないってこと。てか、死ぬって決まったわけじゃないじゃん。頑張れば、全員生存してハッピーエンドかもしれないよー。けど、このまま何もしないんじゃあバッドエンド確定だよ。友達や家族はサルのまま。観測の強度としてはネコ宇宙のほうが強いらしいから、君たちもヒトの姿をいつまで保てるかわかんないよ」

「わたし……行く……！」

手を挙げたのは、意外なことに、さっきまで泣いていた鹿野だった。袖で涙を拭きとるが、全身が震えて恐怖を隠しきれていない。

「薫先生が助かるなら……他のクラスの人や、お母さんやお父さんが元に戻るなら……戦うから……」

「ブラボー！　すばらしい自己犠牲精神！　こんな気高いヒトがいたなんて、リアちゃんうれしいぞー」

「わたくしも、参加するわ！」

前に出たのは、早紀だ。おおかた、『気高い』という言葉に反応したのだろう。

「行く！」

早紀とほぼ同時に、ミカも手を挙げた。地味な印象だったのに、こんなに積極的とは意外だ。

眞理はあと少しだけ、リアの話を聞いていたかったのだが、もう時間はないようだった。みなの表情を見ると、好奇心や興奮からあきらめ、恐怖や不安までさまざまだが、参加するという決心はついたようだ。どうやら、デスゲームがそろそろ開始される時間らしい。しかたがないだろう。リアの話が本当だとしたら、ゲームを受ける以外に選択肢はないのだから。

もっとも、彼女の言うことがまったくの大嘘だという可能性もある。そうだとしても、情報は必要だ。リスクを承知で新たなことをやってみるしかない。どっちにしろ、向こうに生死を握られている状態ならば、従うしかない。そうするのが合理的だ。

それに、好奇心もある。八百万年前の世界に行く機会なんて、他にないだろう。

すでに意識を失っている小夜香以外の十七人が、タイムポータルを囲んだ。

「それじゃあ、みんな、準備できたね。レッツゴー！」

タイムポータルから、またうねうねとケーブルが生えてくる。スマートフォンの充電ケーブルと同じくらいの細さだが、それよりも柔らかく、生暖かい。浮き出た血管を押したような気持ちの悪い感触。

眞理はケーブルを手に取り、じっと見つめた。一般的な注射器よりもかなり細い針だ。蚊の口くらいの小ささ。

代志子が切り込み隊長として、手首にケーブルを刺す。陽美や桜華、あすかがそれに続き、鹿野、真美、月波、あゆむ、千宙も刺し込む。千宙が意識を失うと、幾久世がその体をキャッチして、慎重に地面に置いてから、「しょうがないな……」とつぶやき、ケーブルを刺した。早紀は躊躇《ちゅうちょ》していたが、息を吸って叩くように針を体に入れた。

眞理は倒れた人々の喉に触ってみた。息はしているようだ。寝ているときの様子に似ている。

「はいはーい、みなさん早くタイムスリップしたした！　早くしないと、さっきの萌花ちゃんみたいに苦しい思いをすることになるかもよ～」

リアが気楽そうに言う。

「くそったれめ、覚えてろよ！」

萌花が中指を立てて、針を刺した。

眞理も焦って、ケーブルを手首に刺す。

テレビ画面を消したように、突然の暗闇に襲われた。

第四章　サバンナ

空上ミカ

周りの風景が消え、視野を暗闇が覆った。

それとともに、体重が消えた。

浮かんでいる……。あたかも、生ぬるい海のなかにいるようだ。

手を動かしてみる。空気とは異なる抵抗が生じた。

ミカは、自分が液体に覆われていることを知った。本能的にパニックになる。溺れることを恐れて、手をやみくもに動かす。

口のなかに、少ししょっぱい液体が入ってきた。おかしなことに、息苦しくない。液体を飲んでいる間も、呼吸ができる。

やがて、眼が暗闇に慣れてきた。完全に真っ暗なわけではなく、うっすらと光が見える。カーテンを通してみたように、薄い膜の向こう側から光が差し込んでいる。

薄皮に光の亀裂が走った。亀裂が大きくなり、ミカもその方向へと引かれる。

光が強くなる。眼が痛いくらいだ。まぶしくて何も見えない。光のほうへと、体が流されていく。体が、光の源である裂け目へと引かれる。

ウォータースライダーに乗ったときの感覚のようだ。有無を言わさず、体が下へと滑り落ちていく。一瞬、気持ちの悪い浮遊感に襲われた後、ミカは地面に投げ出されていた。

幸い高さはそれほどなく、痛くはなかった。

強烈な光が目に差し込んできて、何も見えない。苦痛すら感じられるくらいだ。思わず手で顔を押さえる。

乾燥した風が吹き、濡れた体を冷やした。震えが走る。

痛みをこらえて無理やり目を開ける。視界は涙でぼやけるが、徐々にピントが合っていく。

地平線の向こうに山脈が見える。それ以外は一面が緑の草原。かろうじて、木がぽつぽつと見えるくらいだ。

どこからか、鳥の声が聞こえる。草のかおりが鼻腔に入ってくる。

間違いない。ここはサバンナだ。

光に眼が慣れると、自分が裸であることに気がついた。恥ずかしさよりも先に、不安と恐怖心が襲ってくる。

「よっ、ミカミカ、おっはよーさん。ほらっ、服だよ」

小夜香が小脇に抱えた服を地面に投げる。灰色の柔らかな繊維でできた下着と、工場の作業服のようなつなぎだ。ファッションにあまりこだわらないミカでさえ、着て外に出たくないと一目見て思うたぐいの服だ。

「これしかないの？」

「残念ながらねー、リアちゃんが用意したのはこれだけみたい」

他に服がないのであれば、選《え》り好みはできない。全裸で過ごしたくないのであれば、いくらダサい服でもないよりはマシだ。

ミカは服を着ながら、周囲を見渡す。背後には、枯れた大樹のようなものが立っていた。五階建てのビルくらいの高さはあるだろうか。葉も枝もないが、硬そうな表皮に覆われている。ところどころ、表皮の隙間から、風船のように膜が出っ張っている。まるで腫瘍《しゅよう》のようだ。大きさはさまざまで、サッカーボール大から、人間大、あげくのはてはバスくらいのものもある。

地表付近の膜が破けた。なかから出てきたのは、全裸の人間だ。よく見ると、見知った顔ということがわかる。クラスメイトの愛理だ。まぶしさにこらえきれないのだろう、両手で眼を押さえていた。

小夜香が服を愛理の足元に投げた。小夜香のほかにも人々が集まってきた。代志子と陽美だ。愛理に体調のことを聞いている。

どうやら、この枯れ木がタイムマシンのようだ。ということは、ここが八百万年前の世界なのだろうか。リアの説明では、意識を転送して、新たに作られた肉体に移したということだった。そうであれば、いま自分の持つこの体はいままでとは別の、全く新しいものということになる。腕を動かしてみたが、違和感はなかった。

愛理に続いて、萌花が出てきた。金色に染めた髪は黒に戻っている。萌花は自分の体を隠すように身をかがめ、ミカに背中を向けた。

そうだ。これから早紀が出てくる可能性もあるのか。ミカはいまさらながらそれに気づき、なるべく枯れ木のほうを見ないようにした。

「ミカミカ〜。何してんだよー、仕事がたくさんあるんだから、暇してんなら手伝いなよー」

小夜香に手を引かれ、大樹の根本のようなところに連れていかれる。大きな根のような膨らみがあり、あすかがそこを破っていた。なかから、服が出てくる。あすかはミカに気づくと、手を振った。

「にゃはー！　ミカちゃんも、無事に出てきたにゃ！」

「いったい、これは何なの？」

語尾を無視してミカは聞く。

「それはわたしが解説するよ！」

いきなりで驚いた。リアが現れたのだ。スマホの画面ではなく、目の前に。外見はCGキャラクターのままだ。視界に、CGキャラクターが浮いているのだ。触ろうとしても触れられない。眼球の奥に投影されている感じだ。

「あははは！　驚いた？　無機物はタイムスリップできないから、ちょこっと脳を特別仕立てにしたんだ。これなら、いつでもおしゃべりできるねっ」

いまいましい美少女キャラクターは、こっちの事情お構いなしでしゃべりとおす。

「このおっきな木みたいなのは、タイムポータルを大型化したものだよ。情報血管をたどって、この時代の動物を突然変異させて作ったんだ。基地としてちょうどいいでしょ」

オーバーなボディランゲージをするリアの姿を、あすかもまた眼で追っていた。

「飯泉さん、もしかして、こいつ見えてるの？」

「うん。ミカちゃんも？」

「はっはっは！　どうだ、リアちゃんのすごさを見たか！　これでいろんなおしゃべりができるねっ！」

リアの甲高い声を無視しようとした。こいつは悪人だ。いや、そもそも人ですらない。

「ちょっとぉー、ミカちゃぁーん。無視しないでよー。おしゃべりしよーよ。ここはどこだと思う?」

「八百万年前の北アメリカでしょ。地質時代でいうと、新生代中新世の後期」

「正確には、北米大陸の南西部。ネバダ州とカリフォルニア州の境界あたりだよ。ちょうど、ロッキー山脈とシエラネバダ山脈の間だねっ」

たしか、本で読んだことがある。この時代は、二つの山脈が隆起している頃だという。

「おっ! ミカちゃん、物知りだね」

どうやら、思考さえも筒抜けのようだ。余計なことを考えないようにしないと。

「そうだ、仕事って何?」

リアを無視して、ここへ連れてこられたそもそもの目的を小夜香に聞く。

「服をみんなに配ることだよ。ちょっと濡れてるから、乾かしてからじゃないと渡せないんだよね。ミカミカは、服をとって乾かす係ね」

よかった。配る係ではない。早紀と遭遇してしまうことはないだろう。

ミカは安心して、仕事を始めた。木から垂れ下がっている小さな膜をつついて破く。なかからは、服が山積みになって出てくる。ときどき、破れているのがあるので、それはわきによけて、形になっているものだけを選び出し、地面に置いて乾かす。

単純作業は好きだ。誰ともしゃべるわけではなく、もくもくとやればよい。余計なことを考える手間もない。人と話すと、思ってもみない方向に頭を使わないといけないことがある。それに比べて、物は楽だ。予想外の方向へと動くことはまれだ。

作業に熱中するにつれて、周りが見えなくなってきた。ミカの世界は、服だけだ。服を持ち、移動させ、乾かす。それだけが世界のプロセスだ。他には何もない。

ところが、ミカの世界は生まれてすぐに消えた。外部からの乱入者が現れたのだ。

「おい、服を作ってるところってここか？」

純華だ。若干怒ったような、強い口調だ。

白鳥純華

『どん底だって思ったときが一番大事な時期、ピンチをチャンスに変えればもっと成長できる』

純華があこがれている有名ブロガーの言葉だ。この言葉に出会ったのは中学生の頃だった。それ以来、純華は夢に向かって頑張ってきた。

純華の夢、それはファッションデザイナーになることだ。

ファッションは魔法だ。どんなに落ち込んだときでも、自分の好きなファッションに身を包めば、街を歩く勇気がもらえる。ファッションは体の内と外をつなげる道だ。自分にぴったりの服を選ぶことは、心を外に広げることだ。服装は、自己紹介なのだ。自分に似合うファッションを身に着けることにより、もっと自分に近づける。

純華は、ファッションデザイナーとして、みんなが自分自身になる手助けをしたかった。そのために、まず目指したのが読者モデルだった。デザイナーにとって一番大事なことは流行の把握だ。読モになることにより、みんなの好きな服がよくわかり、さらに業界への人脈も広がるだろう。高校時代に読モをやり、それから服飾の専門学校に進学するというプランを中学二年生にしてすでに立てていた。

それから、努力の日々が続いた。雑誌を読んで、流行を勉強して、オーディションのための選考写真を送った。組み合わせを試すために、たくさんの服が必要だった。単なる中学生が、一着数万円もする服を簡単に買うことはできない。それほど裕福な家でもないので、お小遣いをねだるわけにもいかない。お金をコツコツ節約するしかなかった。

中学の頃は幼馴染の早紀がひたすらうらやましかった。彼女は親が新興企業の社長ということもあって、好きな服を買ってもらっていた。湯水のように金を使い、流行遅れとなったものは躊躇なく捨てた。一度、服をあげようかと尋ねられたことがある。純華は迷いに迷った末に断った。プライドの問題だ。服を買うということは、夢に向かって人生を一歩踏み出すことだ。早紀に服をもらうということは、自らの人生を肩代わりしてもらうことになってしまう。

高校生になって、やっとバイトが解禁された。通い詰めていたショップの店員をすることになった。毎日、好きな服に囲まれて過ごす生活はすばらしかった。新米の高校生だったので、失敗することもあったが、そのときそのときで成長していると実感できた。

そして、入学式から三ヶ月が過ぎた頃、夢への一歩を踏み出すことができた。書類選考に通ったのだ。聖地と崇める原宿に遠征し、あこがれのお店でアンティーク風ワンピースを着て、写真を撮ってもらった。緊張したけど、とっても気持ち良かった。ギャラは五千円ほどで、電車代を入れれば赤字であったが、このことは将来何倍にもなって返ってくるだろうと思った。

素敵な出会いもあった。バイト先によく来店する一つ年上の男子高校生と、友達となり、毎日スマホで話すようになった。ファッションが大好きで、ゆるコーデが似合うネコ系男子だ。頭のなかは彼のことでいっぱいになり、彼に恋していると知った。勇気を出して告白したら、両想いだということがわかった。

学校も楽しかった。土日は撮影があるため、あまり遊びに行くことはできなかったが、友達はみんな理解してくれた。ファッションやメイクの話をすれば、みんなが興味深そうに聞いてくれた。大好きなことを話すと体中がワクワクした。

唯一の悩みは、愛理だった。彼女は、何があろうと純華をほめた。そこにあるのは友情ではなく、崇拝心だった。純華は崇拝されるのは好きではない。もしも、センスが悪い服を着ていれば、それを指摘してほしかった。だが、そんなことを言い出せなかった。なおも悪いのは、時間が経つにつれてほめられることに心地良さを覚えてしまっていることだ。愛理は天才的にほめ方がうまかった。ツボをつくかのように、純華の自尊心を増幅させた。ほめられることで、自分が堕落してしまうのではないかという気も少ししたが、そんなことを考えてもしかたがないと思うようになった。

やりがいのあるバイト、大好きな恋人、楽しい学校、そして着実に達成している夢。これを幸せと言わないで、何というのだろうか。純華は幸せだった。自分は最高だと信じていた。もう怖いものは何もない。たとえ、苦しいことがあったとしても、それは人生に必要なものであり、乗り越えたときによろこびがあるのだ。

そう思っていた。今朝までは。

いま、純華は裸でサバンナに投げ出されていた。

いったい、何が起こっているのか、わけがわからなかった。これまで、苦しいことや辛《つら》いことがたくさんあったけど、それらは人生のなかで位置づけることができた。人生というストーリーを担う重要な部分だった。だが、この状況がどのように人生に貢献するというのか。

惨めだった。自分と関係なく、人生が進んでいるようだった。人生の主人公は自分であるはずなのに、自分でない誰かが勝手に進めているような感じだ。自ら道を切り開く者ではなく、単なる駒の一つにされているような気分。

「どん底だって思ったときが一番大事な時期、ピンチをチャンスに変えればもっと成長できる……」

支えになる言葉を思い出し、頭のなかで唱える。混乱が少し、収まったようだ。

「よっ！　スミリン！　服だぞ服！」

小夜香の声がした。灰色の服が投げ捨てられる。

ひどい服だった。こんな服を着たら、心まで侵食されて気分が悪くなるだろう。

自分で服を選べないということは、すさまじい苦痛だ。

「この服、誰が作ってるんだ？」

ひどい服を着ながらささやく。

「用意したのはリアちゃんだけど。作ってるところに、連れてってあげるよ」

小夜香に案内された先にはミカがいた。服を乾かしているようだ。

「おい、服を作ってるところってここか？」

思ったより強い口調になってしまったのかもしれない。ミカがビクッと顔を上げる。

「ありゃありゃ？　リアちゃんが作ってあげたお洋服がそんなに不満かなぁ？」

返事をしたのは、シグナ・リアとかいうやつだ。殴りかかろうとしたが、実体感がない。

立体映像のようだ。

「なぁにそんなに怒ってるのかな？　思春期の不満かなぁ？」

「服だよ！　なんだよ、この服は。ありえねえよ！」

「え、いいじゃん。機能的だし」

「よくねぇよ！　服を何だと思ってるんだ！」

「はぁ〜、そんなに言うならば、自分で作ってみたら？」

「ああ、作るよ。さっさと布とハサミと針を貸せ」

「そんなことしなくても、服みたいな単純なものならすぐ作れるよ。あの木の根本から出ているケーブルを首元に刺してみて」

　リアが指さした先には、タイムスリップするときに使ったようなケーブルが生えていた。少し抵抗を感じたが、いまさらしり込みするわけにもいかない。意を決してケーブルの先端を首に刺す。

　視界の中央に、黒い正方形が浮かび上がった。首を動かしてもついてくる。

「なんだこれは？」

「作りたい服を頭で思い浮かべてみてよ、そこに映るから」

　試しに、ワンピースを考えてみる。肌ざわりがやわらかで、ふんわりと広がる白いワンピースを。

正方形のなかに、ワンピースが現れた。細やかな折り目まではっきりと見える。さらに、色を変えてみる。赤、青、緑、黄色。頭で考えたことがそのまま映る。

「動きにくい服はダメだよ。ちゃんとこれからのことを考えて作ってね」

リアから注文が飛ぶ。うるさいやつだ。しかし、注文に対応するのがデザイナーってものだ。

動きやすい服装か。だったらスカートじゃなくてパンツだな。せっかくアメリカにきたのだから、アメリカンなスタイルにしてみよう。ボトムスはダメージの効いたブーツカットデニムがいいな。デニムに似合うのは……。ダンガリーシャツかな。それとライダースジャケットだ。シックな色合いに調整する。よしできた。あとは、小物だな。日差しが強いから帽子は必須だ。うまくコーデに合うのはカウボーイハットだろう。そうそう、ブーツを忘れていた。もちろん、ウェスタンブーツ一択だ。

全体としてウェスタン風のコーデだ。まだ微調整する余地はあるが、ひとまず上出来といえよう。

「これでいいの？　じゃっ、合成するね」

リアの声とともに、根本にある膜が膨らんできた。裂け目が入り、破れる。なかからは、さっき純華が考えた服と寸分たがわぬものが出てきた。

さっそく、手を伸ばして着ようとするが、ミカに止められた。

「あ……、それ、たぶん濡れてるから、乾かしたほうがいいよ」

ミカは慣れた手つきで服を広げて、地面に置いて乾かす。日光が強いおかげで数分で乾いた。

手に取る。すばらしい出来栄えだ。革の香りまで漂ってくる。

「これ、どうやって作ったの？」

着替えながらリアに聞く。

「遺伝子合成だよっ。脳のなかのデータを遺伝子に転写してタイムポータルで合成したんだ。生物とかの複雑なものは元データがいるけど、服くらいならすぐ作れるよ。カイコやクモの遺伝子を使って糸を合成したんだよ」

よくわからないが、すごい技術だということはわかる。これさえあれば、その日の気分でオリジナルな服が作れるわけだ。

「おっ！　かっこいいじゃん。それほしいな」

小夜香だ。他のクラスメイトも集まってきた。愛理がさりげなく純華のそばに立つ。

「もちろん、複製はできるよっ。サイズの自動調整もされるから心配しないでね」

リアが腕を振ると、再び膜が膨らみ、服が完成する。クラスメイトたちは、我さきにと手に取る。

新しい服を着なおしたクラスメイトを見て純華は満足した。見違えるようだ。

そうか。やはり、どん底こそチャンスだ。意味不明のデスゲームに巻き込まれているなかでも、夢に向かった一歩を踏み出すことができる。チャンスはどこにでも転がっているのだ。純華は元気が出たような気がした。

「はいはーい。リアちゃんにちゅーもく！　みんな無事に着いたようだねっ」

リアの姿は、空中に浮き、巨大になっていた。

「新しい服もビシッと決まってるね！　じゃ、ちゃっちゃとどうデスを始めちゃおっか」

神木月波

ちょっと前に、『けものフレンズ』というアニメが流行っていた。あのアニメでは、第一話の舞台がサバンナだった。映像で見たのと瓜二つな光景が、目の前に広がっていた。『けものフレンズ』は、動物をキャラクター化したアニメで、主人公の相方がサーバルキャットというネコ科動物である。ここにもサーバルキャットがいるのだろうか。

「ざんねーん。サーバルが現れるのはまだずっと先だね」

さっきから、視界の隅にリアが現れている。声に出さずに考えていることすらリアにはわかるらしい。まるで、リアが実況するゲームのキャラクターに自分がなったようだ。

「そういやリア。新しい体は運動能力が底上げされているって言ってたけど、ホント？」

「ホントだよ。リアちゃん、嘘つかない。試しに走ってごらん」

月波は軽く走ってみた。いつもなら、すぐに息が苦しくなってへばってしまうところだが、ぜんぜん疲れない。地面を蹴るだけで、磁石が反発するように体が前へと進む。自分の体がバイクにでもなったようだ。

「反射神経も底上げしてるから、いろんなアクションもできるよっ」

「え、マジで？　とりゃー！」

叫びながら、前方宙返りしてみる。助走して思いっ切り地面を蹴る。体がバネになったように、空高く飛び上がる。そのまま空中で一回転して、着地する。

できた！

月波は興奮していた。マジで戦士みたいになったのだ。幼い頃からアニメのヒーローのごっこ遊びが好きだったが、これならば、本当に英雄になってしまうかもしれない。

「けど、衣装がなぁ。リア、なんとかならないのか？」

「そんな月波ちゃんにグッドニュース！　純華ちゃんが、新しい服を作ってるようだよ」

「マジでか。早く見せろ！」

リアに連れられてきた先に純華がいた。なるほど、周囲には、センスの良い服が並んでいる。純華は嫌いだが、その能力は認めてやってもいいだろう。

服を着て決めポーズをとる。かっこいいが何か足りない感じだ。そうだ、銃だ。やはり、武器がないと。

「はいはーい。リアちゃんにちゅーもく！　みんな無事に着いたようだねっ。新しい服もビシッと決まってるね！　じゃ、ちゃっちゃとどうデスを始めちゃおっか。どうデスってのは、大進化どうぶつデスゲームの略称ねっ」

みなが集まったようで、リアが話を進める。

「ちょっと待って、銃。銃はないの？」

「わたしもやっぱ銃がほしいなー」

月波の要求に小夜香が乗る。

「ノリノリで大変よろしい。銃はまもなく出来上がります。ほら！」

服を作っていたのと同じような、タイムポータルの表皮にある膜が割れた。現れたのは、銃……といえなくもないものであった。

全体の形としてはライフル銃のようだ。長い銃身が銃床に支えられており、引き金がある。だが、その素材は鉄や木ではなかった。明らかに生き物だ。銃床はむき出しになった白い骨であり、銃身は赤茶けた皮膚が覆っている。銃床の先からは、肩にかけるためのベルト——ライフルスリングが銃身につながって生えている。もっとも異様なのが、銃身の背にびっしりと並んだ球体であった。やわらかそうな膜で包まれた白い球体で、親指の頭ほどの大きさだ。本体からイボのように生えており、血管のような細い管が球体を結んでいる。

「名付けて『どうぶつ鉄砲』！　どう？　かっこいいでしょ」

かっこよくない。どちらかというとキモイ。名前もダサい。

「かっこいいじゃーん。どうやって使うの？」

小夜香は興味津々といった様子で、銃を拾う。

「普通の銃と同じく、引き金を引くと弾が出るよっ」

リアの指示に従い、小夜香は銃口を地平線に向け、引き金を引いた。

ボンっ。鈍い音がした。遠くに土煙が上がる。弾は速すぎて見えなかった。

「思ったんだけど、これ火薬じゃないね。音が小さすぎる」

「さすがは小夜香ちゃん。そのとおりでございます。ここの小さな球体みたいなやつに空気がたまって、それを圧縮した力によって銃弾を飛ばしてるんだ。一つ一つの力は弱いけれど、銃身のなかの弾をタイミングよく加速させることによって、ものすんごい速さになるわけ。火薬みたいに一気に爆発させているわけじゃないから、反動も少ないし、使いやすいでしょ。普通のライフルくらいの威力はあるよ」

「弾はどうやって作ってるの？」

「銃床の先端に『装弾口』があってね。そこで土を食べるんだ。体内で土から金属成分を精製して、弾を作り出してるってわけ」

小夜香は銃口を下に向け、銃を縦に持った。『装弾口』は銃床にできた小さな火山のようだった。穴を囲むように盛り上がりがある。

装弾口を手で引っ張る。びよーんとアコーディオンのように伸びる。手を離すと、ゆっくりと元に戻る。

びよーん、びよーん。小夜香は面白そうに装弾口を引っ張り続ける。

「ルナっちも持ってみなよ」

小夜香から銃を渡される。思っていたよりもずっと軽い。片手でも軽々持ち上げられる。

スリングを肩にかけると、身長に合わせて自動で長さを調節してくれる。

引き金を引くと、リアの話のとおり、球体が収縮していく。手にボボボボンと気持ちいい振動が伝わる。銃を撃つ気分が味わえるほど強いが、痛みはない。

空に向けて二、三発撃つ。楽しくなってきた。これはこれでセンスがいいんじゃないか？　ダークファンタジー世界の銃っぽいし。

「こっちのは種類が違うけど」

小夜香がタイムポータルから新たに現れた銃を持ち上げた。より銃身が長く、銃口が太い。

「いろんな銃があったほうが楽しいでしょ！　それはクラスター爆弾銃だよ！」

リアの説明によると、『クラスター爆弾銃』は、弾が上空で爆発して金属片を周囲にまき散らすMAP兵器らしい。広いところなら効果は抜群だが、狭いところで使うと跳弾して自滅する可能性があると注意された。

「この銃を使って、知性ネコの先祖をぶち殺しに行こー！　ターゲットは、百キロメートルくらい先にいるから、ちょっとした旅行になるね」

「えぇー、百キロ？　そんなに歩けないよ」

月波は不平を口にした。マラソン大会ではいつも一苦労している彼女は、五百メートルよりも長い距離を歩く気はなかった。

「それは心配しなくてよろしー！　乗り物があるからねっ。いでよ、『どうぶつ戦車』！」

タイムポータルの上部にあった大きな膜が根本に移動してきた。細胞分裂のように、裂け目ができ、噴水のごとく水が飛び散り、割れる。

現れたのは、バス程度の大きさがある物体だった。

戦闘車両によく使われる迷彩模様をしていたが、それは車両には見えなかった。大きなエビとクワガタムシとラクダとハチとカタツムリのキメラというのがしっくりくる。全身は甲殻類や昆虫の持つ殻で覆われている。頭部には、節くれだった細長い脚が何本もエビのように生えており、体を支える。そのなかでも大きな脚が二つ、前方に伸びている。それらは地面に接しておらず、空中に突き出されたままだ。ノコギリのようにギザギザな突起物が何本もついている。クワガタムシのハサミのようだ。ハサミの上に、拳二つ分くらいの大きさの眼球がついており、銀色に光ったそれはギョロギョロあたりを見回している。腹部は頭部よりも細くなり、脚は少なくなる。ラクダのように背にはコブが何個もある。尾部はハチのように大きく膨らみ、黒いシマシマ模様が描かれている。脚がないまま、尾部は直接地面に降ろされている。尾の殻はスカート状になっており、内側にはカタツムリの本体のような白い肉の塊が見える。

「どうぶつ戦車は、タイムポータルの光合成で製造したものだよ。合成に時間がかかるから、四体しかないんだ。ぞんぶんに使ってねっ」

異様な姿にみなが固まるなか、小夜香だけは興味津々でどうぶつ戦車に乗った。尾のスカート部分から上り、背に座る。

「これってどうやって操作するの？」

「頭で念じれば戦車が感じ取って指示に従うよ」

やがて、どうぶつ戦車が動き始めた。脚がうじゃうじゃとリズムよく連動し、白い肉は波打つ。

「面白いじゃん。ルナっちも乗ってみなよ」

小夜香が手招きする。月波は意を決してどうぶつ戦車に触る。正直気持ち悪いが、小夜香に言われればなぜか断れそうもなかった。

尾の部分は階段状になっており、楽に上がることができた。難しいのは背を歩くことだ。サッカーボール大のコブがあちらこちらにあるので、立って歩くことができない。しかたがないので這って小夜香のところまで行き着く。

小夜香は振り向いて月波に笑いかけると、何も言わずに発進させた。慣性がかかり、ずり落ちそうになる。月波は思わず叫んだ。

「ありゃ、ごめんごめん。落ちそうだったら、ここにつかまりなよ」

小夜香が手を取り、自らの脇腹に月波の手を誘導する。

「えっ……、いいの？」

「遠慮しなさんな。思いっきりつかんで！」

小夜香を後ろから抱く格好になる。服を通して、腹筋の固さがはっきりと手のひらに感じられるくらいだ。月波はつばを飲み込んだ。友達に抱きつくなんて経験、これまで一度もしたことがないのでどうやるべきかもわからない。

確実にクラスのやつらに見られているな……。そう思うと少し恥ずかしい。しかし、月波のなかには恥ずかしさよりも誇らしさがあった。小夜香本人から提案されたのだ。堂々としていればよい。それだけの資格があるのだ。

小夜香はやはり低体温だった。自分の体温のほうが熱く感じられる。小夜香の脈動はあまり感じられない。かろうじて、規則的なリズムが捉えられるだけだ。

どうぶつ戦車は思っていたほど揺れなかった。そして思っていたよりも速い。草原では比較するものがあまりないので速さは実感できないが、地面が飛ぶように後ろに過ぎるのがわかる。もし落ちたらただではすまないだろう。そう思うと、小夜香を抱く力が強まる。

小夜香は月波に抱きつかれたまま、どうぶつ鉄砲を上空に発射する。小夜香の体を伝って、振動が響く。

感覚ははっきりとしているのに、夢のような時間だった。月波はちょっと前に読んだ漫画を思い出す。女子大生二人組が異世界の草原を冒険する漫画だ。ネット連載していたのを読んだのだが、タイトルは忘れてしまった。しかし、いまの状況とそっくりだ。

十分ほど経っただろうか。どうぶつ戦車は一回りして、元の場所に帰っていた。

「どうだった？　ルナっち？」

気づいたときには、戦車は止まっていた。小夜香が手を握って降りるのを手伝ってくれる。

「……よかった」

本当はもっと言うべきことがあるのだろうが、頭に浮かんだものはそれだけだ。

小夜香はまだ満足していないように銃を撃ちまくる。いくらか撃つと弾切れだろうか、引き金を引いても何も起こらなくなる。

「弾切れ？　どうぶつ鉄砲ちゃんに土を食べさせれば、リロードできるよっ」

リアがアドバイスする。

「ルナっち、お願いね」

小夜香から銃を渡される。靴で地面を蹴って、アコーディオンのように伸びた口に土を入れる。なぜだか、さっきまでの忌避感はなかった。

銃を小夜香に返す。引き金が引かれるが、弾は出てこない。リアが弾が完成するまで数分かかると説明する。

小夜香は飽きたように銃を放り投げると、草原に体を投げ、仰向けになる。

「ねぇ、リアちゃん。空に向かって銃を撃ってるだけじゃ、楽しくないよ。ちゃんとした的がないと」

「なあ、それよりも食事にしないか。みんな腹減ってると思うぞ」

そう言ったのは純華だ。手下の愛理もわざとらしくうなずいている。

いつもなら反発を感じているところだが、今回は月波も同意見である。びっくりすることの連続でアドレナリンが暴走して気づかなかったが、かなり腹が減っている。

「えー、リアちゃんご飯なんか用意してないよ。そもそも、いまの体なら二、三日食べなくても体力が落ちることないよっ」

「こっちは腹が減ってんだよ！　いいから出せよ！」

行き場のない怒りをぶちまけるように、純華は地面を蹴る。

「ひゃー、怖い怖い。おっけー、じゃあ現地調達だねっ。武器の練習もできるからちょうどいいよ。狩りしよっ！」

高秀幾久世

狩りをする。リアの提案に対しての反応は当然ながらさまざまであった。

まっさきに賛成したのは小夜香である。

「やったー。そうこなくっちゃ！」

喜びの声を上げて空に銃弾を撃ちまくる。まったく、どこからあの元気が出ているのだろうか。こっちは精神的にクタクタだというのに。

小夜香はあゆむと月波を狩りに誘った。二人は一も二もなく賛同する。

次に参加を表明したのは、意外なことに早紀だった。たぶん、狩りは貴族のスポーツという連想から、ミーハーな成金心で参加するのだろう。

早紀の次にはミカが賛同する。それほど積極的なキャラではなかったような気もするが。

まずいな。幾久世は狩りなどする気はなかった。大進化どうぶつデスゲームという面倒事に巻き込まれた瞬間から、できるだけ安全策を取ろうと決めていたのだ。こんなことで死にたくはない。最大限に目立たないようにして、ことを乗り切らなければいけない。

事件の連続で、みんなはハイな状態になっている。狩りをするなんて、正気ではない。自分たちが平凡な高校生だということを忘れてしまっている。

けれども、幾久世は表立って反対したくなかった。角が立つようなことはできるだけしたくない。

狩りをすることになっても、できるだけ安全に目立たない立ち位置にいようと諦めかけた幾久世だが、救いは意外なところから出てきた。

「肉ばかりじゃ美容に悪いだろ。野菜とか果物も集めようぜ」

純華だ。平均的な女子高生よりもはるかに軽そうなその体を見ると、どこまで肉を落とす気なんだと突っ込みたくもなるが、ここは流れに乗ることにする。

「我もそう思うぞ。混沌と秩序という世界のバランスを保つことが大事なように、肉と野菜という食物のバランスを保つことが大事だ！」

なかなかうまいことを言えたのではないだろうか。結局、代志子のはからいで、狩猟班と採集班とで分かれることとなった。

狩猟班は、小夜香、あゆむ、月波、ミカ、しおり、桜華、あすか、早紀、萌花。採集班は、代志子、鹿野、真美、眞理、純華、愛理、陽美、千宙、そして幾久世だ。

どうぶつ戦車は四体あったのだが、小夜香が「狩りには機動力が必要！」と力説した結果、三体が狩猟班に取られてしまい、九人で一つの戦車に乗ることになった。

狩猟班はリアに教えられて動物のいるところに向かっていった。リアがナビゲートするので、別れても簡単に合流できるらしい。

採集班もリアの案内で、近くの林に向かう。幾久世は後ろの方に乗った。

最初はいまにも落ちそうに感じられて乗り心地は最悪だったが、慣れればそう悪くはない。コブの間に腰を掛ければ落ちないようにできているらしく、数分経てば周囲の景色を眺める余裕も出てくる。千宙はそんな余裕もないのか、背中をムギュッとつかんでくる。ちょっと痛い。

八百万年前の世界にきてから、千宙は一度も話していない。ショックのせいだろうか。こういうときは、無理に話させようとしないで、ただそばにいるだけのほうがいいだろう。

「おーい、なんかすげーやついたぞ」

陽美が立ち上がって指差す。さすが体育会系だ。慣れたといえど、ここで立ち上がる勇気はない。

陽美が指した先には奇妙な動物たちがいた。形や大きさはゾウであるのだが、おかしいのは下顎だ。巨大化した下顎がシャベルのように突き出ている。顎の先端には、立派な二つの牙がある。

「プラティベロドンだねっ。特徴的な下顎は木の枝を切るための斧として使われてたみたい。この時代は古代ゾウが大繁栄した時代なんだ。オーストラリアと南極大陸以外の全大陸に広がって、百種以上にもなるんだけど、ほとんどはこの後の寒冷化で絶滅しちゃうね。八百万年後に生き残ってるのは、インドゾウとアフリカゾウ、マルミミゾウの三種だけなんだ」

リアが解説する。古代ゾウといえばマンモスのイメージしかなかったが、こんなヘンなやつもいたんだな。

どうぶつ戦車はプラティベロドンの群れの横を通った。戦車のほうが大きいが、集団で攻撃されればただではすまないだろう。幾久世はヒヤヒヤしたが、幸い、向こうのほうから遠ざかってくれた。ほっと胸をなでおろす。狩猟班はあんなやつと戦おうとしているのか、危険すぎるだろ。

やがて、目的地と思われる林が見えてきた。いくらかの木が密集した地帯だ。草原にも木は生えているが、ここにあるやつはそれよりもひときわ大きい。リアの解説だと地下水が湧き出ているらしい。

林には動物たちがちらほら見えた。先ほどのプラティベロドンが、下の牙を木にこすりつけている。もっと普通のゾウに近い動物もいた。下顎から牙が伸びているが、顎はそれほど巨大化していない。

「あれはゴンフォテリウムだよ。次の時代に生まれるマンモスや現生種のゾウはみんなあの子孫なんだよー」

ゾウの群れから少し離れたところにどうぶつ戦車が止まる。ゾウたちはこちらを警戒するように見ているが、攻撃はしてこないようだ。

「目的地にとうちゃーく。さっ、降りた降りた！」

リアの掛け声に、戦車の背に乗っていたみなは地面に降りていく。陽美は直接飛び降りたが、他は尾を伝う。

よく考えれば、採集班だからといって安全なわけではない。周りにたくさん草食動物がいるってことは、肉食動物もいるってことだ。いつ襲われてもおかしくはない。幾久世はどうぶつ鉄砲を構えた。

リアは銃の他にナイフとライターをくれた。どちらも生体を素材としているようだ。ナイフのほうは、厚い甲羅から爪のような刃《やいば》が飛び出している。ライターは、三センチほどの丸い袋で、指で押すと小さな穴から炎が出てくる。試してみたが、生ぬるくべっちゃりとした感触がどうも好きになれない。これだけ準備がいいなら食事も用意してくれよといいたい。ひょっとしたら、狩りを戦闘訓練にするためにわざと用意しておかなかったのかもしれない。リアならやりかねないな。

どこから肉食獣が飛びかかってくるかわかったものじゃないのに、みんなは気楽なものだ。ピクニック気分でおしゃべりしている。肉食獣を呼び寄せないか気が気ではない。銃を持つ手が汗ばんでいるのがわかる。いつでも撃てるように引き金に指をかけておきたいが、暴発が怖いのでやはりやめる。

背中に何かが当たった。

「ヒェッ！」

思わず叫んで振り向く。そこには見知った顔があった。千宙だ。驚きと後悔が混ざったように、口を半開きにする。

「なんだ……千宙か。びっくりした」

あまりの驚きで中二病言葉を使うことを忘れていた。引き金に指をかけていたら撃ってしまっていたかもしれない。

「幾久世……ごめん……」

「ハッハッハ！　謝ることないではないか。どうした、我がシスターよ！」

「あっ、あの、わっ、わっ、わたっ……」

言いたいことが口のなかでつっかえたように千宙は言いよどむ。嘔吐感があるかのように、両手で口を押さえる。眼が逃げ場を探すように動き、全身もぶるぶると震えている。

こういうときは、無理に話させようとしてはいけない。にっこり笑って気長に待てば良い。

普通ならば、徐々に落ち着くはずだが、今回は千宙の震えは止まらない。とうとう、涙がこぼれる。

「どうしたのだ、シスター。なぜ泣くというのだ……」

千宙の泣き顔を見ると、幾久世は胸がピリピリと痛むように不安になる。千宙の顔に指を伸ばし、涙を拭う。

「わたしっ、わたし、最低なことをした……。教室で、わたしが逃げなかったから、幾久世は……死ぬところだった」

「ふははは！　何を言っているのだ。我が死ぬはずはないだろう！　光と闇の特異点なのだぞ。無敵だ！」

人差し指を天に向けるポーズをして、不敵な笑みを浮かべる。

それでも泣き顔は変わらない。元気を出してもらうために、抱きついて背中を軽く叩く。

しばらくして、泣き声は、鼻をすする音に変わっていった。

「契約の儀式をするか？」

千宙の耳元でささやく。しばらく迷ったように黙っていたが、最終的に「みんなが見ているから、いい……」と断った。

体を離すと、代志子が笑みを浮かべながら向かってくる。見られていたと意識すると、ちょっと恥ずかしくなってくる。

代志子は身をかがめてささやいた。

「幾久世ちゃん。相談したいことがあるって言ってたよね？」

そんな話もしたな。わけのわからないこの現象に遭遇する前。時間にして数時間しか経っていないはずなのに、ずっと昔のような気がする。

「まあ、いま話すことでもないから、またあとで」

いつ死んでもおかしくないこの状況のなかでは、人間関係の相談など悠長なことはやってられないだろう。それに、代志子はリーダー的な存在なのだから頼りたい人はいっぱいいるだろう。事実、鹿野が話したそうに代志子のそばに近づいている。

「さぁさぁ、みんな、何してんの？　早いとこ作業開始しようねー」

これ以上なく人をいらだたせる声をリアが出す。しかも、その手にはコーラの缶がある。ゴクゴクゴクゴクと、喉を動かして、いかにもおいしそうに一気飲みする。

「ぷはー、暑いところで飲むコーラは最高っ！　ん？　そんなに見てて、うらやましいの？　ざんねぇーん、あげませーん」

悪態をつきたくなったが、萌花に起こった事態を考えると正面からぶつかるべき相手ではない。コーラを飲む姿から眼を離し、「喉渇いたなぁ」と独り言をいう。

「君たちにコーラなんて必要ないよ。少量の水でも動けるように、遺伝子を改造してあげたからねー」

たしかに、八百万年前にきてから一度も水を飲んでいないことを考えると、不思議なほど消耗していない。嬉しいことではない。この体は、生まれてからずっと持っていたものではないのだ。リアが遺伝子を材料に勝手に作り出した体、それがいまの自分なのだ。かなり気持ち悪い事態だ。

臆病であることを自認している幾久世は突っかかることもできなかった。行き場を失った怒りで小石を蹴るのがせいいっぱいだ。

「リアさん、作業といったって、わたしたち野草のことなんて全然知らないんですけど。その天才的な頭脳で教えてくれませんか」

せめてもの悪あがきとして、皮肉っぽいセリフを吐くが、リアにはまったく通じた様子はない。そもそも、このＡＩに感情があるのかもわからない。

「全然知らないってのは嘘だよねー。鹿野ちゃん詳しいでしょ？」

「えっ、わたし……」

突然、自分の名前があがったためか、鹿野はあわあわと顔を振る。穴があったら隠れたいという語が似合う。

「鹿野ちゃん、植物のこと好きでしょ？　草に名前つけて育ててるもん」

「そうだけど……なんで知ってるの……？」

「意識情報はお見通しだよー。みんなのあんなことやこんなことも、リアちゃんは全部わかっちゃうの。うふふ～」

この正体不明のキャラクターに、全情報が渡っているということか。気持ち悪い。プライバシーの侵害どころの騒ぎではない。

「鹿野ちゃん、恥ずかしがることないよっ。立派立派、将来は植物学者になれるんじゃないかな」

「そう……かな……」

鹿野は少し嬉しそうだ。おいおい。こんなやつにほだされてはダメだ。

「でも……この時代の植物なんて知らないし……」

「へーき、へーき。種として大きく変わっているわけじゃないから。わかんなかったら、リアちゃんがフォローしてあげるよ」

こうして、鹿野を中心として、食べられる植物を集めることになった。

まず見つけたのが、カボチャである。スーパーで買えるものと違って、ずいぶんと小さい。片手にすっぽり収まるくらいだ。形はヘチマそっくりだ。リアの解説によると、現在のカボチャは品種改良で肥大化したものであり、元はこんなに小さかったそうだ。

ヒマワリも発見した。鹿野の主張によると、種は食べられるらしい。こちらも、一般的なヒマワリと比べて一回り小さい。

一見、単なる雑草に見える草のなかにも、有用なものがたくさんあった。たんぽぽのような花を咲かせるナデシコの根は、ゴボウのように太く、茹でれば食べられるらしい。茎と葉が接するところが紫色をしているアカザという植物は、ほうれん草のような味がするという。スミレの花は香りつけハーブとしても利用できる。カーネーションの原種も見つかった。

「幾久世、これ……」

アカザを手当たり次第にとっていると、千宙が話しかけてきた。手のなかに、小さな黒い果実がある。

「ブラックベリーだよ。そういえば、ベリーはアメリカ原産だったね」

鹿野がコメントする。千宙が案内したところに行くと、ツル状の植物がたくさんの木にグルグルと巻きついていた。つるからはブラックベリーがところかまわずなっている。

「漆黒の黒苺！　これを見つけるとは、シスター。お手柄だな」

千宙は気恥ずかしそうに頬をかくが、嬉しそうだ。

幾久世がブラックベリーを採っている間、鹿野はトウモロコシを見つけた。といっても、とても食べられる風には見えない。実があるさやは、一円玉二個分くらいの大きさであり、しかもその実は硬い皮で覆われている。つぶつぶがたくさんあるトウモロコシは品種改良された後の姿だったのだ。古代人はよくもまあこんな植物を食用にしようと考えたものだ。

黙々とブラックベリーを採る横で、リアはこの時代の植物の進化について話し始めた。

この時代は、『Ｃ４植物』という型の植物が大繁栄し始めた時期らしい。Ｃ４植物とは、普通の光合成の機能の他に、二酸化炭素を濃縮できるC４回路を持つ植物だという。C４回路のおかげで、二酸化炭素が低い状況下でも、成長することができる。

　C４植物は六千万年以上前に誕生していたと考えられるが、その機能をあまり役立てることがないまま細々と暮らしていた。その状況を一変させたのが乾燥化と低二酸化炭素化だ。この時代、全地球的に乾燥化と二酸化炭素濃度の低下が進んでいたらしい。従来の植物は乾燥化した気候では水の蒸発を抑えるために気孔という葉にある細かい穴を閉じる。気孔は二酸化炭素を吸収する役目も果たしているため、必要な二酸化炭素が不足し、成長が鈍る。だが、C４植物は二酸化炭素を効率的に吸収できるため、気孔が閉じても成長することができるのだ。

　トウモロコシやサトウキビ、ススキなどのイネ科がC４植物にあたり、この時代に大繁栄したという。草原という地形の誕生もC４植物の繁栄に端を発している。

　リアの話に、眞理は興味深そうに難しい質問をしていたが、幾久世は興味なかった。採ったブラックベリーをそのまま口に入れる。生で食べるにはちょいとすっぱいが、空っぽの胃にはずいぶんとおいしく感じられた。

　と、気配がして背中に柔らかいものがぶつかる。千宙がふざけているのだろう。

「シスターよ、我が力が必要なのか？」

　そう言って、振り向くと、生ぬるいぷにぷにしたものが顔に触れた。「ひひいいい！」

ろう。

キリンのような長い脚をしており、首もキリンのように長い。体高は二メートルを越すだ

動物だ。ラクダとキリンを組み合わせたような姿をしている。顔と体はラクダなのだが、

と叫んで腰を抜かしてしまう。

「幾久世！　どうしたの!?」

千宙が駆けつけて、動物を見ると、銃を構える。

「焦んなくていいよー、その子はおとなしい草食動物ですのでっ」

リアが忠告する。銃を向けられたことも気づかず、動物はブラックベリーを食べ始める。

「クジラ偶蹄目ラクダ科のアエピカメルスだねー。ラクダ科は北アメリカで生まれたんだ。世界中に広がるのはまだ先のことだよっ」

ほっとして、胸をなでおろす。こいつが肉食獣だったら死んでいたところだ。まだ心臓がドキドキしている。

「幾久世殿。そんなに慌てて、あなたらしくありませんぞ！」

「テンション高いなぁおまえ」

ほっとしたこともあって、いつもの中二病言葉を使うのを忘れていた。真美は気にもせずに、興奮した様子で両手に持ったものを見せる。

「これが何かわかりますか？　幾久世殿」

「葉っぱ」

「葉は葉でも、聖なる葉であります！　ホワイトセージといって、ネイティブ・アメリカンも使っていた、浄化のためのハーブなのですよ。現代ウィッチクラフト運動でも重要な植物なのであります」

「要は、危険な麻薬でしょ。捨てなさい」

眞理が草を取ろうとするが、真美は軽やかな身のこなしで逃げる。

「眞理殿。麻薬をすべて危険視するのはいけませんぞ。先住民の文化には必ずといっていいほど、幻覚剤が登場しているのですよ。幻覚剤は世界と心をつないで、精神の成長を促す有効な手段ですぞ！　とってもスピリチュアル！」

真美は束になった葉を巻いて、先端にライターで火をつけると、タバコのように口にくわえ、思いっきり煙を吸い込んだ。

鳥山真美

ホワイトセージの煙は、甘い香りと苦い味が混ざったものだった。柑橘系の果汁を濃縮したような感じだ。

聖なる煙が体内に入っていく。喉が痛くなり、むせ返りそうになるが、つばを飲み込んで我慢する。

熱い煙が気道を通る感覚がする。口や喉の粘膜にピリピリとした刺激を覚える。決して不快ではない。全身が洗われて綺麗になっていくようだ。

こびりついた垢《あか》が落とされるように、日常の余分な思いが消えてなくなっていく。過去の後悔と未来の不安が霧散する。認識しているのは「いま」だけだ。不純な要素を捨て去った、純粋で軽やかな世界。

そして、「いま」は、とても美しかった。視界が、よりはっきりと見えた。解像度を上げたように、コントラストが明確になった。世界はより確かな実体を持っていた。疲れ果てた日常のなかで経験していた世界は、曇りレンズを何重にも通して見たものにすぎなかったのだ。反射している日光が強くなったように、生き生きとしている。草木は瑞々しく、生命のパワーを感じられる。においもよりはっきりしてきた。宙を舞う花粉の一粒一粒を嗅ぎ分けることすらできる。

日常の汚れが浄化されたことによって、肉体も軽やかになった。いままでは、脚に重しをつけられていたようだった。いまでは、より自由になっている。精神からの指令が、より速く、より確実に肉体を動かす。肉体の事情に悩まされず、精神の自由が支配する。

精神の自由を感じるために、手を動かしてみる。軽い。そこに質量など、まったく存在しないように軽々と動く。神経信号を媒介せずとも精神が直接肉体を動かすように。

肉体を動かすということが、これほど楽しかったとは。次々と精神の自由を楽しむ。首を振り、口を開閉し、スキップをして一回転する。

精神の自由を発動するごとに、空中にはオーラが放たれた。空間が精神に感応するように、動いた軌道をなぞって鮮烈な色をした光線が出てくる。

オーラは波のように広がっていった。自分だけでなく、周囲の生命はみなすべてオーラを奏でていた。草木や、動物、人々が。オーラは調和しあい、大いなるハーモニーを作っていた。

ひときわ美しいオーラがあった。その色は、なんとも形容しがたいものだ。濃い紫であるが、清流のように透明なのだ。その色を見ていると、胸が温かくなり、安心感が全身をめぐる。

真美はそのオーラをもっと感じたくなった。オーラは、眞理から出ていた。眞理が動くごとに、その精神からオーラが放出されている。特に、第三の眼があるという眉間《みけん》のあたりから多く出ている。

眞理の顔に近づき、オーラの放出を凝視する。その頰に触ると、自分のオレンジ色をしたオーラと、眞理のオーラが混ざり合い、マーブル状の模様を作った。そよ風にあおられたように気持ちいい。

眞理の頬は柔らかかった。産毛の一本一本が感じ取れる。指先を動かすにつれて、毛穴がどこにあるかさえわかるようになる。毛穴から出てきたオーラが、指に直接入ってくる。オーラが指先をなでる。くすぐったいが、気持ちいい。

紫とオレンジのオーラに照らされると、その顔はとても神秘的に見えた。綺麗な顔だ。こんなに美しい顔をしていたのか。気づかなかった。

この顔をずっと眺めていたい。真美はそう思った。

沖汐眞理

「とってもスピリチュアル！」

そう叫び、真美は葉に火をつけて煙を吸い込んだ。

葉を叩き落とそうとするが、逃げられる。刺激の強い煙がたちこめ、眞理はせき込んでしまう。

煙が消えると、真美の様子がおかしくなっていた。腕をだらんと放り出して脱力している。眼を見開き、どこか遠いところを眺めるような、焦点のあっていない表情になる。

顔の表情も、脱力したようなだらしのないものとなる。何がおかしいのか、口を開けたまま笑みを浮かべる。

力の入っていない腕を、ぶらぶらと動かす。ゾンビを演じる下手な役者のようだ。パクパクと餌をついばむ魚のように口を開け閉めし、下手なバレエを踊るように回転する。

麻薬に蝕《むしば》まれているのだ。早く助けなくては。さもないと、彼女の脳は損傷し、二度と元には戻らなくなる。

こういうときどうすればいいのか、必死で考える。緊急時の医療について書かれた本を読んだはずだ。それを応用すれば……。

考えているうちに、気づいたら真美の顔が目の前にあった。吐息が唇で感じられるほど近い。人の顔をこんなに近くで見ることなんて、親以外にあっただろうか。

真美の手が伸びてきて、頬をなでられる。ゆっくりとした優しい感触が、そよ風のように流れる。

心底、楽しそうな笑みを浮かべている。ずっとこの微笑みを見ていたいと思わせるような……。

ダメだ。麻薬は害毒だ。批判的思考能力を破壊する大敵だ。思考能力を失うなどゾンビも同様。早く真美を助け出さなければいけない。

吐かせるのが一番だろう。煙といえど、粘膜で吸収するから、そこを洗い流せば吸収する成分は少なくなるはずだ。

真美の口を開かせる。人差し指と中指を口のなかに入れて、喉の奥を刺激する。生暖かく、しめった感触が指先にもたらされる。嫌悪感はなかった。頼むから噛まないでくれよと願いながら指を動かす。

真美がかがみ込み、嘔吐する。その背を叩き、楽に吐き出すのを助ける。

「吐いちゃいなさい。悪いもの出しちゃいなさい」

背中を叩きながら真美に言い聞かせる。

やがて、楽になったのだろうか。フラフラした様子で顔を上げた。倒れないように脇を抱きかかえる。

真美の顔は、寝起きのようにぼんやりとしていた。

「大丈夫なの？　正気に戻った？」

その声を聞いていないように、寝ぼけまなこでつぶやく。

「綺麗な顔だなぁ」

「はぁ？　あなた、まだ幻覚を見てるでしょ！」

真美を正気に戻そうと、ペチペチと頰を叩く。

「眞理ちゃーん。そんなことする必要ないよー。セージには強い種類もあるけど、真美ちゃんが使ったホワイトセージは麻薬っていうほど効果は強くないよ。せいぜいお香に毛が生えたくらいだよっ」

リアが間に入る。

「じゃあ、こいつの様子がおかしかったのは?」

「自己暗示じゃないの?」

見ると、真美はもうケロッとしている。「眞理殿〜、すばらしい経験をしましたよ!」

とワクワクとした顔で言う。

「もうっ! 心配したのよ!」

恥ずかしさのあまり、真美の腹にこぶしを放ってしまう。

「ぐふっ! 眞理殿、きついですよ。そんなことせずに、一緒に神秘体験しましょう! そうすれば、スピリチュアルな目覚めがやってきますよ!」

「いらないっ、スピリチュアルなんてたわごとよ!」

束になったホワイトセージを近づける真美、それを叩き落とす眞理。心配して損したという気持ちもあって、いつもより冷たい態度をとってしまう。

そばで見ていた幾久世もあきれた顔をしている。もうちょっと冷静に行動すべきだったとため息をつく。

そのとき、ドォーンという音が聞こえた。遠いところで雷が落ちたような音だ。いや、落雷のはずがない、空は一面澄み渡った青なのだから。

「眞理殿、なんですかね、あれ……?」

真美が指をさす。その先には、黒い煙があった。草原の果ての一点から、もくもくとわき出て、空高く広がっていた。

神木月波

採集班を乗せたどうぶつ戦車が離れて小さくなっていく。

少し不安になった。いつも一緒にいる幾久世や真美と別々になってしまったのだ。基地から出てきたように、無防備に感じられる。

「ルナっち、一緒に狩りしよっね」

小夜香が肩を組んでくる。その姿を見ると、たちまち不安が収まる。こんな気持ちは、幾久世や真美には覚えなかった。彼女こそ、相棒にするのにふさわしい人間だ。

小夜香は『特別』の輝きをまとっている。行動一つ一つがカッコいい。まるで、人間ではなくアニメやゲームのキャラクターのようだ。

月波は、好きなキャラクターの顔を見ると、頭のなかで火花が散ったようにピリピリとした感覚が働く。小夜香を見たときも、それに似た快感が脳内を走った。現実の人間に、二次元のキャラクターに匹敵するパワーがあるとは思ってもみなかった。

きっと、小夜香も自分のことが好きに違いない。そうでなければ、こんなにスキンシップをとってこないだろう。そう考えると、月波はとろけるような気持ちを覚えるのだ。クールな美人がわたしの相棒になった！　と叫びたいくらいだ。みんなに自慢したい。

狩猟班の九人は、三人ずつに分かれて三つの戦車に乗ることになった。組み合わせは、ミカ、早紀、萌花。桜華、しおり、あすか。そして、小夜香、あゆむ、月波だ。

気がかりなのはあゆむだった。彼女とはあまり話したことがない。いつも小夜香のそばにいるということしか知らない。三人で戦車に乗れば話さなければいけないときもあるだろうが、何を話していいのやら見当もつかない。オタク同士ならば、今期のアニメの話でもすれば鉄板だが、一般人はこういうときに何の話をするというのか。

そんな心配をよそに、小夜香は手を握って戦車に上がるのを助けてくれた。

「ねえ、ルナっち、競争しようよ！　どっちが獲物を多く取れるか」

競争というものが、月波は大嫌いだった。中学生のときにいじめられた原因が、運動神経が良くなかったことであったからだ。でも、小夜香の提案なら別物だ。これは友情のための競争なのだ。どっちが勝とうが、負けようが、優劣に結びつくことはない。

一も二もなく小夜香の提案を受け入れた。小夜香は拳を握ってぐいと出す。これはあれだ。少年漫画でよく見る『拳を交わす』ってやつだ。憧れだった。まさか、こんなことができる日がくるなんて。

拳と拳がぶつかる。その音は絶対の友情の誓いの鐘のようだった。

「よしっ！　じゃあ、行こっか」

戦車が動き出す。すかさず月波は「パンツァーフォー！」と叫ぶ。これが言いたかった。

空上ミカ

早紀が近くにいる。その事実だけでミカの心臓は高鳴った。手を伸ばせば触れられるくらいの距離に座っており、しかも、いつもそばにいる純華たちはいない。こんな場合にまで早紀のことを気にしているのはおかしいと思いつつも、嬉しさは抑えきれない。

ミカと早紀と萌花は、どうぶつ戦車の背に座っていた。木のベンチのような感触で、意外と不快ではない。

小夜香とあゆむと月波が乗った戦車は一番先に出発してしまった。桜華としおりとあすかが乗る戦車も後に続く。

「ええと、どうやって操縦するのかな？」

ミカは戸惑いを口にする。そこにはハンドルもレバーもなかった。

「だーかーらー、思考で動くって言ったじゃん」

リアが視界の隅にポップアップする。

思考で動くといっても、どうやればいいのやら。試しに、「走れ」と念じてみる。戦車が揺れ、体に加速度が感じられる。

「そうそう、そうやって動かすの。目的地を設定すれば自動操縦モードでいけるから、そっちに切り替えとくねー」

最初からそうやっとけよと頭のなかで毒づくが、思考を読み取られていることを思い出して、考えを押し殺す。いまは、リアのことなどどうでもよい。大事なのは早紀だ。

どうやって話を切り出そうか。萌花もいるので、三人で話せそうな話題を出すべきだろうが……、思いつかない。まったく属性が違う三人なのだ。

「あたしのことは気にしなくていいから、二人で仲良くやっといて」

萌花はそう言って、寝転んだ。

気遣ってくれたのだろうか。いや、たぶん、余計な付き合いをする気がないだけだろう。いずれにせよ助かった。

「八倉巻さんは、白鳥さんと一緒じゃなくてもいいの?」

とりあえず、そう聞く。早紀と純華がどのくらい仲がいいのかということも知りたい。

「まあ、幼馴染っていっても、四六時中一緒なわけじゃないから。親友ってそういうものでしょ?」

自然とそういうことを言ってもらえる関係がうらやましい。

「それと、介抱してくれてありがとうね、お礼を言うわ」

「えっ？　あー、いやいや、とっ、当然のことをしたまでです……」

突然のお礼にどう対応していいのかわからなくなる。こういうときはどうすれば正解なのだ。謙遜か、自慢か、平然としているのか。あーもう、考えすぎて頭が沸騰しそうだ。

数秒、沈黙が流れる。ふたたび気まずい空気が流れる。人としゃべるってどうやるのか、久しぶりで忘れてしまった。

「この時代は氷河期だと思ったけど、思ったより寒くないのね」

ミカはその早紀の言葉を、待ち構えていたようにキャッチした。この話題ならば話せる。本で読んだ知識がある。いままで、知識を詰め込んできたのはすべてこのためだったのだ。

口から、堰《せき》を切ったかのように言葉があふれでる。

「氷河期はね、その、定義的には地球の両極に一年中氷河がある時代なんだけどね。北極の氷河ってのは、三百万年前くらいからできはじめたんだ。でもね、すでにこの時代にも寒冷化は始まっていてね。たとえば、この草原という地形も寒冷化の結果なんだ。草原ってのは、この時代に初めてできた新しい地形なんだよ。なんで寒冷化が始まったかというとね、そう、南極大陸の孤立化だよ。もともと南極大陸は、南アメリカ大陸とくっついていたんだ。そのときは、海流の影響で暖かくて氷河に覆われていなかったんだ。けど、二千万年前くらいに離れたことによって、冷え込んじゃって、一千五百万年前くらいに氷河で覆われたの。そうして、南極の氷河が南半球を冷やして寒冷化が始まったというわけ。寒冷化が乾燥化を引き起こしてね。なんでかというと、寒くなると海からの蒸発量が減るからその分雨が少なくなって乾燥するってわけ。あと、この時代は世界中で山脈が形成されたから、それも乾燥化の一因だね。山脈は雲を妨げるから、水蒸気の循環を止めるの。アジアでは、インドがユーラシア大陸に衝突してエベレスト山脈ができてる。ヨーロッパではアルプス山脈が、アフリカではアトラス山脈ができて、ここ、北アメリカでもロッキー山脈が隆起しつつあるんだよ。ロッキー山脈がなんで隆起しているのかは諸説あるんだけど、面白い説では、沈み込んだプレートが原因だって説があるね。三千万年前に、ファラロン・プレートというプレートが北アメリカ大陸の下に沈み込んでね。その沈み込みによって、北アメリカ大陸を押す力がなくなって、大陸全体は横に押し広げられる。そうして、土地のあちこちにひびが入る。そこを伝うように、火山活動が活発化して、ロッキー山脈が生まれたって説。まあ、なんで山脈ができたのかわかんないけど、ここがどんどん乾燥化してるのは間違いないね。たぶん、ちょっと昔まではここらへんは森だったんじゃないかな。必要な水がとれなくなって、森が枯れて草原になっちゃった。いずれ、草原もなくなって砂漠になっちゃうね。ここ、現代ではデスヴァレーって呼ばれてるところだよ。その名の通り、石と砂しかない死の土地で……」

そこまで話したとき、早紀がぽかんと口を開けていたことにやっと気づく。しまった。調子に乗りすぎた。これは完全に引かれたかもしれない。

「ごめんっ！　勝手にしゃべって……。わたし、あんまり人と話すのうまくないから……」

とりあえず、謝る。やがて、早紀の開いた口から、笑い声が流れた。

「もしかして、空上さんって、好きなことには熱くなるタイプ？　ちょっと意外ね！」

屈託のない笑み。こんな気楽に笑う早紀は初めて見たかもしれない。

「わたし、ちょっと周りが見えないところあるから……」

「いいじゃない。周りが見えないくらい好きなことがあるんでしょ。すばらしいわね」

すばらしい。早紀がそう言ってくれた。

「他にも教えてくれない？　けれど、もうちょっとゆっくり話してもらっていいかしら？」

「もっ、もちろん、もちろん！」

自分の好きなことを好きな人に話して、喜んでもらえる。それは至福の経験だった。

脚が動く！

それは、初めての体験だった。

リアが大進化どうぶつデスゲームの開催を宣言したとき、しおりは不安だった。この体では、何の役にも立たないお荷物になってしまうのではないか。桜華に負担をかけてしまうのではないかと。

心配は無用だった。八百万年前の世界に転送されたときに、脚を自由に使えるようになっていた。それを知ったとき、思わずリアに感謝しそうになった。

生まれて初めての左脚の感覚に多少戸惑ったが、体のバランスをとるという点では杖と同じだ。少し練習すれば走れるようにもなった。

これで、桜華の隣にいられる。いままで、見ているだけだった桜華と一緒に走れる。そう思ったが、一方で、そんなこと望んでいいのだろうかとも考えていた。

はしごを降りるとき、桜華の温かな肌に触れた感覚を思い出す。体を形作っている皮膚が溶け出してしまいそうな、快感。それは生まれて初めてはっきりと感じた官能の感覚だった。

いまもこうして、桜華の隣に座っていると、その感覚を思い出して罪悪感の波が立つ。

桜華はしおりの気持ちを知らずに、どうぶつ戦車の上ではしゃいでいた。脚が動くようになったことを知ると「一緒にスポーツしよう！」と誘ってくれた。

リアから渡された銃を握る。桜華に対しての自分の思いは、とりあえず忘れよう。いまの機会をせいいっぱい楽しめばいい。悩む暇なんてない。桜華の隣にいられるのは、いましかないかもしれないのだ。

「リアちゃんからのお知らせ！　ターゲットに近づいたよ！」

前を見ると、ずっと向こうに茶色い塊が動いている。目を凝らすと鹿のような動物が見える。この時代に転送されたときに、近視も治ったようで、眼鏡なしでもよく見える。

「小夜香ちゃんから通信がつながってるから、代わるね」

リアの声は小夜香の声に代わった。小夜香が乗る戦車はしおりたちよりだいぶ前方にいるのに、耳元で話しているようだ。

「おっすー、シオリン、アスアス、オウカッカ。これから狩りの本番だけど、わたしが作戦立ててもいいかな？」

小夜香の提案に一同はうなずく。

「ありがとー、簡単な作戦なんだけど、君たちの戦車と早紀班の戦車が平行して獲物を追うわけ。小夜香班は前方に隠れてて、ターゲットが誘導されてきたところをバンバンバーンと撃ち殺すということ。君たちは獲物の群れがバラバラになって逃げないように、威嚇射撃とかで誘導してね」

簡単だが、効果が高そうな作戦だ。桜華も「それでいいじゃない？」と言っている。

「オッケー。んじゃ、作戦開始ということで」

神木月波

どうぶつ戦車の自動操縦機能が解除され、手動運転に切り替わった。運転するのはあゆむだ。月波と小夜香は砲手である。いよいよ、狩りが始まるのだ。

戦車の脚が折りたたまれ、体高を低く保ちながら目立たないように移動する。スニーキングだ。迷彩色をした表面にも助けられて、草の色に溶けて戦車の姿は隠れる。この状態で、U字を描くようにしてターゲットに先回りする。月波たちも、気づかれないように伏せる。

ターゲットの姿がよく見えるようになった。数十匹におよぶ群れ。シカに似ているが、サイのように鼻から角が出ている。角の先端はV字型に分かれている。その群れを遠巻きにして、ずんぐりした子馬のような動物が草を食《は》んでいる。

「シカみたいなやつは、クジラ偶蹄目プロトケラス科のシンテトケラスだね。外見によらず、実はラクダのほうに近いんだ。子馬みたいなやつは奇蹄目サイ上科のヒラコドン。こっちも外見によらず、サイに近い動物だよ」

リアが勝手に解説をするが、どうでもよいことだ。食べられればいい。

地平線のはるか先では、早紀組と桜華組が状況を開始していた。潜んでいた戦車が立ち上がり、走り出す。シンテトケラスの群れは四方八方に逃げだす。作戦通りにこちらに誘導できていない。早紀たちが威嚇射撃をしても、パニックが拡大して火に油を注ぐだけだ。三匹が猛スピードで、こちらに向かってくる。月波はあわてて撃つが、土埃が立つだけで一向に当たらない。そもそも照準もないのに、どうやって狙うというのか。欠陥品だろこれ。

「ルナっち撃つの早すぎー。もうちょっと引き付けたほうがいいよ」

小夜香はそう言うと、二挺の銃をつかみ、戦車から飛び降りた。月波は思わず叫んでしまった。降りるのは危険だ。安全にハンティングができるのは、車の上という安全地帯があるからなのだ。地面に降りれば、とたんに人間は不利になる。

月波の不安をよそに、小夜香は走り出した。シンテトケラスも小夜香めがけて走ってくる。

小夜香が片手に持った銃を掲げる。轟音とともに、銃弾が発射される。銃弾は目標に達する前に幾多もの破片と化す。クラスター弾だ。シンテトケラスは、破片のなかへとまっすぐに突っ込む形となる。三匹のうちの二匹は倒れるが、一匹はそれでも速度を落とさない。近づくにつれてその大きさがよくわかる。二メートル以上はあるだろう。眼に怒りを秘めたかのように、巨大な角を小夜香に向けて全速力で接近してくる。

月波は援護射撃をしようと銃を構えた。だが、小夜香に当たりそうで撃てない。迷っていると、あゆむの手がすっと銃の上に置かれる。

「大丈夫。小夜香ちゃんは絶対だから」

その自信に満ちあふれた声に、月波も従うしかなかった。

シンテトケラスが小夜香に猛スピードで近づく。一方の小夜香は、目前に迫った巨大な危機を無視するように、妙にゆっくりと動作する。クラスター弾銃を捨て、片手に持っていた銃を両手で構える。

早く撃てという叫び声が月波の喉元まで出ていた。シンテトケラスが十メートルほどの近さにきてもまだ撃たない。蹄《ひづめ》が土を蹴る音が耳に響いてくる。もはや、小夜香の目の前だ。シンテトケラスが頭を振る。角が小夜香の顔に突き刺さる！

そう思ったとき、小夜香が横に飛んだ。シンテトケラスの攻撃は空振りとなる。地面に転がりながらも、小夜香は銃を撃った。

その銃弾は、正確にシンテトケラスの頭を撃ちぬいた。血にまみれた肉が、頭部から吹き飛ぶ。即死だったようで、体は地面に投げ出された。

「すごい！　すごいすごいすごい！」

興奮のあまり、戦車を降りて、小夜香に抱きついてしまう。動物が襲ってくるかもしれないが、小夜香の近くにいれば危険はないと実感していた。

小夜香は何も言わずに月波の抱擁を振りほどくと、黙って歩き出した。仕留めた獲物のところではなく、クラスター弾によって倒れながらまだ生きている二頭のシンテトケラスのところへ。

シンテトケラスは傷ついているが、いまだ闘争への気概を失っていなかった。大きな個体が小さな個体をかばうように角を振る。親子なのだろうか。

小夜香は二頭に近づいた。とどめを刺すのかと思いきや、なんと銃を捨てた。代わりにナイフに持ち替え、大きいほうの個体を蹴り始める。

シンテトケラスも負けてはいない。小夜香の脚にかみつき、ズボンを破き、血を流す。それでも小夜香は何の痛みも感じていないかのように蹴り続けた。シンテトケラスは危機感を抱いたのか、怪我をした脚を引きずりながらも立ち上がる。

シンテトケラスは捨て身の突進をするが、小夜香は避けて後ろに回った。そして、ナイフを振り上げると、後ろ脚めがけて下ろす。膝下の、アキレス腱がある位置めがけて刃を突き刺す。

ウマのような高い鳴き声が響く。小夜香の顔に血がかかる。シンテトケラスは、まだ切られていない方の脚で小夜香を蹴ろうとするが、待ち構えていたかのようにナイフが刺さる。小夜香は脚を握りしめて、ナイフを動かし、傷口を広げる。悲痛な鳴き声に混ざり、肉が切られる湿った音が立ち込める。

後ろ脚を切られたシンテトケラスは、沈没する船のように倒れる。前脚を必死に動かしながら、体を引きずってその場を逃れようとする。小夜香は何もしないでその様子をしばらく見ていたが、やがてナイフを頭に近づけた。とどめを刺すわけではない。ナイフを眼に刺し、眼球をえぐるようにして動かしていったのだ。クリスマスツリーの飾りつけが落ちるように、片方の眼球が外れる。視神経が眼孔の奥から垂れ下がり、ぶらぶらと揺れる。もう一方の眼も、ナイフによって切り取られる。

いまや、悲痛な鳴き声は轟音のようになっていた。小夜香は視力を失ったシンテトケラスに容赦なく蹴りつけ、銃を使って殴打する。内出血で、皮膚が赤くただれていく。

小夜香はふたたび、銃をナイフに持ち替えて、皮膚を切っていった。刃先の一番鋭い部分で、傷をつけ、その傷をなぞるように皮膚を剝く。血がしたたり落ちながらも、皮膚が引き裂かれて、赤い筋肉が露出する。

「なっ……何やってるの?」

月波はやっとその言葉を口に出した。眼前で起こっている出来事を見ると、それ以外の何を言うべきなのかわからなくなる。

小夜香は、そこに月波がいることに初めて気づいたかのように、急に笑みを浮かべる。

「いやー、こうやったら面白いかなーって思ってね。いままでやったことのない経験してみたいじゃん」

それだけ言うと、月波を無視して歩き始めた。逃げる子供のシンテトケラスに追いつく。背は人間の膝くらいの高さしかない、小さな個体だ。傷ついたその子供を、小夜香は全力を込めて蹴飛ばす。倒れたところを追いうちする。柔らかな腹めがけて、サッカーボールを蹴るようにキックを放つ。

「おい！　お前、何やってんだよ！」

叫び声が響く。萌花だ。早紀組や桜華組のどうぶつ戦車が合流していたのだ。萌花は戦車から飛び降りて、小夜香のところへと走り、その襟元をつかむ。

「モカモカじゃん。血相変えて、どっしたの？」

「何してた？　いじめていたのか？」

小夜香は興味なさそうな眼で、足元のシンテトケラスを見る。そして、片手で銃を持ち直し、その頭を撃ちぬいた。

「いじめてなんてないよ、狩りだよ、狩り」

そう言いながら、銃を捨て、襟元を持つ萌花の手をなぞる。小夜香の手から、萌花の手へと血がしたたる。思わず、萌花は襟元を握る手を離してしまう。

「たとえ、いじめていても、それが何でダメなのさ。結局、殺すんだよ。食べるんだよ。

その前に何しようがカンケーないじゃん。ねっ、ルナっち」

月波の首元に小夜香の手が添えられる。まだ乾いていない血のぬめっとした冷たい感触に襲われる。思わず、ぞわっとして全身の毛が逆立つ。

月波はなぜか、小夜香に味方しなければならない気がした。

「そっ、そうだ！　完全にロジカルだ。論破だ。論破！」

「そんな弱いものいじめみたいなことをして、気に入らないんだよ」

「感情論だ！　ああいやだいやだ！　DQNは感情でしか動かないからな！　きっと頭が悪いんだ」

気持ち良かった。日頃から思っていても面と向かって言えなかったことが躊躇なく口から出てくる。小夜香が味方だとわかっていれば、怖いものはなかった。

「小夜香ちゃんの言うとおりだよ」

いつの間にか、あゆむがそばにきていた。淡々と、小夜香の正当性を主張する。

これで、三対一だ。いくらバカな不良でも、こっちが有利なことはわかるだろう。月波は萌花をにらみつける。

「獲物を虐待するなんて、不名誉なことよ。敬意が足りないわ、小夜香」

第三者が現れた。早紀だ。お嬢様ぶっているが、親は成金だという噂だ。

「そっかー、敬意か。それを忘れてたね。ケーイ！」

小夜香は両手をパンパンと叩いて、念じる動作をした。

「敬意を送ったよ、これでオッケー?」

早紀は何かを言おうとしたが、何を言ったらよいのかわからないようだった。

そのとき、助けを求める叫び声がした。桜華の声だ。

「あのぉ、ごめん、みんな、助けて! 動けなくなっちゃった……」

桜華は小さな池に沈んでいた。その体はだんだんと池に呑み込まれつつあった。

龍造寺桜華

狩り。それが何を意味するのか、始まるまでは考えてもいなかった。

桜華の頭のなかには狩りに相当する場面はなかったのだ。せいぜいが、ポケモンのバトルくらいのイメージであった。

狩猟班になったのは、しおりにカッコいいところを見せたかっただけだ。しおりが自分に注目していることは、前々からわかっていた。体育の時間、見学しているしおりは、ずっと桜華のことを見ていた。桜華がパフォーマンスを繰り広げるごとに、目を丸くして、息をのんでいた。しおりの反応を受けて、桜華はますます技に磨きをかけるようになった。

狩りも、体育の時間と一緒と考えていた。体を動かし、技を決めるスポーツであると。命がかかわるものだということに、桜華は気づいていなかったのだ。

小夜香から作戦開始の連絡がくる。あすかがどうぶつ戦車を動かす。シカみたいな動物が、びっくりして顔を上げる。リアからは難しい名前を教えてもらったが、桜華は覚えきれなかった。

獲物を誘導するためにしおりが撃った。弾は動物には当たらなかったが、混乱を与えるには十分であった。パニックになった群れが走っていく。あすかは、戦車を操り、それを追う。

なんとなく、気持ち悪さを感じた。胃を握られたような気分の悪さ。なぜだか、わからなかった。スポーツをしているときには、やり始めたらすぐに夢中になって体が動くのに、いまは肉体に接着剤をつけられたようだ。

頭を振り、銃を構える。桜華は銃の経験はないが、弓道をしたことはあった。狙いをつけるのはお手の物だ。たとえそれが動いている目標であったとしても、彼女の運動神経をもってすれば簡単な応用である。

心のなかの眼で、銃弾が飛ぶ位置を予測する。銃口から発射され、サバンナを飛び、シカの体に着弾するルートを。

タイミングがあった。いま撃てば、一撃で獲物をしとめられるだろう。直感も理性もそう告げていた。なのに、桜華は撃てなかった。彼女の頭のなかには、ディズニー映画の『バンビ』が浮かんでいた。かわいいシカのキャラクターであるバンビが。そして、バンビが銃弾で撃たれて死ぬイメージが浮かんだ。

苦しくなり、銃を取り落として胸をかきむしった。銃を持ち直そうとするが、手汗がひどくてすべって構えられない。じんじんと耳鳴りがする。心臓が冷たく、押しつぶされるようだ。

シカの群れは、パニックに陥っていた。シカたちの心が、桜華のなかに流れ込んでくるようだった。怖い！　逃げなきゃ！　助けて！　桜華の心は、恐怖と混乱に震えた。

撃てない。そのことを知って、桜華はうなだれた。狩りは無理だ。恐怖にかられたシカたちを直視することすらできない。

しおりにカッコいいところ見せられないな。最初に思ったのはそのことだ。そしてその思いは、しおりに幻滅されるのではないかという不安を生み出した。

これまで、桜華が誰かの期待に応えられないことはなかった。バスケのチームではエースだし、文化祭の劇ではロミオ役を立派にやり遂げ、執事喫茶では一番人気だった。期待されたことを、難なくこなしてきた。それが喜びであり、快楽であった。

いま、期待に応えるということができなくなった。それは恐怖だった。華やかな仮面が落ち、臆病な自分があらわになったような危機だった。

危機に立ち向かうためには、銃をとって勇敢な自分を見せなくてはいけない。でも、そんなことはできなかった。手が震えて銃が持てなかった。

遠くのほうに、小夜香たちが乗る戦車が見えた。そこへ向かって、三匹のシカが走っていく。

小夜香が戦車から降りた。シカはまっすぐに小夜香のもとへと向かう。彼女は二挺の銃を持っていた。一方の銃が火を噴き、二匹のシカが倒れる。

自分の胸に銃弾が撃ち込まれたような衝撃を受けた。見ていられなくなって、眼をそらす。涙が出てきそうになるが、しおりに見られたくなかったから、必死に我慢した。

次に見たとき、小夜香は残った一頭を仕留めていた。桜華は深呼吸をして、落ち着こうとした。

ところが、落ち着くことはできなかった。小夜香は先に倒れた、もう動けないはずのシカの後ろ脚を切り始めたのだ。まだ生きているシカの口からは痛々しい鳴き声がした。虐待はその後も続いた。眼を潰し、皮膚を剝ぐ。

小夜香は大人のほうのシカに飽きたのか、次は、子供を追った。抱き着きたくなるような、フワフワのかわいい仔ジカだ。怪我をしているため、よちよちと歩いている。

シカに追いつくと、小夜香は躊躇なく蹴り上げた。

悲痛な声が響く。桜華はワナワナと震えていた。かわいそうとか、気持ち悪いとかいう感情以前に、小夜香に対しての恐怖感を抱いていた。小夜香は決して強いほうではないだろう。筋肉もそれほどではないし、体格も自分のほうが大きい。喧嘩をしても絶対に勝てる自信があった。それにもかかわらず、桜華は小夜香の虐待を止めようとはしなかった。止めようという発想すら思いつかなかった。小夜香の行為を見ていると、頭をビリビリと危機感が襲う。それは、人に対しての危機感ではなかった。動物に対してのものですらない。物に対しての危機感というのが近い。自分の頭に落ちてくる巨大な岩や、足元で裂けつつある地割れなどに対しての危機感だ。

口から、悪臭がした。ぬめぬめとしたものが、服を汚していた。知らないうちに嘔吐していたのだ。

「止めて！」

あすかに言って、戦車を飛び降りる。汚い姿をしおりに見せたくなかった。しおりの持っているイメージを守りたかった。

近くの、小さな池に走る。あそこで体を洗おう。

水辺に足を踏み出す。顔を沈めて、嘔吐物をすべて洗い流したかった。

予想外に柔らかな感触を覚える。水底が泥になっていたのだろうか。足を上げようとしたが、なぜか上がらない。足首がつかまれたようにがっちりと動かない。

岸まですぐそこなのに、一歩が動かせなくなる。岸に手を伸ばそうとしたら、バランスを崩して倒れてしまった。泳ぎは得意なはずなのに、体が動かない。だんだんと、沈んでいることがわかる。

ここで初めて、桜華は命の危険を感じた。もはや、プライドなどどうでもいい。

「あのぉ、ごめん、みんな、助けて！　動けなくなっちゃった……」

必死に、桜華は叫んだ。

空上ミカ

桜華の声にまっさきに反応したのはしおりだった。

戦車から飛び降り、池に向かって走る。

ミカは一瞬遅れてしおりを追った。

「入るな！　タールピットだ！」

叫び、しおりの腕をつかむ。

「何するの!?　桜華さまを助けなきゃ！」

しおりは必死でミカから逃れようとする。暴れまわる小さな体をどうにかして抱きとめようとするミカ。

「タールピットだよ！　入ったら沈んで動けなくなるんだ！」

いくら説明しても、わかってもらえない。二の腕をつかんで押さえるが、小さなこぶしが胸に打ちつけられ、痛い。

「シオリン、あわてなさんな。ミカミカが何か言いたそうだよ」

血に染まった顔がぬっと現れる。いつの間にか、小夜香が近づいてきたのだ。血を求めて蠅の大群が小夜香の顔にとまるが、気にする様子はなく、手で払おうともしない。

衝撃的な姿を見て、二人は静かになる。

「ミカミカ、あの池は危険みたいだね。説明してよ」

「あれは池に見えるけど、池じゃないんだ。タールピットといって、地下から石油が漏れてたまったものだよ。表面は雨水が浮いて池みたいに見えるけど、一度入れば出れない底なし沼だよ！」

この時代の北アメリカにはタールピットがあちこちにあった。そこに落ちたまま死んだ動物たちの化石も数多く発見されている。大陸が横に引き延ばされたことによりできた割れ目を伝って、石油が漏れ出ているのだ。

その説明を聞き、しおりはますます焦っているようだった。

「じゃあ、早く、桜華さまを助け出さないと！　死んじゃう！」

「ふーん、たいへんそうだね。とりあえず、戦車を岸に動かして、その上から服を投げて引っ張り上げたら？」

小夜香の提案を採用することにした。しおりが戦車に戻り、事情を説明する。

桜華はもう、半分くらい沈んでいた。パニックになっているらしく、手をバタバタと動かす。

「できるだけ動かないで！　動いたら、早く沈むから！」

大声で叫ぶが、桜華は気づいた様子はない。

三台の戦車がタールピットの近くに集結した。しおりが服を脱いで桜華に投げるが、長さが足りない。しかたなく、あすかの服と結んでロープ代わりにする。その間も、桜華はズブズブと沈んでいく。

「ねえ、ミカミカ、なんだかヤバそうだよ」

小夜香が指し示す先には、動物たちがいた。いつの間にこれほど近くに忍び寄ってきたのだろう。数十四の群れだ。褐色のその姿が草むらに潜むことにより、ステルス迷彩のように作用していた。明らかに肉食獣だ。大型犬のような外見で、鋭い犬歯が見える。

「食肉目イヌ科のボロファグスだねー。現在のハイエナに近い食性をしていたと考えられているよ」

リアの解説を無視して、ミカは戦車の上に逃げる。ボロファグスが叫びながら追いかけてくる。イヌにそっくりなうなり声だ。

グゥウゥゥゥゥゥゥウワンウワンワンワンワンワン！　ボロファグスは戦車に上がった一同に噛みつこうとジャンプする。ミカは引き金を引いた。至近距離だったので、外すこともなく、弾は命中する。大量の血が飛び散るが、ボロファグスは恐れて逃げることはない。逆にますます興奮する。死んだ仲間に群がり、その肉を腹のなかへと入れる。共食いだ。

動けない桜華を守るために、コの字を描くように三台の戦車が配置された。戦車の上から雨あられと弾丸が降る。ボロファグスの死体は増え続けるが、その肉によってますます多くの獣が呼び寄せられる。

しおりは二つの服を結んで作った代用ロープを投げ、桜華が受け取る。ロープを引くが、力が足りないのかまったく動かない。あすかが手伝って、やっと少しずつ動く。

全員が戦車の上に避難したと思われたが、例外がいた。小夜香は地面でボロファグスと戦っている。ジャンプして襲いかかる猛獣を左右に避けて、冷静に急所を狙っている。まるでバレエのようだ。

ピィィィィィィヒョロロロロロロロ。上空から高い音がした。巨大な影がミカの顔にかかる。空を仰ぐと、バカでかい鳥がいた。羽を広げれば小型車くらいの大きさになる。コンドルのように頭が禿げており、足には大きなかぎ爪が見える。

「アルゼンタヴィスだねー。史上最大級の鳥類だよ。南アメリカを中心に生息していたけど、北アメリカまで勢力を広げてたみたいだね」

アルゼンタヴィスは桜華を狙ってゆっくりと円を描いて下降してきた。ミカは急いで銃を空に向け、弾を放つ。命中はしなかったが、威嚇の効果はあったようで、桜華を狙うのをあきらめ、タールピットの岸辺に着地する。ミカは追撃するが、距離が離れているためかなかなか当たらない。

夢中で撃ち続けるが、ふと、弾が発射される振動が感じられなくなる。弾切れだ。そういえば、リアから土を食べさせろとかいわれてたっけ。そんな余裕はない。第一、いま地面に降りればボロファグスの餌食だ。

他の人々も、次々と弾切れになっていく。弾がなければ、ボロファグスの猛攻に押し切られてしまう。

「おーい、ミカミカ。弾切れちゃった？」

小夜香が話しかけてくる。まるでポテトチップスがなくなったかのような気楽さだ。

「氷室さん。そこヤバいよ、上がろうよ！」

ミカは手を伸ばすが、小夜香は笑うだけでその手をつかまない。

「ミカミカ。ちょっと思いついたことがあるから、みんなに援護射撃してくれるよう頼んでくれない？」

「えっ？　思いついたことって？」

問いに答えず、小夜香はタールピットの岸辺に近づく。しょうがなく、ミカはみなに叫んで、小夜香の援護をお願いする。残り少ない弾が援護射撃に回される。

小夜香はどうぶつ鉄砲のアコーディオン状の装弾口を引き出した。そして、タールピットに伸ばした装弾口を沈める。

「小夜香！」

月波が叫び、銃を撃つ。小夜香に飛びかかろうとしたボロファグスが倒れる。

親指を上にあげる小夜香に、月波は誇らしそうに同じジェスチャーを返す。

「ルナっち、ナイス！」

小夜香はアコーディオン状の装弾口を畳み込み収納する。そしてふたたび、ボロファグスに向き合う。

左手で銃を持ち、引き金を引く。銃口からは銃弾ではなく、黒い粘度がある液体が発射される。鼻をつく刺激臭があたりに広がる。石油だ。タールピットの石油をどうぶつ鉄砲に吸収させ、水鉄砲の要領で飛ばしたのだ。

石油が発射されている銃口に、右手が近づく。右手には、ライターが握られていた。火が石油に触れ、大きく燃え広がる。燃え広がった炎は、空中を飛ぶ石油と一緒に、ボロファグスの体へとかかっていく。即席の火炎放射器だ。あの仕組みでは、指が焼けるだろうに、小夜香は大丈夫なのか。

キャンキャンキャンキャァァァン！　着火したボロファグスは、悲痛な叫びをあげてグルグルと転がり回る。そんなことをしても炎は消えることなく、肉が焼けるにおいが漂う。

銃弾に対しては恐怖心を表すことのなかったボロファグスたちだが、炎に対しては違うようだ。燃え盛る仲間を見て、さっきまでの威勢はどこへやら、途端に逃げ腰となる。逃走するその背に、小夜香は炎を飛ばす。

「やったあ！　すごいよ小夜香！　ざまあみろ、クソ犬め！」

月波が歓声を上げる。他の人からも、安堵のため息が出る。

桜華の引き上げも問題がないようだ。もう沈むことはなく、ゆっくりとだが、岸に近づいている。代用ロープにつかまる彼女は、気まずそうな笑みを浮かべていた。

アルゼンタヴィスも、炎への本能的恐怖のためか、鳴き声をあげて飛んでいった。やはり、しょせんは動物。火には弱いようだ。

戦いで興奮したためか、体中が熱かった。まるで、火事の現場にいるよう。

首元に、熱い風が吹いた。煙で視界が遮られる。

振り向くと、サバンナが燃えていた。炎が戦車を取り囲んでいる。

火炎放射器の炎が延焼していたのだ。そうだ、なぜ気づかなかったのだろうか。サバンナで火を使うのは危険なのだ。もともと乾燥地帯である上に、地面には枯草がたくさんあり、おまけに風も強い。火事にはもってこいの環境だ。

風にあおられて炎が戦車に向かってきている。まずい、こっちにはタールピットがある……！

「逃げよう！」

そう叫ぶと、自らも思念を送り戦車を移動させる。

しおりが体を伸ばして、桜華の手を握った。そのまま戦車が動く。反動で、しおりはバランスを崩して、倒れ込んでしまう。あすかがお腹のあたりに抱き着き、宙づりになりながらも、なんとか落ちずにすむ。

炎の切れ目がないかと探し回ったが、そんなものはない。意志を持っているような赤い炎が空気を揺らめかせ、近づいてくる。前方の炎、後方のタールピット。

「こりゃ、突入するしかないんじゃない？」

いつの間にか隣に座っていた小夜香がささやく。従うのは釈然としない気分ではあるが、今回はそうするしかないだろう。炎に向かって戦車を動かす。

ミカの興奮が感染したかのように、戦車が震えていた。思念を戦車に送っているだけではなく、戦車のほうからも思念を送り返されている感じだ。まるで戦車が見ている視界を、ミカもまた見ているようだ。

戦車が動く。それまでとは違う荒々しい揺れ。脚が地面を叩く振動が伝わってくる。走り出した戦車は、一瞬力をため、その力を解放する。

ふわりと浮き、地面がなくなる。ジェットコースターに乗ったときによくある、あの胃に悪い感覚がやってくる。戦車がジャンプしているのだ。

気持ちの悪い浮遊感ののちに、ゴツンとお尻に強い衝撃がやってきた。ミカたちが乗った戦車は、炎の壁を越えて着地する。そのすぐ後に続き、他の二台も無事に着地する。

直後、炎がタールピットにたどり着いた。表面の雨水のために、白い湯気が出て、一瞬気温が下がるが、すぐに蒸発しつくす。そして、その下には石油があるのだ。

「耳を押さえて！」

ミカが叫んだ直後、轟音と衝撃波が一同を襲った。黒い煙が上がる。タールピットが引火したのだ。

紅葉代志子

黒い煙。それを見たときに代志子の頭によぎったのは、狩猟班の安否だった。走り出したい衝動をこらえ、リアに話しかける。信頼はできないが、このわけのわからない状況のなかでまっさきに相談すべきなのは彼女だ。

「リアちゃん、あの煙はなんなの？　みんなは無事なの？」

「ちょいとお待ち……。ぴーぴーぴー、通信中……。はいはーい。大丈夫、全員無事が確認されたよ」

ほっと胸をなでおろす。リアの説明だと、黒い煙はタールピットという石油の池が引火したものだという。狩猟班は、そのすぐ近くにいたが、怪我をしたものはいないという。狩猟班の戦車は、こちらに合流するために向かってきているらしい。行き違いを防ぐために、待っていたほうがいいだろう。

三十分ほどが経ち、戦車の影が見えた。近づくにつれて九人の顔が見えた。ほっとするのもつかの間、小夜香の顔を見て驚く。べったりと赤く染まっているのだ。血だろうか。

「小夜香ちゃん！　大丈夫なの!?」

「ん？　あー、これは小夜香の血じゃないよ。焦ることないさー」

小夜香は戦車を降り、顔をぬぐう。血はもうすでに乾いているらしく、なかなか落ちない。

「ねぇねぇ、それよりも！」

月波が興奮冷めやらぬ様子でしゃべり出した。

「聞いてよ、生徒会長。小夜香がすごかったんだよ！　ババーン！　ドドーン！　ってハイエナの群れをやっつけて、みんなを救ったんだよ！」

「そうなの？　小夜香ちゃん、ありがとう！　みんなを守ってくれて」

「ふふふ～。お礼にヨシヨシをヨシヨシさせたまえ」

「いくらでもどうぞ、減るもんじゃないしね」

小夜香がお腹をなでてくる。血まみれの手だが、不快感はない。彼女が戻っていつものように触ってくれるだけで、喜ばしい。

ふと、視線を感じる。戦車の上から、萌花が苦い顔をしてにらんでくる。見つめたら、そっぽを向かれてしまった。いったいなんだろうか。

その思索を阻むように、小夜香の声が聞こえた。

「あちゃー、ヨシヨシに汚れを移しちゃったよー。ごめんね！　リアちゃん、川とか洗えそうなところ近くにない？」

「おっけー、検索中……。川じゃないけど、近くにとってもいい場所があったよ。案内するから、戦車に乗ってねっ」

リアの指示に従い、十八人は四台の戦車に分乗した。自動操縦で戦車が動き出す。

第五章　湖畔

高秀幾久世

ハイエナの群れに襲われたって、やっぱり危険じゃないか……。

どうぶつ戦車に揺られながら幾久世は思う。すでに日は傾いている。夜になったら、ますます危険な動物がうろつくことになるだろう。心配だ。

草原を走る戦車は、ときどき、動物たちと遭遇した。動物たちが接近するごとに、幾久世は銃を構える。

「はっはっは！　幾久世ちゃんビビってる？」

視界の隅にリアが現れてイラつく声でからかう。リアの姿はどうやっても消せないようだ。目をつぶっても暗闇のなかに浮かび上がる。こうなれば、徹底的に無視するしかない。

戦車は大きなウマみたいな動物の群れを横切った。ウマと違うところは、前脚が長く、蹄ではなくかぎ爪をつけているという点だ。

「あれは、奇蹄目カリコテリウム科のモロプスだよ。前脚にあるかぎ爪で枝をひっかけて葉を食べてるみたいだねー。ちょっと前まではカリコテリウム科は繁栄していたけど、シカやラクダのグループである偶蹄類との生存競争に負けて絶滅しちゃうんだ。進化のデスゲームは厳しいね！」

その進化のデスゲームとやらに、巻き込まれている状況がいまだ。幾久世以外の人々は驚くほどその実感がないらしい。みなちょっとしたピクニック気分で、次の瞬間に死ぬかもしれないという恐怖と覚悟は一ミリたりとも感じられない。特に、月波は顕著だ。小夜香と仲良くなったことがよほど自慢なのか、さっきから彼女のことしか話していない。

この戦車に乗っているのは、幾久世と千宙、小夜香と月波、そしてあゆむだ。幾久世は月波の自慢のターゲットにされたというわけだ。

小夜香がすごいということを繰り返すだけで、それ以外の情報はゼロだ。

「ははは、ルナっちったら、大げさだよ。幾久世ちゃん困ってるじゃん。そーだ、幾久世ちゃんと千宙ちゃんにあだ名を進呈してあげよう。イクヨンと、チヒロンでどうかな？」

「むむむ、我が二つ名は、幾世に渡る永劫《えいごう》世界——エターナルワールドと決まっているのだぞ」

困ったことに、千宙は会話に入ろうとしない。ただ会話をしないのならいつものことだが、プィと小夜香から顔をそむけて敵意をあらわにするしまつだ。

「おーい、チヒローン。聞こえてる？　おいおーい」

小夜香が千宙の体をツンツンとつつく。あー、と幾久世は叫びたい気分になった。千宙は他人に触られるのは嫌いだろうに。

案の定。小夜香の手をぱしっと払ったのち、何も言わず千宙は後部へと移動した。あわてて、そのあとを追う。

「シスターよ、それほど他者を恐れるな。小夜香は悪い者ではないぞ、ちょっと大胆すぎるがな」

千宙は、苦いものでも口にしたかのような表情で小夜香を見て、ぽつりとつぶやく。

「あいつ、なんか嫌だ」

なんか嫌とは、失礼だな。あんなに明るくて人付き合いがいい人はなかなかいないぞ。もう少し、心を開くべきだろう。

「小夜香よ！　すまぬな、千宙とは話すべきときがまだ来ておらぬようだ」

こういうとき、中二病話法は便利だ。気まずくなるのを防ぐことができる。

「そっかー、じゃあ、代わりにイクヨンとイチャイチャしちゃおう！」

小夜香に触られるあいだ、千宙からの視線が痛くてしょうがなかった。早く着かないかな……。

空上ミカ

早紀の髪の毛が風に吹かれてなびく。傾いた太陽が斜めから照らし、栗色の毛が光り輝くようだ。背景の草原と相まって、こんな美しい光景は見たことがない。

残念ながら、隣にいるのはミカではない。早紀の無二の親友、純華だ。

早紀の隣にいて一番似合うのは純華だ。悔しいが、認めなければいけない。絵になる二人だ。早紀の非現実な美しさと、純華の日常的なかわいさがうまくマッチしている。二人の仲睦まじい姿を見ていると、このままそっと見続けていたいという思いすら湧いてくる。

純華を見ていると、自分が早紀の隣にふさわしくない存在だということを実感してしまう。シミやニキビ、体中にあるムダ毛を思い出してしまう。

「狩り、どうだったんだ？」

純華が早紀に聞く。少し不機嫌な顔で早紀は応える。

「あんまりよくなかったわ。小夜香が獲物を虐待していたのよ、明確なマナー違反だわ」

「小夜香が？　まっさかー。虐待という言葉と百八十度逆の性格だろ」

「本当よ、わたしも彼女があんなことするとは思わなかったわ」

「なんかの見間違いじゃないの？」

「この眼で見たもの。あの子、ちょっとおかしかったわ」

早紀の声に、少しだけいらだちが入る。純華は「こんなことで喧嘩するなよ」と困った風に言った。

本来ならば、早紀のフォローに入るべきだろう。だが、ミカはこのような場面が苦手でしょうがなかった。その場にいない他者の性格のことについて、勝手にあれこれ話すことが嫌で嫌でしょうがなかった。他者の心というプライベート極まりないことを、井戸端会議で、欠席裁判で決めるなんて暴力的にもほどがある。心なんて、一言二言三言で尽くせるものじゃないだろう。

近くでそんな話がされていたとき、ミカは逃げに徹することにしていた。すなわち、聞こえていないふりをして話題が変わるのを待ち続ける。今回もそれにならうことにした。早紀と純華から顔をそらし、遠くの山脈を見る。そして、ひたすら目的地に着くのを待った。

「みっなさーん、前方をご覧くださーい！　もうまもなく、到着だよ！」

やっと待ち望んだリアの声が聞こえた。戦車は小さな湖へと向かっていた。

岸辺に立つ奇妙な岩に目を引かれる。それは、まるで地面から生えてきたように細長くそそり立っていた。目を見張るのは、その色だ。好き勝手にペンキを塗りたくったような、赤や緑、黄色などの原色に彩られている。晴天の青空を背景として見ると、目がチカチカしてくるほどだ。

岩は丘の中央に立っていた。丘は段々畑のように階段状になっている。いわゆる『テラス状』の地形だ。各段は十分に広く、また深さもあるようで、水をたたえていた。最上段の水は透明なのだが、下に行くにつれて赤く濁っていく。テラス本体は、みずみずしい緑色に覆われている。幻想的というのを超えてサイケデリックな光景だ。

ごごごごご。振動が響き渡る。岩の先端から水が噴き上がっているのだ。噴水のように力強く水が空中に投げ出される。風に煽られた水は、しぶきとなり、湖に落ちる。湖からは白い煙が出現する。湯気だ。岩からはお湯が出ていたのだ。

地質学図鑑で見たことがある。間欠塔だ。間欠泉から出た温泉の成分が凝固して岩になったものである。気候の変化や土地の侵食が激しい日本ではあまり見られない光景だが、ここアメリカの草原地帯においては長い年月をかけて形成されることができたのだろう。

「じゃじゃーん！　天然の温泉でーす！　さあさあ、デスゲームの本戦にそなえてゆっくり休養したまえ」

リアはいたわるような口調だ。その裏に感謝しろという押し付けがましさを感じてしまう。たぶんそれも勝手な心の投影なのだろう。

早紀も純華も愛理も感嘆の声をあげて神秘的な風景を見ていた。四台の戦車が湖畔に止まる。湖には、一メートルほどもある大きなカワウソのような動物が、水かきのある足で魚を押さえつけて食べていた。こちらも図鑑で見たことがある。食肉目イタチ科のポタモテリウムだ。ポタモテリウムは、戦車が近づくと、魚を捨てて水に潜《もぐ》っていった。

戦車から降り、間欠塔の近くへと歩く。噴出するお湯が頭にかかるが、ちょっと熱いシャワーのようでさわやかだ。お湯からは、うっすらと鉄さびの匂いがした。

噴き出したお湯は、テラスを流れ落ちる。初めは澄んだお湯であったのだが、流れ落ちるに従い、段々と赤く染まっていく。泥が混じった様子はなく、お湯自体の色が変化しているようだ。耳を和ませる水音が漂うが、それとは別にシュワシュワとした音が聞こえる。顔を近づけると、お湯から細かい泡が出てきている。手ですくって飲んでみると、炭酸水のような酸味のある刺激を感じた。

「ルナっち、一緒に温泉入ろうよ！」

はしゃぐ小夜香は、すでに服を脱ぎ始めていた。

「えっ……？　いやあ……、ここ外だしね……」

月波は顔を赤くして目を白黒させる。

「そう？　じゃあ、あゆむ、入ろうよ」

「わかった」

何の躊躇もなく、あゆむは服を脱ぎ始めた。

「待って」

二人を止めたのは代志子だ。

「温泉に入るのはいいけど、ちょっと危ないよ。日が沈んだらまっくらになっちゃうし、いまのうちに火をたかなきゃ」

代志子の言うとおりであった。太陽は西の地平線の果てに向かいつつあり、空には壮大な夕焼けが現れている。東の空はすでに濃い紫色に染まり、星々が輝き始めている。一方、天頂には昼の透き通るような青い空が残っている。赤と青と紫がグラデーションを作り、雄大な光景を見せる。

間欠塔から噴き出したお湯が夕焼けの光を反射して、赤くキラキラと輝く。お湯の噴水が、光を屈折させ、小さな虹がかかる。

風が吹く。昼の風とは違って涼しく、夜の訪れを予想させる。草原が海のように波打ち、サワサワと音をたてる。草原と続いているように、湖面にも波が立つ。

自然の完璧な調和がここにあった。草の香り、水の香り、温泉の香り。間欠塔が発する低い振動。風が耳を通り過ぎるザワザワとした心地よい響き。温泉から泡が出るシュワシュワとした音。極彩色の岩と虹、そして空。遠く彼方にある星々。それらは互いに相まって美を作り出していた。身震いするほど感動的だ！

「空上さん、どうしたのかしら？」

気づくと、早紀に肩を叩かれていた。思わずぼうっとしていたらしい。

「いやー、すごい綺麗だなーって思っちゃって」

「そうね。見たことのない景色だわ」

早紀が手のひらを額にあてて夕焼けを見た。風が彼女の髪の毛を揺らす。腰まである髪があおられ、なびく。低い角度から放たれた陽の光が、栗色の毛に反射してまぶしい。すごく綺麗だ。早紀が加わったことにより、欠けていた最後の一ピースがはめられて絵画が完成したようだ。カメラを持っていないのが悔やまれる。いや、こんな光景、忘れようとしても忘れられるものではない。ミカの頭のなかに、永遠に保存され続けるだろう。

神木月波

小夜香が温泉に入ろうと言い出したとき、月波はひどく焦った。小夜香と温泉に入ること自体は大歓迎だ。裸の付き合いをするくらい友情が深まったということだ。問題なのは、クラスメイトたちが服を着ているなかで裸になることだ。いじめられていた過去を思い出してしまうから、人前で無防備な格好をしたくなかった。

　小夜香の誘いを受け入れなかったことで、期待に添えないような気まずい思いが浮かんだ。小夜香が自分でなくあゆむと温泉に入ろうとしたことにはひどく焦った。そんなこともあって、代志子が止めてくれてほっとした。

　代志子の提案に従って、照明となるキャンプファイアを作ることになった。といっても、枯れ木を集めてそのまま火をつけるとまた火事になる。相談の末に、穴を掘って簡単な炉を作るという方針が決まった。

　枯れ木を手と足で集めるとなると、とても夜には間に合わないだろう。だが、どうぶつ戦車という便利なものがあるのだ。戦車の先端には、クワガタのようなハサミがある。いままで、なんの役にも立たなかったが、これを使って木を切り倒すことができる。

　木を切る係と穴を掘る係に分かれて作業することになった。月波と小夜香の戦車は木を切る係だ。狩りに引き続いてあゆむが戦車を操縦しようとしたが、月波が立候補して操縦係が交代となった。こういうのは、ゲームをやっている人のほうがうまくできると力説したのだ。

　草原に、戦車の影が投げかけられる。傾いた太陽に照らされているため、ひょろ長い。湖から少し離れたところに、ちょうど良い木があった。樹齢何百年にもおよぶであろう大木だが、ほぼ枯れかけている。

戦車を動かすことは簡単にできたが、ハサミを操るのは難しい。戦車を動かすときは単に前進のイメージを考えればよかったが、ハサミを操る場合何をイメージしていいのかがわからないのだ。

ハサミを広げ、勢いよく木を挟み込む。乾いた音がして衝撃が響くが、木は倒れない。表面に傷がついているだけだ。

月波の額に汗がにじむ。大きいことを言った手前、失敗はしたくない。焦りは戦車にも伝わり、かじかんだように震えて思うように動かせなくなる。

「木に抱き着くようにしてみて。そうして、表面をゆっくり擦《こす》って。ぎぃーぎぃーぎぃーって抉《えぐ》りとるみたいに」

小夜香が助言してくれた。実演するように、月波の腹を両腕で抱いて擦る。たちまち、いつもの全能感が戻ってきた。普段は地味だが、ピンチになると能力を覚醒させる選ばれし主人公。それが自分、神木月波なのだ。何を迷っていたのだ。この程度のミッションくらい、自分ならばやすやすとクリアできるはずだ。

イメージする。小夜香が自分の体に手を擦りつけているように、ハサミが木に擦られている光景を。今度はスムーズに動いた。ノコギリのような突起がうまく食い込み、切り目ができる。

「そうそう、うまいじゃん。次は、頭を押し付けて、ぎゅうっと圧力をかけて、倒す」

小夜香の頭が月波の背中に押し付けられる。腹に手が添えられたままで、少し苦しい。戦車もまた、木へと近づいた。すでに切れかかっていた木は、メリメリと音をあげながら、ゆっくりと傾く。最後にはドスンと落ちて砂埃を漂わせた。

やったあ。こんなもの楽勝だ。小夜香が出した手にハイタッチする。

倒れた木に、ハサミを打ちつける。そして、戦車をバックさせて木を動かす。あとは、用意された穴に落とすだけだ。


パキパキと音がする。乾いた木が燃える音だ。

もうすっかり、暗くなっている。温泉の周りに設置した四つのキャンプファイアから出る光のみが照明だ。その光のほかは、ひたすら闇。混じりっけない原初の暗闇だ。

いまから数分前、キャンプファイアを作るという作業が無事に終わったあと、ようやく、ディナーと温泉の時間がやってきた。動物の攻撃を警戒した代志子は、メンバーの半分を歩哨として戦車の上に立たせた。一時間ごとに交代で温泉を楽しむという規則である。くじ引きの結果、幸運にも月波は先に温泉に入るほうになった。汗をかいたから早く入りたかったし、何より小夜香と一緒だ。

月波はまず肉に向かった。小夜香が狩ったシカたちは地面に投げ出され、食べる者がセルフサービスで料理することになっていた。採集班がとってきたスパイスやベリー類、野菜と組み合わせることで素朴だが多様な味付けができる。料理方法は、焼き肉かしゃぶしゃぶの二択である。枝に刺してキャンプファイアであぶるか、温泉の湯を使って煮るか。温泉まんじゅうならぬ温泉しゃぶしゃぶだ。

肉をナイフで切り出して、ローズマリーをはさむ。そして、枝に刺して、火のなかへと投げ出す。これで数分すれば料理は終わり。あとは、肉本来の強烈な味を楽しむだけだ。


月波が食事を楽しんでいる間、他の人は服を脱いで続々と温泉に入っていた。二十分ほどの時間をおいて、岩のてっぺんから温泉が湧き上がる。湧き上がったばかりのお湯は入るのには少し熱いが、段々畑のような岩を下るにつれて冷めて、下段ではちょうどよくなる。最も下では、湖へと流れ込んでおり、ぬるま湯くらいの熱さだ。好きな温度のお湯に入れるというわけだ。

月波も温泉に入りたかったが、クラスメイトに裸を見せるのはちょっとした恐怖心があった。警戒のしすぎかもしれないが、一瞬の弱みでも見せてはいけない。タオルもないため、隠すこともできないのだ。ボタンに手を添えたまま、躊躇する。

「どしたのルナっち？　服脱がせてあげようか？」

小夜香がボタンに手をかける。すでに彼女は服を脱いでいた。すっぽんぽんだ。

「あっ……いや、自分でやるよ……」

なぜだか、猛烈に恥ずかしくなる。小夜香に脱がされる前に、服を叩き落とすように脱ぎ、そのまますぐお湯に入る。赤く濁っているため、体は隠される。

じゃぼじゃぼと水音がする。小夜香もお湯に入ったようだ。ようやく、ふりむいて顔を直視できる。

「こっち行こうよ」

小夜香の言うがまま、岩の陰に座った。キャンプファイアの明かりが遮られていることもあり、人がいない。小夜香と二人だけで温泉に入っていると錯覚してしまいそうになる人気のなさ。

「ねえ、見てよ。綺麗だよ」

小夜香が天を指す。眺めると、闇のなかに何百何千何万もの小さな光が輝いている。星々のきらめきだ。夜空にこれほどの星々が浮かんでいるなんて、考えたこともなかった。なにしろ、天の川がはっきりと見えるくらいなのだ。うっすらと光を帯びた靄《もや》が、アーチのように天界を横切っている。小学校のとき社会科見学で行ったプラネタリウムとそっくりだ。いや、プラネタリウムのほうが夜空とそっくりだというべきだろう。

星々が輝くのは天界だけではない。月波の周囲にも、また星が舞っている。両手をお椀の形にして、そっと手を伸ばすと、夜空の光をつかめるくらいだ。

温泉の水面に、星々の光が反射しているのだ。キャンプファイアの明かりが遮られてはじめて見ることができる光景だ。まるで、宇宙空間に漂っているよう。小夜香が教えてくれなければ、見ることはなかった。いま、とてつもなく美しい光景をふたりじめしているってわけだ。

そういえば、小夜香の周囲にいつもいるあゆむがいない。歩哨のほうに行っているのだろう。無口でしゃべっても楽しくなさそうなあゆむと、小夜香の仲がいいのは解せない。自分だったら、面白い話をして小夜香をもっと楽しませることができるのに。

小夜香の横顔を見ていると、にっと笑い返された。盗み見ているようで、妙な気恥ずかしさを受ける。思わず、顔をそむけてしまう。そうすると、小夜香の手がするすると伸びてきて、月波の手の甲に重ねられた。

これは、あれだ。エヴァのシンジくんとカヲルくんが風呂場で手をかわすシーンとそっくりじゃないか。

月波は混乱していた。混乱していたが、嫌な感じはしなかった。無防備な状況で肌を触れられるのは、いじめのフラッシュバックがおきてもおかしくない状況だったが、小夜香が相手だと安心できた。むしろ、誇らしさを感じた。アニメのキャラクターのような小夜香に手を触れられて、自分もまた、キャラクターになったような感じがした。美しく、カッコよく、強い主人公キャラに。

「ねえ、月波」

小夜香が耳元にささやきかける。いつもの「ルナっち」というあだ名ではない。小夜香特有の、どことなくふざけて遊んでいるような声の質が、いまはさまがわりしていた。

「約束をしてほしいんだ」

手の甲を強く握られる。小夜香の手が、小刻みに震えていた。不安か恐怖を感じているのだろうか。小夜香ほど明るくて無敵に見える人でも、そんな感情を抱くのか。

「約束するよ。する！」

月波は力強くフライング宣言する。内容なんてかまわなかった。この約束が、単なる友達を、本当の親友にするのだ。小夜香は自分の弱みをさらけ出そうとしている。月波を親友だと認めて、自分の内面を教えてくれようとしている。それならば、全面的に受け入れて、より強い関係を結ぶべきだ。

「ふふふ、まだ、言ってないじゃん」

いつものよく響く笑い声ではなく、控えめな笑い方だ。

「あのね」小夜香は声を小さくして、口を耳元に近づけてくる。「昼間の狩りのとき、萌花ちゃんに怒鳴られて、本当はすっごく怖かったんだ。助けてくれて、ありがとう」手の小刻みな震えが大きくなる。「それでね、今度またそんなことがあったら、月波に助けてほしいんだけど、いいかな？」

「もちろんだよ！　汀さん、ほんっと、怖かったよね。小夜香が正論を言ったのに、ぎゃーぎゃー感情的に騒いで。きっと馬鹿なだけなんだよ。あんなやつ、小夜香が気にすることないよ。大丈夫、わたしがついてるから。絡まれたら、言い返してやるよ。絶対に守るから！」

月波は興奮気味だった。小夜香にはじめて頼られたのだ。そんなこと、これまでになかった。共通の話題に花を咲かせられる友人たちはいたが、それは自らの内面をさらけだす会話とはいえなかった。固くつながった友情、何でも話せる親友。そんなものはアニメや漫画のなかにしかないと思っていた。それがいま、目の前にいるのだ。

「ありがとう、月波。ずっと、わたしの親友でいてね。ずっと、わたしを守ってね」

そう言って、小夜香は月波を軽く抱き寄せる。綺麗な白い首筋が、小夜香の肩にかかる。

ドクッ……、ドクッ……、ドクッ……。自分の心臓の音がうるさい。あまりにも心臓が速く動きすぎて、頭痛がしてくる。温泉の熱さと相まって、自分の体温が上がり、内部からストーブで熱されているようだ。

かろうじて保たれた意識は、小夜香の肌がすべすべだなあと、妙に冷静に考えていた。

やっぱり、幻滅されちゃったのかな。

桜華は、そう考えながら、顔の半分をお湯につけて、口からブクブクと泡を出す。酸っぱいような、苦いような味がした。

温泉は大好きだ。体をいっぱいに動かしたあと、すごく熱いお湯につかるのは気持ちがいい。緊張し続けた筋肉が、ぱぁっと解放されるようにほぐれる瞬間が好きだ。

普段の桜華が天然の温泉を見つければ、一目散に入って泳いでいただろう。友達とバシャバシャお湯をかけあって遊んだはずだ。

いまは、そんな気分にはなれなかった。体中にこびりついたタールをひたすらぬぐう。水面に虹色の皮膜が浮かぶ。

ぐぅぐぅと空気が胃を通る感覚がして、お腹が空いているのがわかる。採集班が持ってきた野菜を食べたが、あれだけではとても足りない。メインディッシュである肉は、どうしても食べられなかった。手に持って、匂いをかぐと、昼間の光景が脳裏をよぎって吐き気がする。悲痛な叫びを上げながらジワジワと殺されていくシカが。こんなものを口に入れるくらいなら、空腹に耐えたほうがマシだ。

こんなはずじゃなかった。しおりと一緒に入って、おしゃべりして、小柄でかわいい姿に癒やされたかった。そうして昼間の光景を忘れたかった。

でも、どうやらしおりからは距離を置かれているようだ。歩哨の順番を決めるくじを引いたとき、そっとしおりの方を覗いてみた。自分と同じ時間に温泉に入ることになってい て、内心ガッツポーズをとった。それなのに、一緒に入ろうねと言うと、ひどく動揺した様子で慌てふためき、逃げていったのだ。

しおりに嫌われた。そうとしか考えられなかった。昼間は、喜んでしゃべっていたのに。きっと幻滅されたのだ。しおりが好きだったのは、何事にも揺るがない王子様のような強い龍造寺桜華だった。ショックを受けてゲロを吐いて、底なし沼に落ちるような間抜けな桜華ではなかったのだ。我ながら、ケッサクだ。コメディ映画のキャラクターのように、笑える行動のオンパレードをしてしまった。

桜華はかわいいものが好きだったが、同時にカッコいい自分も好きだった。絶対に公言することはなかったが、星智慧女子学院で、一番イケメンなのは自分だと自負していた。バレンタインデーのとき、手に入れたチョコレートの数は学校一だ。食べきれないほどのチョコを積み上げ、余ったものを友人に配る体験の楽しさは、やったことがない人にはわからないだろう。

カッコいい自分というイメージが危機にさらされたのは、今日が人生はじめてだった。その危機を回避しようと桜華はしおりを頼ったのだ。しおりならば、カッコいいものとして自分を見てくれることを期待して。結果は大失敗だった。しおりが離れていったことで、ますます自信を失っていく。

「ルナっち、のぼせちゃった？　休んできなよ」

「あ……、うん……、そうするわ」

岩の陰になっていたところから、小夜香と月波が現れた。月波はフラフラとよろめきながら、温泉から上がった。残された小夜香が近づいてくる。

「やっ！　浮かない顔してどしたの？　らしくないじゃん」

いつもと変わらない、人懐っこい快活な笑みを浮かべる小夜香だ。昼間に、動物を虐待していた姿はかけらも感じられない。見間違いだと信じてしまいそうなくらいだ。

「あー、ちょっと疲れてるんだ……」

言い訳を考えることができなくて口ごもる。

「ふーん、隣いい？」

返事を待たずに、小夜香は座る。パーソナルスペースに入りよられる他者の体。桜華はそんなに気にするタイプではなかったが、昼間のことがあったため、身構えてしまう。

「腹筋、すごいね〜。触ってもいい？」

これまた、返事を待たずに手が伸びてくる。腹筋の触りあいくらい、部活の合宿で何度も経験している。それなのに、怖かった。

「うわぁ、固いね！　さすが！」

人差し指が、お腹をなでていく。冷たく、鋭い指。まるでナイフを突き立てられているように、身動きができない。つばを飲み込むことさえできない。何も言えないまま、指の圧力が強くなっていく。筋肉が押されて、苦しくなる。

「ちょっと、何やってるの！」

小夜香の手を誰かがつかんだ。あすかだ。歩哨をしているはずなのだが、服を着たまま温泉に入り込み、すごい剣幕で小夜香をにらんでいる。

「やだなー、ちょっと触らせてもらっただけじゃん。あー、もしかして、妬《や》いてる？」

ふざけたような笑い声をあげて、小夜香は去っていった。

「桜華、大丈夫？　にゃ？」

親友の声を聞いて、ホッとする。いつもと変わらないネコのマネをしてくれたことも嬉しい。

「……うん、大丈夫。ちょっとふざけてただけだから……」

そう言って、温泉を上がる。お腹を見ると、赤い痕が、ミミズ腫れのように長細くついていた。

ミカは銃を構えて戦車の上に乗っていた。キャンプファイアの赤い明かりがゆらゆら揺れている。だが、光が届くのはせいぜい数十メートルで、その向こうには闇が広がっている。闇は草原を覆い尽くし、はるか遠くの山脈まで続いている。空の星々が背景となり、山脈の形がわかる。

くじで先に歩哨をやることになったミカだが、むしろそれは幸運だった。背後の温泉からはかしましい声が聞こえてくる。あの輪のなかに入るのはとても無理だ。何よりも、あそこには早紀がいるのだ。恥ずかしすぎて振り向くことすらできない。

それに、歩哨の仕事は性にあっている。誰かと合わせることなく、自分のペースでできる仕事は好きだ。暗闇を視線でローラーし、動物の接近に注意する。隅から隅までを見渡したら、また最初に戻って、警戒を繰り返す。いったん、リズムをつかむと、自動的に頭が動く。

冷たい風が吹く。昼間の熱い日光が懐かしいほどだ。気温は、夜になってから急激に下がっていき、寒さまでも感じる。放射冷却だ。乾燥して木がなく、よく晴れているサバンナは、夜になれば熱が一気に宇宙空間へと放射されてしまう。寒暖差が激しい気候なのだ。砂漠化が進めば、この傾向は著しくなるだろう。温泉に入るのが待ち遠しい。

視界の隅に影が動くのを感じた。ちょっと驚いたが、よく見るとしおりだった。ひとりぼっちで、何をするわけでもなく手持ち無沙汰そうだ。

声をかけるべきか迷った。彼女とは一応、毎朝あいさつを交わすが、友達といって良い仲なのかどうかよくわからない。そもそも、好きで一人でいるのかもしれない。話しかけたら迷惑になるかも。

しおりが地面に座り込み、ため息をつく。ミカは他人の感情を推測するのが苦手であったが、できないわけではない。しおりの顔を見れば、悩んでいるということはなんとなくわかった。昼間は桜華の隣にいることができて大喜びしていたのに。

「峰岸さん、どうかしたの？」

意を決して、話しかける。しおりは驚いた顔でピョコピョコ首を振る。「こっちこっち」と言ったら、やっと上を向いて気づいてくれた。

「一人？　よかったら、一緒に食べる？」

焼いた肉と野菜をかかげる。歩哨のあいまに食べようと持ってきたのだが、食べきれないまま放置していたのだ。

しおりは、うなずくと、戦車に上がってきた。ミカの隣にぺたんと座る。

しばらく、沈黙が続いてしまう。話の始め方など知らなかった。いつも、人と話すときは誰かが口火を切ってくれるものだった。自分から能動的に話題をふるという経験がない。

「……龍造寺さんとは一緒じゃないの？」

とりあえず、聞いてみた。何の気なしにふった話題だったが、桜華の名前を聞いたしおりは大きな動揺を見せた。唇をワナワナと震わせて、両手を額に押しつけ、うずくまるような姿勢をとる。

どうしていいのかわからなかった。いままで人とあまり関わってこなかったので、こういうときに何を言うべきなのかわからない。かといって、無視するほど薄情者にはなれない。たぶん、しおりの悩みはミカと同じ種類のものだろう。彼女は桜華が好きなのだ。同じ悩みを持つものとして、その気持ちは痛いほどわかる。何かの力になりたい。

どうしよう。なんて話しかけよう。ストレートに聞くことはできない。しおりのなかで、自分がどれほど信用できる人物になっているかわからないのだ。もし、自分がしおりだったら、正直に答えることなどしないだろう。

「峰岸さん……、わたしの秘密聞いてくれる？」

おいおい、何言ってんだと自分でも思うが、言い出した口を閉じることができない。その勢いのまま、ずっと心のなかにしまってきた、誰にも話したことのない思いを口に出す。

「わたし、女子が好きっていうか……、レズビアンなの。それで、いま好きなのは、八倉巻さん……」

生まれて初めてだ、この秘密を口にするのは。親にも話したことはない。

レズビアンであることを初めて自覚したのはいつだっただろうか。小学校高学年になったあたりから、周りとの違和感を覚え始めた。クラスメイトたちがする男の子の話にはまったくピンとこなかったが、その話をしているときの女の子の生き生きとした表情に魅了された。中学生になってから、自分がマイノリティであることを知った。そのことは、誰にも話していない。もしも、否定的なことを言われたら、立ち直れないだろうとわかっていたからだ。

恋愛の話題が出るのが嫌いだった。恋バナになるごとに、自分がそこから疎外されているような感じを味わった。好きな人のことを友達と話すのは、どんな気持ちがするのだろうかと、ずっと気になっていた。

しおりと秘密を分かち合いたい。そういう欲求がカミングアウトを後押ししたのかもしれない。ミカ自身も、自分の告白の理由がわからなかった。

それでも、しおりに伝えたことは確かだ。ミカの世界は新たな局面へと入ったのだ。これまで一度も経験したことがない人生の領域に。良くも悪くも、ミカの世界には新たな要素がつけ加わった。

「だから、その……、峰岸さんも同じかなって思って……」

自然と早口になっていく。

「あっ、その……しゃべりたくなかったら、黙っててね」

あわてて補う。簡単にしゃべれることではないということは、よく知っていた。

突然の告白に驚いたのか、しおりは目を丸くしたが、ぽつりぽつりと話し始めた。

「……よくわからないんです。桜華さまのことは、以前からお慕いしていました。でも、学校からはしごで避難するとき、お肌に触れたことで……、その……官能の感覚を覚えてしまって……、それで、さっき桜華さまからお風呂に誘われたんですが、頭が混乱してしまって、逃げてしまいました……」

声に震えが走る。鼻をすする音が聞こえてくる。その気持ちは痛いほどわかった。

ミカはしおりの手の甲に、自らの手を添えた。やさしくギュッと握る。久しぶりに感じる人の手のぬくもり。

「わかるよ。龍造寺さんカッコいいもんね。わたしも、経験あるから。でも、恋愛って、そういうもんじゃない？　気にすることないよ。思いっきり、龍造寺さんを好きになったらいいと思う」

我ながら、恥ずかしいことを言ってしまった。

しおりが、感心した表情で見つめ返してくる。

「ありがとうございます。ちょっと楽になれました。空上さん、詳しいんですね。すごいです……」

「い、いや、詳しいってほどじゃないけど、わたしも完全に片思いだし……」

なんだか、背伸びしている感じだ。ミカは自分の気持ちに整理がついているわけではない。混乱しているということについては、しおりと同じだろう。

それでも、なんとなく安心した。墓場まで持ち続けていると思われた秘密を分かち合ったのだ。喉にずっと刺さっていた魚の骨がやっととれたような解放感。

「空上さん、あの……」

しおりがモジモジと口ごもる。ミカが「ん？」とうながすと、意を決したように息を吸った。

「あの、わたしとお友だちになってもらえませんか？　もっと、お話ししたいです……」

「あ……、うん、オーケーオーケー、もちろん」

こういうとき、他に言いようがあると思うが、そんな返事しかできなかった。

「ぴんぽんぱんぽーん！　リアちゃん時報でーす。一時間経ったぞ！　交代の時間だあ！」

リアが視界に現れる。ウサ耳をつけて、チョッキを着て、大きな時計をかかげている。

『不思議の国のアリス』のウサギのマネだろう。

「じゃあ、空上さんは温泉行ってきてください。わたしはここで歩哨やりますから」

その言葉に従い、戦車を降りようとしたが、思いなおしてしおりの手をとった。

「峰岸さん、温泉入ってないんでしょ？　じゃあ、一緒に入ろうよ」

「えっ……、でも、歩哨の係が……」

「そんなの、ちょっと休んだってバレないよ。その、友だちと一緒に温泉入りたいし…

…」

最後の方は消え入りそうな声でなんとか言い切った。

しおりの戸惑った顔は、徐々に笑顔になる。

「いいですよ。一緒に入りましょう。お友だちですものね」

冷えた体にお湯の温かさがしみわたる。ミカは思いっきり伸びをする。

ここまで解放感のある露天風呂はないだろう。旅行で何回か入ったことはあるが、心のどこかに覗きや盗撮を気にする部分があり、完全には楽しめなかった。そんな心配、ここにはない。地球上にいる人間は、クラスメイト十八人だけ。人類の祖先である猿人、アウストラロピテクスもまだ誕生していない時代だ。人混みが嫌いなミカにとっては、天国のような環境だ。

しおりはいつもの緊張した表情を緩和してふにゃーっと頬を緩めていた。なんだかかわいい。

お互いにコミュ障なので、いくつかの言葉を交わしたのちには、話題がなくなってしまった。友だちなら無理してしゃべらなくていいのかもしれないが、沈黙を心地良く感じられるほどの仲ではない。

二人で沈黙が生ずるならば、人数を増やせば解決できる。ミカとしおりは自然と人数が多い方向へと移動した。

「空上殿、峰岸殿！　見てくださいよ。神秘風呂ですよ！　神秘風呂！」

真美がいつもと変わらぬ様子で叫んでいる。柑橘類に似た香りが漂ってくる。お湯のなかにはその香りの源であろう葉っぱが揺れている。さらに、葉っぱを巻いて作ったのであろうお手製のタバコをくわえている。

「浄化の力を感じますか？　大地のオーラがビュンビュン飛んでますね！　ここはパワースポットに違いありません！」

眞理がいたら怒ってまた喧嘩になっていただろう。巻き込まれたらたまらないので、周囲を見渡すが、さいわいなことに近くにはいないようだ。

「ハーブバスなら、こっちにもあるよ。ほら、これが、ローズバス、こっちはゼラニウム、あと、ラベンダー」

鹿野が寄ってきた。テラスごとにお湯が分かれていることを利用して、さまざまな野草を入浴剤にしているらしい。

「おおおお！　これこそ、自然のパワーでございますね！　大地から力が流れてきますよ！」

真美はとめどなく、全地球規模に広がる植物同士のコミュニケーションネットワークに、幻覚剤の使用によって参加できるという話をする。ミカはときどきうなずき、しゃべるがままにした。いま集まっているメンバーで真美以外は会話に消極的なタイプだ。真美は一方的にしゃべるだけだから楽だ。うなずいていれば永遠にしゃべり続けてくれる。静かにしたいときはこの上なくウザいが、沈黙を恐れているときにこれほど頼もしい仲間はいない。

ミカは科学書を読むのが好きだが、眞理のように真美のオカルト話に反発を感じることはなかった。どうしてだろうか。おそらく、真理にそれほど興味がないのだろう。科学書を読むのは、世界の真理について探求しようと思っているからではなく、面白雑学を求めているにすぎないのだろう。数学や物理をやる気がしないのもそこに関係しているのかもしれない。そんな風に、ミカはぼんやりと考える。

やがて、のぼせてきたので、テラスを下のほうへ移動する。間欠塔から噴き出したお湯が下へと流れるにつれて温度が下がり、ぬるくなる。天然の温度調節機能だ。好きな温度のお湯に入ることができる。最下段は湖とつながっているので、冷水も浴びることができる。

お湯から上がると、心なしか肌がすべすべしているように感じる。美容成分が含まれているのだろうか。早紀を意識するようになってからは、少しでも近づこうと豆乳を飲んで高い化粧水と乳液をつけはじめたのだが、まったく美肌がもたらされているような気がしない。この温泉が少しでも役に立ってくれればいいが。

「よう。ミカ」

テラスを下ると、一番下の湖とつながっているところに純華がいた。すごくスタイルが良いが、ちょっとやせすぎで心配になる。いつも一緒の愛理はいないようだ。

「どうも……」

純華は小夜香ほどではないが、他人への距離感が近い。たいして親密でもないのに下の名前で呼んでくる。

「あの、寒くないの？」

純華が震えているのを見て聞いた。

「ふふっ、これが温泉美容法だぞ。熱いお湯と冷たい水に交互に入る。皮膚が引き締まりデトックス効果があるんだ。それに見たところ、この温泉は炭酸水素塩泉だ。角質を落としてくれる効果つきだぞ。美肌間違いなしだ」

「へぇ、それなら、たくさん入ろう」

「おっ、美容と聞いて眼の色が変わったな。さては、好きな人いるんだろ？」

「ま、まあ、一応……ね」

心臓がドキッとする。そんなにすぐわかるものなのか？　どうする。嘘をつくか。いや、純華は鋭そうだ。嘘はやめておこう。

「ほうほう、で、どんな男子？」

女子なんだけどね。しかも、あんたの幼馴染だ。そんなこと死んでも言えない。

ミカが答えないでいると、言いたくないと察したのか、純華は話題を変えてくれた。

「彼氏はいいぞ。わたしも、彼氏ができたときに世界が変わったからな。どんなに嫌なことがあっても、あいつと電話すればすぐハッピーになれる」

のろけ話を聞かされるのかと思い、身構えたが、楽しそうな純華は一瞬でしゅんと気落ちしたようになる。

「だから、こんなわけわかんないなかでも、絶対に生き抜かなきゃいけないんだ。意味わかんねぇ『デスゲーム』ってやつを、クリアしなきゃならないんだ。じゃなきゃ、あいつとしゃべることができなくなるから……」

純華は歯を食いしばり、こぶしを握る。初めて見る彼女の姿だった。教室では、綺麗な人気者という印象しかなかったが、胸のうちにはこれほど熱いものを秘めていたなんて。

「悪いな、ちょっと感情的になっちゃったみたいだ。実は、この先どうなるか不安で不安でたまらなくって」

「こんな状況だからね、無理もないよ。けど、いまはリアの言うとおり休息するのが一番だと思う。明日、何が起こるかわかんないからね」

「ありがと。ちょっとは不安が解消したよ」

純華とこんなに話したのは初めてだ。前までは、話すことが禁じられているクラスの頂点という感じだったが、自分と変わらない一人の人間であったのだ。

その後、純華の指導の下で温泉美容法を試したり、お湯と泥が混ざったところで泥パックをしたり、湖で泳いだり、キャンプファイアの周りで陽美のエアギター演奏を見たりしているうちに時間は飛ぶように過ぎていった。眠気を一瞬たりとも感じないまま、気づくといつの間にか、太陽が昇っていた。

第六章　峡谷

熱田陽美

東の空に浮かぶ雲が赤紫色に染められていく。
美しい朝焼けだ。ミステリアスな光が立ち込める霧を切り裂き、サバンナを照らす。
太陽はまだ山脈の向こうに隠れている。周囲は薄暗く、雲と山頂が光っているだけだ。
そのほのかな光が、ゆっくりと拡大していく。
やがて、山脈の頂上に太陽が現れた。それと同時に、山の影が陽美の体を通りすぎる。
通り過ぎた影はものすごいスピードでサバンナを飛んでいく。
薄暗い周囲が一気に明るくなる。鮮やかな緑色が目に飛び込んでくる。
湖から出る霧をかき分けるように、間欠塔からお湯が湧き上がる。光がお湯に反射してキラキラと輝く。

草と水の香りが立ち込める冷たい風が吹く。その風のなかで、陽美はラジオ体操をしていた。

いっち、にい、さん、しい、ごお、ろく、しち、はち。リズムとともに、自然に体が動く。もはや、考えることもなく自動的に出てくる動作の数々。陽美は、小学生になってから、毎朝欠かさずラジオ体操を繰り返していた。これをしないと一日が始まらない。朝の冷たい空気が、肺を洗い流す。

ここの空気はことさらうまい。祖父母が住む田舎よりもずっとだ。排気ガスが少ないどころか皆無の空気。文明が誕生する前の、純粋な地球の大気を吸っているのだ。

経験したことがない出来事の連続だったせいもあって、昨夜は一睡もしなかった。いつもなら、いくらかのコンディションの低下が確認できるはずだが、今朝はずいぶん調子が良い。試合前のような高揚感がずっと続いて、しかも疲れなど一かけらもない。

自分が新品のレーシングカーになったようだ。一呼吸で全身の筋肉の隅々まで酸素が行き渡る。動きたい、運動をしたいという欲求にかられる。その欲求に素直に従い、陽美は走り出す。

アドレナリンが放出される感覚。心拍数が高まり、体感時間が長くなり、周囲がゆっくり動くように見える。この時代にタイムスリップしてから、この感覚に移行するのがスムーズになったようだ。

軽く周囲を走ると、桜華を見つけた。彼女は昨夜から様子が少しおかしい。

「おい、ちょっと付き合えよ」

桜華の背中をパーンと叩く。

「いてて、なんだよぉ」

「競争しようぜ。バスケ部のエースさん」

エース。その言葉を聞き、桜華の顔色が明るくなった。わかりやすいやつだ。

「オーケー、コースはどうするの?」

「湖一周でいいだろ?」

湖はそれほど大きくない。一周するのに五分くらいだろう。

公平な勝負のためには、レース開始を告げるスターターが必要だ。近くで葉っぱをむしっている鹿野が目につき、頼む。

「えぇっ、わたしがそんな役目を? スポーツのことなんて、何も知らないですし……」

同級生なのになぜか敬語を使う鹿野はアワアワと両手を広げる。

「よーいドンって言うだけだからさ、簡単だろ」

背の高い陽美を見上げながら、鹿野はうつむいてうなずく。もっと元気を出せよという気持ちを込めて、肩をパーンと叩く。鹿野は「ひひぃっ」と声を上げた。その調子だ。声は大きくなきゃな。

「でっ、では……。いきます……、よーい、ドン！」

とにかく、鹿野の合図とともにレースは始まった。

準備段階で溜めていた力を解放して走り出す。筋肉の緊張が一気に運動に変わる。体内で筋肉が動くのが感じられる。

地面を蹴って進む。グラウンドではなく、草原だ。しかも、朝露に濡れている。注意深く踏み出さないと滑りそうだ。

最初は桜華がリードした。陽美よりもさらに背の高い彼女は、得意の長い脚を利用して信じられないほど速く加速する。彼女はバスケの試合で思う存分にその体を使っていた。パスを受けると、一気に相手を引き離してドリブルし、瞬時にゴールへと入れたものだ。

だが、背が高いということは、重いということとトレードオフだ。大きな体を動かすのには、それなりの体力がいる。桜華はバスケが専門であるため、得意なのは瞬発力だ。一方で、長中距離走の場合、体力の温存が勝利の鍵だ。

案の定、コース半分くらいで桜華の体力はなくなってきたようで、速度が鈍る。すかさず、加速して抜かす。

湖には、水鳥が集まっていた。長い首と長いクチバシを持った大きな鳥が、ハトくらいの大きさの小さな鳥の群れと喧嘩しており、ギャアギャア鳴いている。

「大きいほうは、カツオドリ目ヘビウ科のアンヒンガ・グランディスだね。現生のヘビウよりも体長が二十五パーセントくらい大きいよ。小さいほうは、アビ目アビ科のコリンボイデス・ミヌトゥス。体は小さいけど、現代のアビと形は似ているよー」

リアが頼まれてもいないのに解説をする。

水鳥たちの戦いは、ヘビウが勝ったようだ。アビの群れは、空中に飛び立っていった。

「アァー、アァー」と鳴く鳥の下を、陽美と桜華は走り抜ける。

陽美たちは湖に沿って弧を描いていく。湖を一周して、ゴールが見えた。鹿野が立っている。あともう少しだ、これなら、勝てる！

かなり疲れているはずなのに、勝利を目前にすると、アドレナリンが大放出される。興奮に体をゆだね、ラストスパートを切る。

力強く足を踏み出すが、そこにあるはずの地面がなかった。

空《くう》を踏み込み、バランスが崩れる。片足で支えようと思うが、体の勢いを殺すことができず、そのまま倒れてしまう。

「うわ、なんだよ、これ！」

足が地面にめり込んでいた。穴が掘られていたのだ。足を穴から抜くと、なかから大きめのネズミのような動物が顔を見せた。

「ネズミじゃないよ。パレオカスターっていって、ビーバーの仲間。ネズミが繁栄するのはもっとずっとあとの時代で、人類にくっついて世界中に生息範囲を広げるんだよっ」

そっか、ビーバーか。いずれにしても、かわいいやつだ。桜華が喜びそう。

と思ったら、カラスくらいの大きさの鳥がトコトコ走り寄ってきて、パレオカスターをクチバシでつかむ。暴れるビーバーを、地面に叩きつけて、かぎ爪で腹を引き裂く。

「こいつは、ネオカタルテス。飛べない肉食鳥だよ。現代では絶滅しちゃったけどね。同じような生態を持つ現生鳥類に、南アフリカのノガンモドキがいるよ」

ネオカタルテスのクチバシがパレオカスターの血で赤く染まる。ハラワタが外に出される。この光景、桜華に見せたらきっとショックを受けるだろう。見せてはいけない。

「はぁー、はぁー。陽美、大丈夫？」

桜華が追いついてきた。悲惨な現場を彼女の視界から隠すために、体を移動させる。

「おっと！　油断したな！　勝負はまだ終わってないぞ！」

立ち上がり、走り出す。「ちょっとぉ、卑怯だよぉー」といいながらも、桜華は笑い声を上げる。血まみれの光景には気づいていないようだ。

そのままゴールへと突入する。わずかな差で桜華に勝った。

「ええと、一位は、熱田さんで、二位は、龍造寺さんです……」

鹿野が律儀に報告する。

陽美と桜華は地面に倒れ込んだ。激しく息を切らす。

「いい顔になってきたじゃん」

倒れながらも、陽美は肘で桜華を突《つっ》く。お返しに陽美も突かれた、明るい桜華の顔が戻った気がする。

「何に悩んでるか知らねーけど、桜華はぜったいそっちの顔のほうが似合ってるぞ」

やはり、彼女は笑顔じゃなきゃ。

「おまえが明るくないと、張り合いがないからな。おれのライバルなんだからな、しっかりしろよ!」

「ライバルかぁー。ふふふっ、ぼくのほうがモテるけどね」

「言ったなー、このやろー」

二人でパンパンと軽く叩きあう。こんなことするの久しぶりだ。

「あの……、ハーブティー作ったんですが。いかがです?」

いい香りを漂わせながら、鹿野が近づいてきた。薄緑色の皿に、赤紫の花が入れられたお湯が入っている。

「へぇ、すごい! この皿、どこで手に入れたの?」

「どうぶつ戦車さんの、鱗です。リアさんが取っていいって」

皿を傾けて、ハーブティーを飲む。摘みたてのミカンに似ているフルーティーな香りのなかに、少しの辛味がまじる。競争で消費した体力がみるみるうちに回復するようだ。

「おいしい！」

「ありがとうございます。よかった……」

鹿野がおずおずと笑みを浮かべる。

「ベルガモットティーです。気分のリフレッシュや安眠効果があるんですよ」

桜華もガボガボ飲んでいる。よかった。いい気分転換になったようだ。

「はいはーい、リアちゃんからのお知らせだよー！　イチャイチャしているところ悪いけど、そろそろ大進化どうぶつデスゲームの本番が始まるよ！　戦車のところに集まろー！」

急にリアが視界に出てくる。ウザいくらい拡大されて前が見えなくなる。思わず拭い去ろうとしたが、もちろん手は空を切るばかり。

「その前に、朝風呂入りたいんだけど」

「は？　ちょっと、陽美ちゃん。キミに脳みそってものはないのかなー？　ここにきたのは、人類と生命の歴史を守るためでしょー。あまりにも緊張感なさすぎじゃない？」

バカにされた気がして、言い返そうとするが、ぐっとこらえる。こいつは人間じゃない。言い合ってどうにかなる相手じゃない。

「どうデスに負けたら、サルになるんだよ。なりたいの？　なりたくないでしょ。じゃあ、頑張らないと」

そう脅されればしかたがない。何も言わずに戦車のところまで行く。

「みんな集まったかな？　では、目的地を発表します！　ジャカジャカジャンジャン！　ターゲットがいるのは、ここから三時間ほど走ったところにある峡谷だよ。そこに、知性ネコの起源となる動物の集団がいるから、そいつら皆殺しにすればまあるく解決。グッドエンド！　さあ、ちゃっちゃと終わらせちゃおう。乗った乗った！」

仲間たちは次々に戦車に乗っていく。陽美は代志子、鹿野、真美、萌花と一緒の組だ。それぞれあいさつしていく。萌花以外の三人は三者三様の返答をしてくれた。

戦車が走り出す。別れを惜しむように、間欠塔からお湯が飛び出した。

天沢千宙

キャンプを出発してから三十分ほどが経った。戦車は、死んだ土地を走っていた。一面、黒い色が続く。焼け野原だ。ところどころに、まだ残っている火が燃えている。月波のうるさい自慢話によれば、小夜香の仕業らしい。昨日、肉食獣の群れに襲われたところを、火を使ってみなを救ったという。その代わり、ここらへんの動物を皆殺しにしたわけだが。

キィキィキィキィキィと、黒板を引っ掻いたような不快な音が絶え間なく頭上から聞こえる。小鳥の群れだ。群れは地上に降り立ち、焼け死んだ昆虫や植物をついばんでいた。

リアがお決まりの解説を始める。

「スズメの仲間だね。この時代、スズメ目の鳥類がシベリアとアラスカを結ぶベーリング陸橋から侵入して、アメリカ大陸に広がっていったんだ。八百万年後には、スズメ目は鳥類全体の六十パーセントを占めるから、大繁栄の幕開けだよっ」

スズメは嫌いだ。どこにでもいて、うるさい、不潔な鳥。ゴキブリのような存在だ。公園で何匹も群れているのを見ると気持ちが悪い。あんなものをかわいいと思える神経が理解できない。きっと体には何万もの寄生虫と細菌がついているのだろう。想像しただけで吐き気がする。

そうか？　それならば、おまえの体はどうだ？　おまえのなかには、何億という細菌が満ちあふれているではないか。最も汚いもの、それは、**天沢千宙、おまえだよ。**

頭をよぎる声から逃れたくて風景を見る。焼け野原には、逃げ遅れたらしい動物の死骸もあった。スズメたちは半ば炭になった死体にも群がる。小さな体が焼けただれた頭蓋骨に入り込み、なかから残った肉をこそぎ取る。

死。ここには死が満ちあふれている。死体を気持ち悪いと思う半面、魅了される面もある。死んだらどんなに楽だろうといつも考えている。誰もいない、静謐《せいひつ》な世界に一人で足を踏み入れるのだ。永遠の、真っ暗闇の世界。変化するもののない完全な無。究極の清潔。だが、いざ無限の虚無へと入ろうとすると、足がすくんで動けなくなる。怖いという、現実的な、凡人の感情があふれてくる。

死ぬときに、隣に幾久世がいたならばどんなにいいだろう。もし、そうならば、腐りきった気持ちの悪い死体になっても大丈夫だ。体はグズグズに溶け、粘液状となり、幾久世の体と混ざり合い、一つになるだろう。虫たちが肉体に穴をあけ、筋肉が剝がし取られて骨が露出する。やがて雨風に骨は打たれ、いずれは二人の破片は区別できなくなる。二人は一人になる。個はなくなる。天沢千宙と高秀幾久世は、個という存在ではなくなる。それぞれ別の個人ではなくなる。完全な同化。

そんなこと、幾久世が望むと思うのか？　とんだ、傲慢な発想だ。天沢千宙、おまえの体は汚いんだ。その汚い体、一片たりとも、幾久世に入れることは許されない。幾久世はおまえに嫌悪感を抱いているんだよ。なんて不潔なんだ、虫唾《むしず》が走るってね。おまえの肉体が幾久世と同化できるはずがないだろ。そんな資格があるという発想をどこから得たのだ？　悔い改めろ。そして、お詫びに死ね。独りで。

考えたくないことを、どうしても考えてしまう。気を紛らわすことを見つけなくては。いつもは幾久世との『誓い』をして頭をすっきりさせるところだが、こんなことを考えたあとに、『誓い』を頼むのは、少し抵抗がある。

「ハハハハ！　呼ばれて飛び出てじゃんじゃじゃーん！　リアちゃんだよ〜」

うるさいものが眼球のなかで勝手に暴れまわる。頭のなかにキャラクターのCGを勝手に入れられたようだ。これには、嫌いというか、それ以前の反発を覚える。このキャラクターを見たとたん、腹がムカムカとしてくる。

「そんな言い方ないじゃ〜ん。せっかく、リアちゃんが気を紛らわせてあげようと思ったのにねっ」

思考を盗まれている。クソのような自分の考えを見られた。危機感と恐怖感と嫌悪感が混じり合い、背筋が寒くなる。

「そんなビビらなくて大丈夫だよっ。幾久世ちゃんには秘密にしといてあげるから」

当たり前だ。幾久世に知られたら生きてはいけない。いや、本当か？　そんなこと言って、死が怖くてちゃっかり生きるんじゃないのか？　臆病者め。

「こりゃ、重症だねー。まっ、いいや、リアちゃんガイド始めよっか。右手をご覧ください。あれは、ヒアエノドンの死体で〜す」

胴長短足のでかい犬のような動物が倒れていた。まだ生焼けで、おびただしい数の蝿が体を覆っている。悪臭が鼻をさす。死んだらああなるのだ。

「ヒアエノドンは、もうそろそろ絶滅する『肉歯目』っていうグループのなかで最後に残った一種だよ。肉歯目は哺乳類のなかで、最初に出てきた肉食専門のグループだね。新生代における哺乳類の急速な進化は、二段階あったんだ。新生代初期の恐竜絶滅後の進化と、新生代半ばの寒冷乾燥化に適応した進化。二番目の進化で、現代型の哺乳類が誕生したんだよ。古いタイプの哺乳類は新しいタイプに駆逐されてほとんどが絶滅したってわけ。いままさに、その交代劇が行われてるね」

　獣の群れがヒアエノドンの肉をほおばろうと集まってきた。不可思議な動物たちのなかで、それらの姿は見慣れたものだ。テレビのドキュメンタリー番組でよく見る顔。死肉喰い、ハイエナ。その体からはものが腐った臭いが漂う。

「アエルロドンだよ。食肉目のグループで、見てのとおり、現代のイヌやハイエナに近い仲間だよっ。新しいタイプの哺乳類ってわけ。肉歯目は同じ生態的地位《ニッチ》を持つ食肉目との競争に敗れて絶滅したみたいだね。一説には、寒冷乾燥化でできた草原という環境に適応できなかったんだってー」

　蠅でいっぱいのヒアエノドンの肉を、アエルロドンたちは気にせず食べる。牙で切り裂かれた肉に、ピクピクとうごめく真っ白な無数の蛆《うじ》が見える。蠅と蛆は、アエルロドンの悪臭に満ちた口のなかに入る。スーパーに並んでいる生肉を炎天下のなかで一週間放置したらこんな臭いになるだろうか。

　気分が悪い。死にあこがれていたのが馬鹿みたいだ。そうさ、とんだフェイクだな。

『死に魅了される』？　そう思うことが、ファッションなんだよ。一番の凡人は、おまえだよ、天沢千宙。死にあこがれるふりをする高校生。中学生ならまだしも、高校生だ。恥ずかしくないのか？　いいかげん、そういうのは卒業してもらいたいね。さもなくば、死ね、いますぐ。

死にたくない。死体になって腐り、蠅にたかられ、蛆を産みつけられたくはない。悪臭漂う姿になりたくない。だって、そうなったら、幾久世に嫌われてしまう……。

両手で目を覆い、死の光景を見ないようにする。鼻も覆うが、悪臭は嫌というほどしつこく侵入してくる。喉の粘膜に臭いが張りつき、せき込む。

「シスター、大丈夫なのか？」

良い香りが悪臭を蹴散らしてくれた。幾久世だ。幾久世の香りが広がる。死に満ちた世界から、千宙を守るのだ。

「幾久世……」

抱きつこうとするが、自分の汚《けが》れをつけるようで躊躇してしまう。自分の醜い思念が、幾久世に感染してしまうようで怖い。

幾久世は、そんな千宙の手をとってくれた。柔らかく、温かい手。

「あー、うむ！　そなたを魔の邪気から守ろうではないか！」

その一言があるだけで、救われる。無敵になったような気がする。たとえ、それが錯覚でも、千宙はすがるしかなかった。唯一の希望なのだ。

「奇妙なのが、ヒトを含む霊長目は哺乳類のなかでもかなり古いグループということだね。中生代末期にはすでに進化していたんだよ。そう考えると、新タイプの哺乳類であるネコが旧タイプの哺乳類であるヒトを駆逐するのはあってもおかしくないことだねー」

リアは話し続けているが、千宙は聞いていなかった。幾久世だけを見つめていた。幾久世の手の温かさだけを感じていた。

空上ミカ

水が流れる音が聞こえてくる。ミカの眼下には、川が広がっていた。川は何万年ものあいだサバンナを削ってきたようだ。絶え間ない水の流れで土地は侵食され、峡谷となっている。

崖の下は広い平地が広がっていた。崖上と比べて別の地域かと思うほど植生が違う。ゆったりと流れる川の周囲に森が茂っている。乾燥したサバンナと百八十度印象が異なるみずみずしい光景。川のなかにも木々は生え、幹と根をかき分けて水が流れる。

斜面には、人工的とでも思えるくらい鮮やかな黄色い岩がむき出しになっている。微妙に色が違う地層がバウムクーヘンのように重なっている。

ここが、リアの言っていた峡谷だろうか。

「イエス！　ターゲットはこの川の上流。山脈に近づいたところにいるよっ」

戦車は峡谷に沿って走っていた。ガードレールなどあるわけないから、運転するミカにとってはヒヤヒヤだ。崖下に落ちないように安全運転を心がけているためか、スピードが出ない。おかげで、四台の戦車のなかで、ミカの組が一番遅くなってしまった。

「空上さん、遅れてるわよ。もっとスピードでないの？」

早紀が尋ねる。いくら好きな人の頼みでも、これぱっかりはきけない。シートベルトもないので一度事故を起こせば命が危ない。

「あははは、安全第一で運転してるからねー」

わざとらしく笑ってごまかす。

「もうっ、レースに勝てないじゃない。一番じゃなくなっちゃう」

早紀の頭のなかでは、戦車間の競争が始まっていたらしい。お姫様みたいな外見のくせして、意外と負けず嫌いで感情的なところがある。新興企業の社長の娘ならば、そのほうがらしいともいえるか。まあ、そんなところもかわいいのだが。

やがて一行を迎えたのは奇妙な風景だった。崖が緩やかになっている。急だった斜面が鉄ヤスリで削ったようにキレイにU字型になっている。突起一つない表面。豪華なホテルの大理石の壁を思わせる。

風化の作用が働いたのだろう。長年の風と、風が運ぶ砂が岩を磨き、このようなピカピカの斜面を作り上げたのだ。

「ちょうどいいね！　ここから、峡谷のなかに侵入しよっ」

リアがとんでもないことを言う。

「ちょっ、ちょっと待った！　危険じゃない？　滑ったらまっさかさまだよ」

緩やかになっているといっても、高さは変わらないのだ。

「ハハハハ！　ミカちゃんビビりすぎー。どうぶつ戦車は完全無欠だから大丈夫だよっ」

完全に死亡フラグじゃないか、それ？

そんなこと構わないというように、先行する戦車たちが崖に突入した。桜華と陽美が運転するやつだ。「キャー！」と嬉しそうな悲鳴を上げながら加速していく。ジェットコースター気分か。さすがは、体育会系、躊躇というものを知らない。

ミカは絶叫系が苦手だ。グルグル回るコーヒーカップでさえ気分が悪くなる。ジェットコースターなど論外だ。なぜわざわざ恐怖を感じるためにお金を出さなくてはいけないのか。喉元にナイフを向けられて喜んでいるようなものだろう。

悪趣味だ。まあ、それでも、喜んで恐怖を感じることができるのは、ジェットコースターが安全だと信じているからだ。一方で、リアの言葉は信じることができない。戦車で崖下りすることが安全だとはどうしても思えない。

先行する三台の戦車は無事に崖を下り終わり、ミカの組だけが残った。それでも、発進できずに崖の上にとどまる。

「ねえ、空上さん、早く行きましょうよ」

早紀が急《せ》かす。

「いや、ちょっと、心の準備が……」

「もう！　どれだけ待たせるのよ」

と、いきなり戦車のコントロールがなくなった。いままで自分の体の一部のように動かしていた戦車が、意思を外れて急発進する。足が勝手に動いて崖からジャンプするようなものだ。体重が軽くなる。ジェットコースターで一番イヤな投げ出された感覚。

落ちていく……、落ちていく……、落ちていく……。速度がどんどん増加して、顔に当たる風が強くなる。ミカは叫んだ。絶叫マシンを楽しむ者がするような楽しげな悲鳴ではなく、野太い、心からの悲鳴を。胃腸が飛び出るくらい大きな声が出た。地面が近づいてくるのに、スピードはますます増加するばかりだ。衝突する！　本能的に目をつぶる。

体に衝撃が走り、身を硬くする。怪我をしたかと思ったが、痛みはない。おそるおそる目を開けると、ミカは森のなかにいた。穏やかな場所だ。川のせせらぎの音と鳥の鳴き声がする。戦車は、川のなかに入り、水をかき分けて進んでいた。

青い空が、オレンジ色の壁で切り取られている。崖だ。崖の下にいるのだ。

笑い声がする。振り向くと、早紀が笑みを浮かべている。その笑顔を見て、彼女の仕業だなと直感した。早紀が戦車のコントロールに割り込んで発進させたのだろう。

「ひどいよ、八倉巻さん……」

「ごめんなさい。けど、空上さん、かわいかったわ。おとなしいのに、あんな声出して」

かわいい。その言葉に、深い意味はないのだろう。同性の友人に対する言葉としては一般的なものだ。そんなことわかってはいるが、心のどこかで期待が膨らむ。

「あー、あー、うん……、あー」

頭がぐちゃぐちゃと混乱し、なんて返していいのかわからなくなる。

それを見て勘違いしたのか、純華が「おい、大丈夫か？　頭でも打ったのか？」と心配してくれた。

「いやっ、そんなことないよ。そのっ、ありがとう……」

小さな声で早紀にお礼する。ひどく恥ずかしい。

早く話題を変えようと周りを見渡す。「ピィィィ」と高い音がする。上空を鳥が飛んでいた。タカに似た猛禽類だ。

「ペディオヒエライスだねっ。ハヤブサのいとこにあたる絶滅した鳥だよ。ハヤブサと同じように、岩場に生息しているみたいだねー」

都合よくリアが解説する。よく図鑑を読んでいるミカも知らないマイナー生物だ。新生代の古生物は哺乳類の紹介が主で、鳥類を記載している図鑑はあまりないのだ。鳥類は早い段階で現代の形に進化してしまったので、図鑑に載せても現生のものと変わり映えしない。出版社の判断でより古生物っぽさのある哺乳類を中心に収録しているのかもしれない。ペディオヒエライスは頭上をクルクルと回る。アルゼンタヴィスのことを思い出し、銃を構える。体長は現在のハヤブサと変わりはしないが、油断は禁物だ。

「ひょっとしたら、これが欲しいんじゃないかしら？」

早紀が指したのは、お弁当だった。昼に食べようと作った燻製肉《くんせい》だ。肉を枝に刺し、煙でいぶしてカチカチにしたやつ。

しぶしぶ、投げてやる。鳥は爪を伸ばし、器用に空中でキャッチした。岸辺に降り立ち食べるが、一つで勘弁してはくれないようでまた飛んでくる。なんと貪欲なんだ。せっかく、早紀と一緒に食べようと思っていたのに……。

「わたしにもやらせてくれない？」

早紀の手が燻製肉に伸びる。ミカはびっくりしながらもうなずいた。

早紀は立ち上がり、口笛を吹きながら肉を空中に放り投げた。ふたたび、ペディオヒエライスが襲来する。ものすごい速さだ。ハヤブサは動物のなかで最も速く動くことができるらしい。最高瞬間速度は時速四百キロだ。いとこであるこいつも、同じくらいの能力は持っているのだろう。

ロケットのように急降下して肉を奪い取り、岩の上に降り立ったペディオヒエライス。早紀は、そんな鳥を誘惑するように口笛を吹いた。鳥がみたび近づいてくるが、なかなか肉を投げない。早紀の口笛に呼応するように、鳥が高い声で鳴く。さらに会話するように口笛が鳴る。

早紀は腕を伸ばした。ペディオヒエライスは翼をばたつかせてホバリングする。風切り音が聞こえてくる。こっちに向かってきているのだ。

近くで見るとでかい。足から膝までくらいの体長はある。茶色い翼をバサバサと広げているため、もっと巨大に見える。

巨大な翼を折りたたむと、鳥は早紀が伸ばした腕に降り立った。かぎ爪にこすられて腕から血がたれるが、気にする様子はない。満足げな表情で、早紀は鳥に肉をやり、その背をなでる。

「すごい……」

ミカは感嘆することしかできなかった。野生動物をいとも簡単に手懐《てなず》けるとは。

「お父様の知り合いに鷹匠の方がいて、体験させてもらったことがあるの」

さも当たり前のことであるかのように言う。本当にお嬢様なんだな。

「なあ、こいつに名前付けようぜ」

純華が提案する。

「そうね、ペディオヒエライスっていうのだから、ペディーでどうかしら？」

いい名前だ。名前を付けてもらったことを喜ぶように、ペディーはピィピィ鳴く。

「空上さんもペディーにご飯あげてみない？」

「大丈夫かな……？　嚙まない？」

「ほらっ、やってみなさいよ」

早紀から肉片を渡される。ワクワクする反面、ちょっと怖い。動物図鑑を読むのは好きだが、実際に触れ合ったことはない。

近づいてきたミカに対して、ペディーは首をかしげるような動作をする。戸惑っているのか、怒っているのかわからない。いや、そもそも、感情を表す言葉を使って描写するべきではないのかもしれない。

クチバシに向けて、おそるおそるつまんだ肉を近づける。ペディーは関心なさそうに横目で見てきたと思うと、急に肉に嚙み付いてきた。震える手をなんとか保つ。肉片はペディーの口のなかへ少しずつ入り込んでいった。

川を上りながら、ミカたちはしばらくペディーで遊んだ。おかげで、速度は鈍り、先行する三台は見えなくなってしまった。はぐれたのではないかと心配したが、ちょっと速度を上げるとカーブの向こうにすぐ現れた。三台の戦車は川のなかで止まっていた。

「ねえ、どうしたの？」

戦車を隣につけて、陽美に聞いてみる。

「クマがいてなー。通れないんだ」

陽美の指す方向には巨大なクマがいた。屋内で立てば、頭の高さは天井よりも高くなるだろう。親子連れらしく、小さいのと一緒に水をはねる魚をとっている。

「食肉目クマ科のアグリオテリウムだよっ。現生のホッキョクグマを越える大きさで、史上最大級のクマの一つなんだ」

緊張した空気にリアの声だけが場違いに響く。

あんなやつに襲われたら一巻の終わりだ。一同は、近づくことを恐れて動かずにいた。

クマたちは腰を落ち着けてすぐには動きそうもない。

「おいっ！　撃つなよ」

萌花が鋭い声を上げた。小夜香が銃でクマに狙いをつけたからだ。

それに反発したのは月波だった。

「なっ、なんで汀さんが命令するんだよっ！」

若干、怖がっているようで声が震えている。

おいおい、ここで喧嘩してもしょうがないじゃないか。クマを刺激したらどうするんだ。

ミカはそう考えるが、もちろん黙っている。争い事には入らない主義だ。

結局、小夜香が口を開き、言い争いを仲裁する。

「ごめんごめん、撃つもりはなかったんだ。けど、こういうときはよくあるから、リーダーを決めたほうがよくない？　リーダーの命令には絶対服従ということで」

もっともな意見だ。これから戦闘になるんだったら、指揮官が必要だろう。みんなも同意見のようで口々にうなずく。

「小夜香は、やっぱリーダーはヨシヨシがいいなぁって思ってるけど、どうかな？」

この意見にも、みなは同意した。そりゃそうだろう。生徒会長である代志子ならばリーダー慣れしているし。

「ヨシヨシは異存ないかな？」

「わかった。大丈夫だよ。みんなに選ばれたんだから、頑張る」

代志子はギュッと拳を握った。ひょっとすると、重荷に感じているのかもしれない。

「じゃあ、リーダーヨシヨシ、ここはどうするの？」

「うん、とりあえず、戦闘はなしで。危険だし、クマさんも殺したくないし」

リーダーの命令により、正式に待機が決まった。ひたすら水の流れる音を聞きながら待つ。クマが食べている魚はサケに似ている赤身魚だ。卵を産むために川を上っているのだろう。その体からは赤い卵がわんさか出てくる。たらこにして白米と一緒に食べたい。

まだ早紀の腕に止まっていたペディーが肉をくれと鳴くが、あいにく作った燻製肉は品切れだ。

「ごめんなさいね。もうあなたにあげるものはないのよ」

早紀がなだめる。それでも、ペディーはぴーぴーと鳴き続ける。

「そんなに欲しいなら、魚でも食べたら……」

ミカがひとりごとを言うと、バサバサと大きな翼を広げて飛び立った。

ペディーは、まるで、ミカの言葉を理解したかのように、魚を狙った。親グマがキャッチした瞬間、かぎ爪でまん丸と太った魚をかっさらっていった。

これにはクマも激怒。うなり声を上げて前脚でペディーを叩こうとする。得意のスピードで軽々と避けるペディー。クマも負けておらず、追いかけるために加速する。水しぶきが立ち、巨体が動く。自動車並みの加速性能だ。四肢を揺り動かし、走り出すクマ。少し離れたところにいるミカたちにも振動は伝わってくる。ミカたちには目もくれず、岸辺を通り抜けて下流に消える。

猛スピードで去っていった親グマを追い、仔グマも元気に走り出す。

クマのうなり声が小さくなり、消える。

もう十分遠くに行ったのだろう。ミカはふぅーと深呼吸をした。動物ってあんなに大きくて怖いものなのか。原初的な恐怖を感じた。ヒトの先祖は、あんなやつに襲われながら生活してたってわけか、武器となるのは石器だけで。よく絶滅しなかったな。

みんなもミカと同じ気持ちのようで、危険が去ったのちも口数は少ない。早紀だけが、マイペースに「ペディーが行っちゃったわ……」と悲しそうにつぶやく。代志子はリーダーの責任を感じたのか、すぐに我に返った。「オッケー、危険は去ったね。それじゃあ、発進」と、緊張気味であるが命令を下す。

上流へと行くにつれて、植生は目に見えて変化し始めた。あれだけ潤沢に茂っていた森は消え、葉のない灌木《かんぼく》が現れた。緑が見られるのは腰くらいの高さの低木か草だけだ。オレンジ色の地面がむき出しになっている。土地が乾燥しているのだ。おそらく、フェーン現象のせいだ。海から吹く、豊富な水蒸気を含んだ風は、山脈にぶつかり雨や雪となって降る。山脈を越えて反対側に届く風は、水分を抜き取られカラカラになった乾ききった風だ。そんな乾いた風が年がら年中直撃した結果、川の近くでも乾燥しきった土地になってしまったのだ。

太陽はガンガンと照りつけているのに、心なしか、寒く感じる。標高が上がったぶん気温が下がったのだろう。水源から湧き出して間もない水であるため、水温も低いのかもしれない。

山脈に近づき、頂上を見るには首を上げげなくてはいけなくなった。地平線の果てに見えていたときと違い、山頂には雪化粧がはっきりと見える。

木がなくなったぶん、地層が見えやすい。オレンジ色の壁を這うように、縞模様が整然とずっと向こうまで続いている。

戦車は地層と並行して進んでいた。川は細くなり、水流が増したため、岸を走る。勢いのある水流で侵食されたためか、崖は険しくなる。

ミカは崖を見上げていた。圧迫感を覚えるほど急な斜面だ。落石があればすごい速度で向かってくるだろう。

ふと、地層のなかに、奇妙なものを発見する。一瞬、絵だと思ったが、八百万年前に絵があるはずがない。よくよく見ると、化石だ。それも、かなり大きい。家一軒ぐらいのでかさを越えている。

これまで読んできた図鑑を思い起こしてみるが、化石と一致しそうな古生物は出てこない。もっと近くによって観察したいが、同乗者がいる手前、迷惑に思われるかもしれない……。

名残惜しそうに化石を見ていると、早紀に話しかけられた。

「空上さん、あの化石が気になるの？」

うなずく。

「だったら、はっきり言いなさいよ」

強い調子で言われる。

「自分から主張しない人は嫌いよ」

「う、うん……」

うまく返答ができなかったが、今度からは自分から主張できるようになると心のなかで誓う。

戦車を降りて、崖に近づいた。

立派な化石だ。ほぼ全身が残っており、理想的な標本になるだろう。近くで観察したら、ますますその大きさが実感できる。

ぱっと見て、一番似ている骨を述べよと言われれば、ダチョウが出てくるだろう。長い後脚と首、退化して折り畳まれた小さな前脚、そして頭蓋骨とつながるように伸びるクチバシ、すべて飛べない鳥の特徴を表している。ただし、頭蓋骨とクチバシが妙に大きい。また、クチバシの先端がカギ状に曲がっている。猛禽類などの肉食の鳥の特徴だが、ダチョウは草食のはずだ。

何よりも、その大きさがダチョウではないことを示している。小さなビルくらいなのだ。現生鳥類のうち最大であるダチョウでも、これほどは成長しないだろう。新生代初めに恐鳥類という大きな飛べない鳥が繁栄した時期もあるが、それでも三メートルそこそこだ。二足歩行で十数メートルまで達する生物といえば、恐竜くらいしかいないだろう。鳥類は恐竜から進化してきたのだから、骨がダチョウそっくりの恐竜がいてもおかしくはないとも考えられるが……。

この化石ってどういう生物？　そうリアに聞こうとしたときだった。

「空上さん！」

早紀が叫んだ。緊迫した表情だ。ミカの頭上を指さしている。

おそるおそる目線を上げる。二つの眼球が、ミカを見返してきた。ネコの顔を細長くしたようなつら構え。だが、その犬歯は巨大化し、口の外へ飛び出ていた。

この時代の古生物として最も有名なもののひとつ——サーベルタイガーだ。

ここまで近づかれているのに、なぜ気づかなかったのだろう。彼我の近さは十メートルに満たない。サーベルタイガーは口を大きく開き、自慢の牙を誇らしげに見せる。唾液でヌラヌラと濡れた、白い刃物。

銃声が聞こえた。早紀たちが撃っているのだろう。残念なことに、焦って手元が狂っているのか、弾は命中しない。急いで応戦しようとするが、手元には銃がない。戦車の上に置いてきてしまった！

神秘的といえるほどの恐怖が湧き上がる。遺伝子レベルに刻まれた感覚。サーベルタイガーはヒトの天敵のひとつだ。祖先たちは繰り返し繰り返しこの大型ネコに食べられて死んでいった。ヒトとしての本能からとてつもない恐怖が膨れ上がる。

「食肉目ネコ科のマカイロドゥスだねっ。初期のいわゆる『サーベルタイガー』だよ。サーベルタイガーのなかでは最大級で、ライオンくらいの大きさをしてるよ」

リアの解説が虚しく響く。当然ながら現在の窮地には役に立たない。

マカイロドゥスが飛んだ。毛皮の上からでも、力強い筋肉の動きがわかる。長く、しなやかな前脚が、ミカに近づいてくる。ピンク色の肉球が鮮やかに見える。

むっとするけもの臭さに覆われる。マカイロドゥスの爪先が、ミカの肩を押す。鋭い爪が服とともに肉を切り裂く。経験したことのない痛みが襲いかかる。

「――ぁぁぁぁぁぁ！」

声にならない悲鳴が喉の奥から出てくる。

マカイロドゥスの巨体に押され、いとも簡単にバランスが崩れる。受け身をとる暇もなく、背中から倒れる。

起き上がって逃げようとするが、すぐにのしかかられる。重い。苦しい。圧迫されて息ができない。しゃにむに暴れるが、体の位置はぴくりとも変わらない。

マカイロドゥスは口を大きく開け、二本の長い牙を見せる。太陽の光が唾液に反射し、キラキラと輝く。

わたしはこいつに食べられる最初のヒトだな。いや、それどころか、地球上で一番最初の死人だ。ミカは思う。願わくば、早紀は生き延びてほしい。

最後に早紀の顔を見て死のうと、顔を横にする。早紀は戦車から飛び降りて、銃を持って走ってきた。間に合わないだろうが、命を賭けて助けようとしてくれたことがうれしい。

そのとき、ひらめいた。生き延びる方法を。

うまくいくかわからないが、試してみるべきだ。

ミカは願った。神にではない。戦車にだ。どうぶつ戦車は思念で動く。少し距離が離れても、そのコントロールは保たれるのではないか。動け動け動いてくれと戦車に向けて懇願する。

そして、願いが叶う。戦車が急発進したのだ。昆虫のような節くれだった脚がうにょうにょ動き、その加速性能をいかんなく発揮する。

戦車のハサミを開く。その長さは、マカイロドゥスの身長を越える。

マカイロドゥスは接近する戦車を戸惑うように見つめる。当たり前だ。やつがこれまで一度たりとも見たことのない物体なのだ。威嚇するようなうなり声を出し、かぎ爪を伸ばした右の前脚を振り上げる。

その足首に、戦車のハサミが衝突した。ボスッと間の抜けた音とともにハサミが肉に挿入されていく。マカイロドゥスは野太い、苦悶の声を出す。

ミカを圧迫していた重さが消える。マカイロドゥスは串刺しにされて、そのまま、空中に持ち上げられたのだ。

「大丈夫!?」

早紀が助け起こしてくれた。足りない酸素を急いで吸い込もうとしてせき込む。肩の傷からタラタラと血が流れてくる。少し痛いが、かすり傷の範囲だ。よかった。生きている！

マカイロドゥスのほうも死んではいなかった。足首を串刺しにされて、空中に宙づりにされているというのに、眼は爛々《らんらん》と輝き、闘志を失ってはいない。

「早く、とどめを！」

ミカの叫びに、早紀が思い出したように銃を構える。

マカイロドゥスはあろうことか自らの前脚に噛みついた。枷《かせ》になっている前足首を切断するためだ。

動脈が切れ、大量の赤い血がほとばしる。血を避けようとした早紀は、至近距離にもかかわらず銃撃目標を外してしまう。

マカイロドゥスが拘束から解放され地上に降り立つ。ふたたび、死の恐怖が湧き上がる。早紀も同じなのだろう。銃を持つ手が震えて照準が定まらない。

だが、幸いなことに、相手のほうが退いた。深手を負ったまま戦うのはまずいと判断したのか、回れ右をして逃げていく。傷を負っていることを感じさせないすばやい動きで、岩の上をジャンプし、視界から消えていった。残ったのは、インクをぶちまけたような血の跡のみ。

「……ふぁぁぁぉぉぉー」

風船がしぼむときのような間抜けな音を出して、早紀が大きくため息をつく。緊張からの解放で、力が抜けてしまったのだろう、地面に座り込む。

ミカも同じ気持ちだった。二人は、背中合わせで座り込む。動悸を静めるのにせいいっぱいで、しばらく会話もできそうにない。

こんな経験、二度としたくない。命が脅かされるのは一度でも多すぎる。

だが、心のどこかに、ほんの少しながら、楽しかったという気持ちもあった。

早紀と一緒にドキドキできたのだから。

龍造寺桜華

上流へ向かっていくにつれて、土地は乾燥し、木は少なくなっていく。

その代わりだろうか。木のような岩がたくさん並ぶようになった。まるで岩の森だ。

同乗している眞理の話では、雨水が凍ることによって膨張し、岩が割れてできた地形らしい。よくわからないが、水のパワーってすごいんだな。

ちょっと前までは、陽美が運転する戦車と暗黙のうちに競争していたが、その遊びはいつの間にか終わりを告げ、いまは観光気分でゆっくり操縦している。

先行する桜華たちがスピードを落としたため、月波の操縦する戦車が追いついてきた。ただ、最後尾のミカたちの戦車はまだだ。どうしたのかな？　と思っていると、リアがとんでもないことをさらりと言う。

「ミカちゃんたち、サーベルタイガーに襲われたみたいだねー」

「ええっ⁉　サーベルタイガーっ……⁉　無事なのぉ？」

「だいじょーぶ。ミカちゃんと早紀ちゃんが友情パワーで撃退したよっ！」

よかった、大事にはいたっていないようだ。念のため、戦車を後退させてミカたちと合流する。

ミカは肩のところの服が破れ、傷がついていたが、もうかさぶたになっていた。リアの説明によると、この体は傷の回復も早くなっているらしい。早紀の服も血のりで染まっているが、怪我はないようだ。二人とも、多少ショックを受けているようだが、おおむね回復していた。

「いやー、ほんっと、怖かったよ。サーベルタイガーの再現図とかＣＧはいっぱい見たことあるけど、やっぱり、実物は大違いでさ」

ミカが興奮まじりで話してくれた。普段は何も接点がなくてどんな子かよく知らなかったから、これを機会に仲良くなりたいな。

それにしても、サーベルタイガーか。桜華の脳裏に暗い想像がよぎる。もしも、しおりが襲われていたら、自分には立ち向かう勇気があるのだろうか。恐怖のあまり、足がすくんで動けなくなるかもしれない。そんな自分は嫌だ。自らの命を賭《と》してでも、しおりを守りたい。カッコよく戦う姿を見せたい。

とにかく、チャンスは逃さないことだ。カッコいい活躍ができる場面があったらすぐに飛びつこう。体育の時間みたいに、しおりのキラキラした眼でまた見られることを願って。

桜華は自分のなかの恐怖心を呼び覚ました存在である、小夜香をそっと見る。あんなやつ、怖くないぞ。力も体格も体力も全部こっちが勝っている。そう自分に言い聞かせる。もし、今度また何かがあれば、強く出てビシッとあいつをビビらせる一言を言えばいい。それだけで、しおりのなかの桜華のカッコよさは回復するだろう。それとともに、自信も取り戻せる。とにかく、恐怖心を忘れることだ。小夜香は平凡な高校生にすぎない。恐怖の対象なんかでは断じてない。彼女に感ずる得体のしれない恐怖は根拠がないのだ。根拠のないものに惑わされてはいけない。

急に空が暗くなってきた。いままで、日光が崖に反射してオレンジ色の光が一面に広がっていたのに、グレーの雲が太陽にかかった瞬間、岩はくすんだ色に変わる。日光がなくなると、一気に冷え込んでくる。

鼻先に水が落ちてくる。雨だ。最近ニュースでよく見かけるゲリラ豪雨というやつか。

山の天気は変わりやすいというが、さっきまでピクニック日和だったものが変わりすぎだ。雨水は服を濡らし、体温を下げるが、どうってことない。雨のなかのマラソンなら合宿で何度もしている。

むしろ、川の増水のほうが心配だ。降り始めてから数分で、川幅が倍以上に広くなる。木のような岩々は川に没し、まるで水上の都市のようになる。

崖の側面からも、集まった雨水が流れ、小さな即席の滝のようになる。

やがて、一行は本物の滝に行きついた。五メートルほどの小さな滝である。アーチ状をした岩の間からゴゴゴゴと勢いよく水が放出されている。

問題は、戦車が通れないことだった。岩のアーチは、崖の隙間をふさいでいる。上流へと向かう唯一の通り道は、水の流れる滝だけだ。とても戦車が通れる隙間はない。

滝の前で戦車が止まる。みんなは、戸惑ったように滝を見上げている。

「どーしたの？　目的地はこの滝の上だよっ」

リアが滝を指し示すと、視界のなかで仮想的な赤い矢印が現れる。

「おいおい、まさか、ここを登れっていうのか……？」

純華が信じられないといったように声を上げた。

「大当たり！　別に、そんな大変なことじゃないよ。クライミングなら初歩の初歩。やればできるって！」

リアがはげますが、それに勇気づけられて試みる人はいなかった。クライミングならばヘルメットとロープがあるべきだが、ここにはない。ハードルは上がるだろう。

これはチャンスだ。桜華の心臓が高鳴る。一番最初に滝を登れば、みんなからカッコいいって思ってもらえる。

「ぼくが試してみるよぉ」

手を挙げて、前に出る。注目されているのを感じる。気持ちがいい。

滝登りはさすがに経験がないが、木登りならば得意だ。いつも登っている木の高さに比べれば、滝の高さはそれほどでもない。

腕を抱えて滝をじっくり見て、ルートを検討する。木登りと一緒で、手足の支えとなるデコボコな突起を見つけるのが大事だろう。

滝が流れている崖は、奥へと凹《おう》状にへこんでいた。水の勢いによって岩が削りとられたのだろう。へこんだ部分に入れば、ちょうど両手が側面に届く広さだ。

滝に入り、試してみる。頭が大量の水で打たれるが、なんとか行けそうだ。

滝のなかを、登る。右手と左手を岩の突起にかけると、両手の筋肉を振り絞って体を上げる。両足を置ける岩を探し、安定したと感じたら、また手を上げる。その繰り返しだ。

凍りそうなほど冷たい水がガバガバと容赦なく体にかかる。

全身に鳥肌が立ち、震えが出てきたが、無事に滝を登りきった。下で見ていた仲間たちにピースする。一段上から見下ろすって気持ちいい。

「ぼくはここで補佐するから、みんなもやってみて！」

滝の音に負けないよう叫ぶ。

口火を切ったのは陽美だった。桜華と同じルートをたどると、ものの数分でたどり着いた。桜華は登ってきた陽美の手を握り、もう一方の手でげんこつを交わした。

その後にみながおずおずと続く。桜華は滝のへりから見下ろし、ルートを助言する。手がかりとなりやすい突起を教え、体重のバランスを注意する。

あすか、代志子、小夜香、あゆむ、月波が登りきったあと、ようやく、しおりが上がってきた。

「しおりちゃん、ファイト！」

桜華は叫ぶ。幻滅なんてさせるものか。そっちが離れるならば、グイグイ行くまでだ。『王子様』になるためならばなんだってしよう。

しおりは、自信なさげにキョロキョロしながら、岩に手をかける。「その調子だよ！」と声援を送り、背中を押す。その声にはげまされたように、しおりの顔が引きしまる。

しおりはゆっくりと、しかし確実に滝を登る。その目はまっすぐと桜華を見ていた。注目されていることを感じる。『憧れ』に満ちた視線が桜華を射る。キラキラ輝く二つの瞳が近づいてくる。

桜華は滝のへりに腹ばいになって、しおりに手を伸ばした。指と指を交差させ、固くつかむ。

「——なんて美しい女！　俺の魂は地獄行きだよ」

しおりを抱きしめながら耳元で決めセリフをささやく。シェイクスピアの『オセロー』のセリフだ。友人に頼まれて、演劇部で何度か稽古をしたことがあるのだ。ストーリーは記憶に残っていないが、このセリフだけは印象的で覚えていた。

しおりには効果ばつぐんのようだ。耳元まで真っ赤にしている。

「桜華さま……からかわないでください……」

「からかってないよぉ。しおりちゃんのこと、大好きなんだからぁー」

やっぱり、しおりはかわいいなあ。反応が面白く、もっとやりたくなってくる。耳に息を吹きかけてみようか……。

そんなとき、邪魔が入る。

「りゅっ、龍造寺さん……、ごめんけど……、たっ、助けて！」

ミカだ。登る途中で怖くなってしまったのだろう。岩につかまったまま、白い顔をして震えている。

「わかった。そこまで行くから！」

桜華はすぐに岩を下り、ミカが立ち往生しているところまで向かった。

「大丈夫？　ぼくが支えるから、一緒に登ろう」

「あっ、ありがとう……」

恐怖に駆られたミカが、抱きついてくる。背中を叩いて安心させ、滝の上に誘導する。

これはこれで気持ちがいい。尊敬されてるって感じがする。でも、しおりを助けるほうがいいな。ミカよりもかわいいからだろうか。

そんなことを考えながら、続いて登ってくる仲間たちを助ける。

全員が登りきったあと、やっと、滝の上の風景を眺める余裕ができた。

そこは、奇妙な場所だった。崖の裂け目のところどころがいくつもの岩のアーチによって覆われている。いや、岩で作られた屋根があり、そのところどころに穴があいているといったほうが正確だろう。穴からは、雨水と光がスポットライトのように川へと投射されている。

おそらく、ここはもともと洞窟だったのだろう。月日が経つうちに、天井が崩落していまのような幻想的な風景が作られたのだ。

「ねえ、みんな、これを見て」

代志子の声がする。深刻そうな口調だ。

一同が見たのは、骨の山だった。大小さまざまな骨が、崖のあちこちに転がっている。ネズミのようなものから、ゾウの頭蓋骨まで、よりどりみどりだ。骨は川の岸辺に無造作に放置されていた。

よく見ると、骨には明白な破壊の跡があった。脊髄《せきずい》は折られ、頭蓋骨は割られている。まだ蠅がたかっており、骨の由来の動物たちが死んだのは、それほど昔ではないようだ。

「フムフム、リアちゃんの名推理では、これは明らかに知性ネコの仕業だねっ。いやー、天才的推理ですなぁ」

シャーロック・ホームズのコスプレのような格好でリアが出てきた。パイプをぷかーっと吹かす。

「とりあえず、警戒は怠らないで」

代志子が銃を構えて一同の先頭に立ち、ゆっくりと前進する。桜華も負けじと代志子に続く。

「止まって！」

代志子は岩の陰に隠れ、腰を低くする。

前方には、大きなイヌみたいな動物がいた。昨日、狩りのときに襲撃してきたやつだ。何ていったけ？　ボロ……、ボロ……。

「ボロファグスだねっ」

リアが正解を言う。

サバンナで見かけたやつと違い、このボロファグスは一頭だった。昨日は元気に吠えていたのに、こいつには覇気がない。眼がどんよりしていて、半分眠っているみたいだ。合宿でも一年にこんなやつがいたな。すぐにどついてシャキッとさせたけど。

ボロファグスはよろよろとした足取りで歩いた。鼻をひくつかせながら、必死に何かを探しているようだった。岩に隠れながら、一同はそれを追う。

やがて、広い砂浜のような場所に出た。川がカーブして砂がたまっているところだ。ボロファグスは、そこにしゃがみこむ。

「ワーニング！　ワーニング！　ターゲットがお出ましだよ！　さあさあ、頑張って殺してねっ！　じゃなきゃ、キミたちが消えちゃうよー」

小さなざわめきが沸き起こる。桜華も、銃を構えなおす。

灰色の毛皮たちがボロファグスに近づいてきた。

ネコだ。普段見ているネコと比べたら大きいが、教室で見た化けネコほどではない。一メートルよりちょっと小さいくらいだろう。化けネコは二本の脚で立っていたが、このネコはそれほど異様な格好ではない。こぶしを作り、ゴリラのように交互に地面を叩きながら歩行している。

外見的には、普通のネコとそこまで変わっているわけではないが、こいつらが知性ネコであることは間違いなかった。その前脚の先には、気味が悪いほど人間の指そっくりな肉球が生えていた。ピンクの長細い肉球は、骨を握っている。加工された骨だ。先端を削り、鋭くしているのだ。明らかに天然物ではなく、人工物だ。

こいつらを殺さなければいけない。そんなことが自分にできるのだろうか。いや、やる。桜華は自ら言い聞かせる。バスケ部のエースなんだぞ。ネコなんて一撃だ。それに、そばにはしおりがいる。今度こそ幻滅させてはならない。勇敢な、カッコいい王子様として振るまわなければいけない。

知性ネコたちは、ボロファグスを囲んだ。

「みゃーみゃーみゃーみゃー」

甲高い声で鳴きながら、手に持った骨で攻撃する。各々が叩き、突き、切る。動物の皮膚が破け、血が流れ、川は赤く染まる。

不思議なのは、ボロファグスが一切抵抗をしないことだ。抵抗どころか、鳴き声ひとつ上げない。相変わらずの寝ぼけたような眼で自分を殺しつつあるネコたちを見ている。

「代志子、いまだ、やろう」

桜華はささやいた。やつらは狩りに夢中だ。いまなら勝てる。

代志子はうなずいた。よしっ、龍造寺桜華の本気を見せてやる！

岩から立ち上がり、群がるネコたちに向かって一発撃つ。当たった！　頭がぱっくりと割れる。グロい。けど、眼をそむけちゃダメだ。勇敢に戦うんだ！　王子様なんだから！

「うおぉぉぉぉぉぉぉ！」

自分を奮い立たせるために叫ぶ。ネコの群れに突進しながら、銃を撃ちまくる。桜華の掛け声につられて数人が岩から飛び出た。

近くのネコが骨を振り上げた。銃を構えている暇もなく、蹴り倒す。つま先に当たる気持ちの悪い柔らかな感触。あふれ出る罪悪感を噛み殺し、引き金を引く。

黒っぽいドロッとした赤い汁がズボンを汚す。そんなことを気にしている暇はない。嫌悪と恐怖で震える体をアドレナリンで調教する。手当たり次第に、銃弾をぶちまけていく。

こいつら、弱い。そのことに気づき、少し余裕を取り戻した。もしかしたら、普通のヤマネコのほうが強いかもしれない。中途半端な二足歩行が災いして、すばやく動くことができないようだ。持っている武器も、不器用に振り回すことしかできていない。リーチが足りないため、大した脅威ではない。

勝ち目がないと悟ったのか、生き残った知性ネコは逃げ出した。桜華は必死に追いかける。もう、何も考えていなかった。アドレナリンが命ずるまま、敵を撃つ、それだけしか頭のなかにはなかった。

「あああぁぁぁぁぁぁぁぁぁ!」

声にならない叫びを上げて追いかける。銃が暴れるように震える。どうぶつ鉄砲の威力により残ったネコも次々と倒れていき、残るは一匹。

引き金を引きすぎて弾切れとなる。しかたがない、直接仕留めるしかない。ナイフを取り出し、長身を生かして走り込む。ターゲットはどんどん近づいてくる。あと少し、あと少し……。

ネコにたどり着く直前、体が急に軽くなった気がした。いや、落ちているのだ。突然、地面に現れた穴に体が落ちている。

落とし穴だ！

バランスを崩し、頭から穴のなかに倒れる。穴のなかは、悪臭を放つ黒い泥水であふれていた。水に顔をつっこみ、少し飲んでしまう。体全体が嫌悪感に苛まれる。あまりにも臭すぎて口のなかがヒリヒリしてくる。

幸い、穴は深くなかった。足はつく。えずきながらも、なんとか這い出す。

さっきまでの興奮が嘘のように消え去ってしまった。とにかく、みじめだった。悪臭にまみれているこの姿は王子様のかけらもない。まるで三枚目の小悪党だ。

アドレナリン放出の終息とともに、抑えていた恐怖がぶり返してきた。弾切れのことを忘れて、泥水のなかから急いで銃を取り出して構える。

動いている知性ネコはいなかった。累々《るいるい》と、死んだネコが転がっているだけだ。

「オウカッカー、大丈夫？　とりあえず、ネコは全部殺したよ。安心してね、王子様さん」

小夜香が笑ってくる。この笑みの下で、何を思っているんだ？　陰でバカにしているんじゃないか？　もし、そうだとしても、言い返す自信がない。小夜香に対する得体のしれない恐怖。それがふたたび桜華のなかに蘇ってきたのだ。温泉でお腹につけられた赤い痕がうずくように痛む。想像上の痛みだとわかってはいるものの、否定すれば否定するほど肉がえぐられるように感じる。

「ブラボー！　みんなよくできましたー！　リアちゃんからのお褒めの言葉をあげるよっ」

リアが出てくる。お誕生日パーティーでよく使う三角帽子をかぶり、クラッカーを鳴らす。

「じゃ、じゃあ、これで終わりか？」

期待を込めて純華が聞く。

「はぁ〜？　ちょっと、純華ちゃん、あまりにも学問というものを知らないんじゃない？　キミたちがここにきたのは、知性ネコという種を絶滅させるためだよ。いくら種が形成されて間もないこの時代でも、数匹殺したくらいで絶滅するわけないじゃん。まっ、ざっと千匹くらい殺せば、多様性を保つ遺伝資源が不足して自滅するから、それくらいかなっ」

「千匹!?　そんなに？」

うなだれる純華を、代志子がはげます。

桜華はそんな話に参加せず、川へと向かった。自身にこびりついた悪臭を消すためである。こんな姿、見られたくなかった。特に、しおりには。

澄んだ水を顔にかけ、何度も何度も顔を洗う。水を口に入れ、うがいをする。水中で息をして鼻のなかに水を入れる。頭がキィーンと痛むが、悪臭を消し去りたかった。寒さのあまり震えだす。それでも繰り返し繰り返し水を体にかける。そんなにやっても、悪臭は消えない。体と同化したようにこびりついている。

底なし沼に落ちたときのことを思い出す。みんなの哀れみに満ちた目を。そんな風に注目されたくなかった。いまも、後ろで、同じようにみんなこっちを向いているのだろう。泣きたくなったが、我慢する。いま泣き出したら、あまりにもみじめすぎる。

桜華はもう、自分が王子様と思うことができなくなっていた。それでも、最後の希望としてしおりがいた。しおりがカッコいいと思ってくれるならば、カッコよさは回復するだろう。しおりが自分を王子様だと認めてくれれば、まだ王子様でいられるのだ。しおりは、桜華を映す鏡だった。人々が桜華をどう見るかというモデルケースだった。

もう挽回は、できないのだろうか？　二度も、汚水のなかに落ちた哀れな自分は、そういうキャラとして見られてしまうのだろうか？

しおりが自分をどう見ているか、わからなかった。確かめるのが怖かった。それゆえに、桜華はしおりに近づくことを恐れた。もしも、哀れみの目で見られたら、立ち上がれなくなるとわかっていたからだ。

一行はリアに言われるまま、峡谷の奥へと進んだ。

奥へ行くにつれて、動物の骨の山も増えていった。

骨だけではなく、まだ肉が残った死体も見られた。食べかけでほうっておかれたように、ところどころの肉がはがされている。腐敗がひどく、崖の合間をガスが滞留するように悪臭が覆っている。天井の岩で雨から遮られた場所には、霞のように蠅の大群がいた。ブンブンうなる音が崖に反響して四方八方を壊れたマイクが囲んでいるようだ。荒涼とした岩だけの風景と相まって、地獄にきたようだ。

そんな場所を歩き、桜華は気分が悪くなってきた。全身がけだるく、筋肉の節々が痛い。最初は気のせいだと思った。こんなストレスにさらされれば誰だって気分が悪くなるだろう。

しかしその認識は間違いであった。段々と、自らのコンディションの異常を認識せざるをえなくなってきた。凍えるように寒いのと同時に、燃えるように熱くなってきた。体表は体温を失っているのに、体内はオーバーヒート寸前なのだ。寒さと熱さは互いに消滅させあうことなく、協力して不快感を増幅させていた。

首にも違和感がある。触れたら腫れており、針で刺したように痛みが走る。おそらくリンパ節だろう。首の痛みと連動するかのように、頭痛がしてきた。脳を直接タオルで巻かれて、しめつけられているようだ。

記憶にある限り、桜華は風邪をひいたことがない。遅刻はよくするが、小学校一年生から無欠席だ。消費期限が半年切れた納豆を食べようが、雨のなかを一日中ランニングしようが、下痢も微熱も経験したことがない。

運動部員にとって、健康は命だ。試合のときにコンディションが悪くて涙をのんだ人々を桜華はたくさん知っていた。部活の仲間には、健康に異様に気を使うやつもいた。桜華はそういうことには無縁だった。いくら暴飲暴食で不規則な生活をしようが、完璧な肉体を維持していた。

それなのにいま、その健康が壊れようとしていた。本来なら焦るべきときだ。

桜華は壊れゆく自らの肉体を平然とした眼で見ていた。どこか、切り離されたような感じがした。熱と痛みで不快なのは確かだった。けれど、それに何の緊急性があるというのだろう？

桜華の心は凪《なぎ》のように平穏だった。

「ねえ桜華、大丈夫にゃ？　なんだか眼が死んだようだけど……」

あすかが顔を覗いて聞いてくる。大丈夫。大丈夫すぎるほど大丈夫だ。これ以上大丈夫なことはない。人生で最も大丈夫な点にいる。

そのようなことを表現しようと口を開いた。なんて言ったのかは自分でもよくわからない。あすかは納得していないようで、不審げだ。

大丈夫なのに、なぜ、あすかはわかってくれないのだろう。いま、桜華の気分は盛り上がっていた。熱と痛みは相変わらず不快感を奏でている。それは気分に影響を与えなかった。不快感と気分は切り離されていた。不快だったら、気分が悪くなければならないという法はない。不快でも気分が最高潮のときもあるだろう。

桜華は体が軽くなったように感じた。不快でもいいというのはひとつの発見であった。執着から解放されたようだ。

地上のあらゆる執着からの解放。桜華はその過程にあった。自分の心には、たくさんのネガティブな感情があった。恐怖、羞恥、名誉欲……。それらは、解放された桜華とは切り離された。感情はあったが、桜華はそれに影響されない地点にいた。

たとえば、小夜香だ。桜華は、小夜香を見た。得体の知れない恐怖心が浮かび上がるのはわかる。だが、それを感じることはもうない。小夜香が怖いということと、桜華の心は切り離されていた。

小夜香に近づく。そういえば、こいつと喧嘩すれば絶対に勝てると考えたことがあったな。

よし、やってみようか。

桜華は、柔道の要領で、小夜香の脚を蹴りバランスを失わせて倒した。小夜香への恨みや復讐に動機づけられたわけではない。そのようなものと桜華は切り離されていた。ただ、なんとなくやってみようかなと思ってやっただけだ。小夜香にやり返されるかもしれないという思いはあったが、それは行動を止める力を失っていた。

あっけなく倒れた小夜香の顔を、桜華は蹴った。身長百八十センチ超の体格からの一方的な暴力。固い靴先で顔の真ん中を踏みつける。何回かそれを繰り返すと、鼻血が小夜香の顔に広がる。それほど面白くはないし、嫌悪感もない。のれんに腕押ししているような、奇妙な張り合いのなさ。顔を蹴ったら鼻血が出るということは、石を投げたら落ちてくるということと、それほど違いがなかった。どちらも退屈だ。

小夜香は、何も口に出さなかった。悲鳴も、文句もない。腕で顔を守ることすらしなかった。ただ、平然と、自分を蹴りつける桜華を見つめているだけだ。その眼は無関心なものを見るときのものだった。何の興味もわかないもの、たとえば、電車の荷物棚にある他の乗客のバッグを見つめているような眼。

暴力の行使。加害者と被害者。そこには、激情があってしかるべきであった。感情がほとばしり出るのが、本来のあり方だった。その表面的な暴力性とは裏腹に、奇妙に冷めている光景。

「小夜香から離れろよ！」

急に夢からさめたように、月波が叫んだ。その声で、一同の麻痺状態もさめる。

「離れなかったら。うっ、撃つよ！」

月波は銃口を桜華の心臓に向けた。手はプルプルと震えている。恐怖を感じているのだろう。恐怖を感じれば、手が震える。ちょっと前まで当たり前だったことが、いまでは途方もなく難解な概念のように感じる。

銃口から弾が出れば、桜華の心臓に穴があき、大量出血で死ぬだろう。それは理解できた。本当ならば、この状況では、恐怖を感じなければいけないこともわかっていた。恐怖を感じて命乞いするなり反撃するなりしなければいけないのだろう。

桜華はめんどくさくなった。なぜ、死を回避するために努力しなければいけないのか、よくわからなくなってきた。明らかに、異常な状況だ。これが異常だとわかるが、そのことにもたいして関心がわかない。異常でもいいじゃないか。

引き金に添えられた月波の指がビクついたように動いている。あれなら、いつ撃たれてもおかしくはない。まあいいか。

「銃を下ろしてください！」

新たに銃を構えるものが出てきた。しおりだ。その銃口は、まっすぐ月波を向いている。いつもの弱々しい自信がなさそうな顔ではなく、眼を見開いた力強い顔だ。

「はぁ？　先に暴力振るったのはこいつのほうじゃん！」

月波は恐怖と怒りに満ちた眼を桜華に向ける。

「そんなことはどうでもいいです。とにかく、銃を下ろしてください」

いつものしおりの声とは違う、切り裂くような厳しい声。

「下ろさなかったら、どうするの？」

「神木さん、あなたを撃ちます」

「ははは！　峰岸さんに、撃てるわけないよ！　そんな勇気あるわけが……」

その瞬間、銃声がした。しおりが引き金を引いたのだ。銃弾は、月波が立っている近くの地面をえぐった。みんながどよめく声が聞こえる。

月波は、驚きのあまり、顔が蒼白になる。文句を言おうと口をパクパクと開くが、何も言葉が出てこないようだ。

「……くそっ、くそくそくそくそ、バカにして！」

やっと出てきた言葉は、それだった。激高した月波は、しおりの頭上に銃を向けて引き金を引く。シュパッと間の抜けた音とともに、銃弾がしおりの髪をかすめて飛び去った。

しおりは間髪いれず、銃を撃った。またもや地面に向けてだが、今度はより月波に近づいていた。銃弾により飛んだ泥が月波のズボンにはねる。

月波は、銃口の向きを、しおりの頭上から、しおりの顔に変えた。さらに、ゆっくりとしおりのほうへと近づく。

しおりも、銃の先をまっすぐ月波の胸へと向けた。誰も何もできなかった。一言も発しなかった。ちょっとでも動くと、殺し合いが始まってしまいそうな雰囲気が漂っていた。

そのとき、動くものがあった。あゆむだ。いつの間にか、近くにきていた彼女は、つま先立ちして、手を伸ばし、桜華の首を絞めていた。親指で力強く気管を押さえている。苦しくなってきたので、桜華は倒れる。あゆむはその上に覆いかぶさり、ギュウギュウとさらに力を込めて首を押す。

「小夜香ちゃんを蹴ったな小夜香ちゃんを蹴ったな小夜香ちゃんを蹴ったな」

そんなことをブツブツつぶやきながら気管をつぶす。

苦しくなってきた。酸素が足りなくて、視界に色がなくなってくる。それでも、あゆむの手を振りほどこうと努力をする必要性を感じなかった。

「お願い、やめて！」

「おい、やめろ！」

代志子と陽美が二人がかりで、あゆむを引き離そうとする。小柄で力がなさそうなあゆむだが、岩になったように動かない。二人に引っ張られようが、殴られようが、桜華の首を絞め続ける。それが使命であるかのように。

「あゆむ、もういいよ」

てこでも動かぬようなあゆむだったが、その一言で首から手を離す。小夜香だ。桜華に蹴られた眉間が赤く腫れ、鼻血は上着までしたたり落ちている。見るからに痛々しい姿だが、その顔には普段の人懐っこい笑みを浮かべている。

「みんな、お願い。落ち着いて！」

代志子が手を広げ、涙ながらに訴える。

あゆむの首絞めが終わっても、桜華はそのまま寝転がっていた。なぜ起きなければいけないのかよくわからなかった。このまま、ずっと、寝転んでようと思った。

いまや、桜華の行為を動機づけるものは存在しないも同然であった。感情には切迫感がなくなった。利益を得る必要性も感じなかった。

ところが、その無気力の靄を晴らす何かが近づいてきた。呆然たる無気力だけが漂っていた。香りだ。甘い香り。癖になる香り。ずっと嗅ぎたくなるような香り。

何にも影響されなかった桜華は、なぜかこの香りを嗅いだとたん、体が動いた。自動的にといってよいほどだった。砂漠で遭難した者が、オアシスに走るように。溺れている者が、必死に水面を目指すように。頭のなかで警報がガンガン鳴って、有無をいわさず行動を迫った。

桜華は立ち上がり、甘い香りが漂ってくる方向へと走った。

第七章　ネコ宇宙のはじまりとおわり

紅葉代志子

「みんな、お願い。落ち着いて！」

何が起こったのかわからなかった。桜華が突然、小夜香を殴り、そこから混乱が始まった。しおりと月波が互いに銃を向け合い、あゆむが桜華を殺しかけた。

大好きなクラスのみんなが、どうしてこんなことをしているのか、代志子は見当がつかなかった。みんな良い子のはずだった。何かの間違いだとしか思えなかった。

桜華に、何か異常なことが起こったに違いなかった。彼女は理由もなく人に暴力をふるうような子では絶対にない。バスケに一生懸命の、やさしいスポーツウーマンだ。

原因探しはあとでできる。いまは、事態を収拾することのほうが大事だ。月波としおりの間に入り、銃の向け合いをやめさせる。二人は、しぶしぶといった様子で銃を下ろす。

「おい、桜華、どうしたんだ⁉」

陽美の声が聞こえた。振り向くと、倒れていた桜華が急に飛び起き、走り出していた。

「どこ行くの？　桜華ちゃん！」

あわてて、桜華を追う。

さっきまでぼんやりしていた桜華が、全力疾走している。代志子にはとてもかなわないスピードだ。

代志子の声を無視し、桜華は崖の奥へと向かう。どんどん引き離される。筋肉をせき立て、走るスピードを上げる。酸素が足りなくなるのを感じる。心臓が絞《しぼ》られるように苦しくなる。それでも、走り続ける。

「よしさん、任せろ！」

陽美が代志子を追い抜く。「桜華ァァァァァァ！」と叫びながら、陸上部で培った筋力すべてを発揮して脚を動かす。目にも留まらぬ速さとはこういうときに使うべき言葉だろう。バスケ部のエースでも、陸上部のエースにはかなわなかったようで、陽美は後から桜華の二の腕をがっしりとつかんだ。

息を切らしながら、代志子も追いついた。陽美につかまった桜華は、それでも前に進もうとしていた。まるで、壁にぶつかったねじ巻き人形みたいに、自動的に脚を動かしている。彼女の眼を見て、代志子は鳥肌が立った。人間の眼ではない。生きたものの眼とも思えない。あらゆる生きる意志を失った眼だ。自ら世界を動こうとする意志を失い、完全な受動に身を置いてしまったものの眼だ。

「どうしちゃったの、桜華ちゃん⁉」

肩をつかみ、顔を覗き込んで問うが、桜華の眼に代志子が映っていないことは明白だ。瞳孔の焦点を合わせようともしない。

「よしさん、まずい！」

陽美の警告に、代志子は顔を上げた。ネコだ。いつの間にこれほど近づかれたのだろうか。知性ネコの群れに囲まれていたのだ。

ネコ、ネコ、ネコ。ネコだらけだ。岩の間、骨の隙間、腐った肉塊の陰から、ギラギラした二つの眼がこちらを見つめている。

「ネコ……ネコネコネコネコネコネコ……！」

突然、桜華がネコネコわめきながら暴れだす。陽美と代志子の手をふりほどき、ネコのほうへと向かう。

ネコの群れは、桜華に飛びついた。原始的な骨のこん棒を桜華に叩きつける。バランスを失い、転ぶ彼女に、ネコが群がる。

殴打の嵐が桜華を襲う。何度も打たれ、皮膚が黒ずみ、やがて出血する。血を見たネコたちは、興奮して騒ぎ出し、凶暴な犬歯をむき出す。桜華は抵抗せずに、手を広げて地面に横たわる。

傷口に噛みつき、血と肉をすするネコたち。激痛を感じているはずなのに、悲鳴をあげるどころか顔をしかめることもしない。生物としての自己保存本能を失ってしまったように。

「やめろぉぉぉぉぉぉ！」

陽美が銃を構えて飛び出た。銃声がとどろき、ネコの頭に穴があく。代志子も陽美に続く。ネコに銃弾を当てるたびに、我が身が切り裂かれたように心が痛む。『殺し』という言葉は、代志子に似つかわしくない最たるものだろう。動物を殺すなんて、想像することもできない。蚊や蠅でさえ、窓を開けて外に逃がすくらいだ。でも、いまは、桜華を守らないといけない。桜華が死んじゃうなんて、そんなの、絶対に嫌だ！

「ごめんね、ごめんね、ごめんね」心のなかで、そうつぶやきながらネコを殺す。

離れていたみんなも合流してきた。いの一番にしおりが群れに突入し、桜華を覆っていたネコたちを銃身でなぎ払う。倒れたネコたちを容赦なく撃ち続ける。その都度、大量の血が服にかかり、身長の低いしおりは顔まで真っ赤に染まる。

しおりの活躍により、桜華の周りのネコは全滅した。だが、まだ、遠巻きに岩の陰から見ているネコたちがいる。岩が盾になって、銃弾が当たらない。

とりあえず、ネコから桜華を引き離さなければ。代志子は脇を持って桜華を引こうとするが、重くて動かない。陽美に助けてもらってやっと持ち上がる。援護射撃されながら、安全な岩場に移動する。

「ネコ……、ネコ……、ネコのところ行きたい……」

桜華はまた意味不明なうわごとを繰り返す。

「本当に、どうしちゃったの……、桜華ちゃん……」

「はいはーい！　その質問、リアちゃんがバーンと答えちゃいますよー」

リアが眼前に現れる。

「診断の結果、桜華ちゃんは寄生虫に感染しちゃったってことがわかったよっ。トキソプラズマっていうやつ」

トキソプラズマ。知ってる。ネコを宿主とする寄生虫だが、あらゆる哺乳類が感染する可能性がある。普段の状態で感染したとしても、最悪、軽い熱が出るだけだが、妊娠時は例外であり、胎児に深刻な障害が出る危険性がある。保健の先生から、もし将来妊娠したときには、ネコの排泄物を触ったり、牛や豚の生肉を食べたりすることは避けるようにと、噛んで含めるように言い聞かされた。

「トキソプラズマは妊娠時以外は危険性がないって聞いたけど……」

「代志子ちゃん博学ぅ〜。普通のトキソプラズマはそうだよっ。でもこれは、別ルートの進化をとげたトキソプラズマなんだよー」

代志子の視界に、四角いウィンドウが浮かび、そこに資料映像のようなものが流れた。檻に入れられたネズミとネコの映像。ネズミはネコから逃げるどころか、すり寄るようにネコへ向かう。

「これは普通のトキソプラズマに感染したネズミの映像。ネズミは天敵であるネコの臭いを本能的に嫌うんだけど、感染したネズミはなーんと、逆にネコの臭いを好むようになるのです！　トキソプラズマの最終宿主はネコで、ネコのなかでしか生殖できないから、その餌であるネズミの脳を変化させてネコに食べられやすくしてるんだー」

体を回転させて白衣をはためかすリア。この話の行きつくところを予想できてしまい、代志子は鳥肌が立つのを感じた。

「普通のトキソプラズマが操るのはネズミくらいだけど、この進化トキソプラズマはその対象がババーンと増加、すべての哺乳類の脳を変えちゃうみたいだねー。もちろん、ヒトもれっきとした哺乳類。というわけで、桜華ちゃんの脳はネコを好むように改造されちゃってるってわけ」

桜華の脳のなかに寄生虫が入り込み、精神を変化させている。そのイメージは代志子に吐き気を催《もよお》させた。同時に、早く、なんとかしてやりたいという切迫した気持ちが浮かび上がる。

リアは相変わらず気楽な様子で話し続けている。

「この宇宙で、なんでネコが知的生命体に進化したのか疑問だったんだけど、やっと納得できたよー。共進化が起こったんだよ。トキソプラズマの脳神経操作能力と、ネコの知性がサイクルを描くように互いに強化し合ったというわけ。進化トキソプラズマによって、狩りがしやすくなったネコは、余った肉を集団で分け合うために前脚を手のように進化させたんだ。そのことで、道具を使ってもっと効率的にトキソプラズマ感染を拡大できるようになった。トキソプラズマはネコのために、獲物の脳を変化させて、ネコはトキソプラズマのために、より効率的な感染方法を作る。まさに持ちつ持たれつの関係だね〜」

「つまり、ネコはトキソプラズマを通じて、すべての哺乳類を家畜化する能力を手に入れたってわけね」

眞理が話に割って入った。その眼には恐怖もあったが、同じくらい好奇心を映し出していた。

「家畜化！　そう、うまいこと言うねぇ〜。さっすが眞理ちゃん。家畜はヒトが何千年、何万年もかかって人工進化させてきた種だけど、知性ネコはトキソプラズマを使ってそのプロセスを一瞬で終わらせることができるってわけ。家畜種は一般的に、脳が縮小して恐怖心がなくなり受動的になるけど、いま、桜華ちゃんに起こっていることがまさにそれだね。知性ネコがグローバルに広がるにつれて、ネコ科以外の哺乳類はネコの家畜になっていった。不幸なことに、ヒトが生まれる前にネコがアフリカにたどり着いて、ヒトの祖先も家畜にされちゃったということ。学校で見たサルは、そういうルートで進化したヒトの姿だねー」

「けれど、なんで、この地域のネコだけにそんな都合のいい変異が起きたのかしら？」

「たぶん、マグマのせいだねー。この地域の火山には、深部マントルから直接マグマが供給されてるんだ。HiR《ハイアール》マグマっていって、通常よりも放射能濃度が高いマグマで、そのせいで突然変異率が高くなって進化速度も加速したんじゃないかな。実は、ヒトが生まれた場所であるアフリカ大地溝帯《だいちこうたい》にも、このマグマが噴出してるんだ。近くのビクトリア湖もそのせいでものすごい新種がたくさん生まれてるっていうね。ヒトも、そうやって生まれた新種のひとつなんだよっ。こっちの宇宙では、アフリカ大地溝帯のHiRマグマが知的生命体を生み出す前に、ここ、デスヴァレー付近のHiRマグマが知的生命体を生み出したってわけ。それがたまたまプセウダエルルスっていうネコ科動物に作用して、知性ネコが生まれたんだねー」

「そんなことより、桜華ちゃんは大丈夫なの!?　治るの!?」

のんきに進化について語っているリアと眞理が信じられなかった。一刻でも早く桜華を助けなくちゃいけないのに。

「まぁー、治すのは簡単だよ。タイムポータルで現代に戻れば、精神だけ移動するから感染はなくなるねー。けど、ちょっと、急いだほうがいいよ。このペースだと、二十四時間くらい経てば桜華ちゃんの脳が侵食されて、精神を構成している量子場が破壊されちゃうからねっ。そうなったら、さすがのリアちゃんでも治療は無理だよ」

つまり、二十四時間で桜華は死ぬということだ。それならば、とるべき道はひとつだけだ。何よりも、彼女の命を優先しなければならない。

「撤退しよう！」

代志子はみんなに叫んだ。

「タイムポータルまで戻って、桜華ちゃんを現代に戻そう！　急がなきゃ、桜華ちゃんが死んじゃう！」

「代志子ちゃん。その判断はチョットおすすめしないね〜」

「なんで!?　また、ここに戻ってきて、戦いを再開すればいいでしょ!?」

「まぁー、百聞は一見に如《し》かず。腕を見てみんさい」

何を言っているのだろうか。いぶかしみながら、代志子は腕に視点を落とす。

そこにあったのは、何万回と見てきたはずの自分の腕ではなかった。ありえないもの、絶対にあってはいけないものが目の前にある。

けものの腕。サルの腕だ。茶色の長く硬い毛に覆われて、皮膚は見えない。動物園や牧場で漂う独特のけもの臭さが鼻腔をつく。それは、他ならぬ自分の体から匂ってきた。小さな赤いノミが腕を這いまわる。思わず悲鳴を上げてしまう。

顔をペタペタと触る。スベスベの肌は消え、指を押すのはゴワゴワした感触だ。毛は全身を覆いつくしていた。口にも違和感がある。前歯が大きくなり、唇が閉じられない。

悲鳴を上げたのは、代志子だけではなかった。仲間たち全員がサルとヒトの中間のような異様な姿になっている。

「なんなの、これ⁉」

「代志子ちゃんが撤退なんて無責任なこと言うからだよ〜。ここで撤退するってことは、大進化どうぶつデスゲームにおいてネコ宇宙が勝つ確率が上がるってことだよ。そうすると、ネコ宇宙の万物根源の観測が強化されて、ヒト宇宙がネコ宇宙に変化しちゃう。つまり、キミたちの遺伝子という形で保存されていたヒト宇宙の生物進化情報が、ネコ宇宙のものになっちゃうんだ。そうして、キミたちはサルになっちゃうってわけ。まったく、リーダーなんだから最低限の責任は果たしてほしいよね〜。リアちゃんあきれちゃう」

「わたしのせいなの……？　ごめんなさい……、ごめんなさい！　撤退しないから、戦うから、みんなを戻して！」

代志子は涙まじりに訴える。必死の訴えが効いたのか、サルの姿は徐々に薄れ、いつものみんなの体が戻ってくる。

「お、おい、リア！　何か手はないのか⁉　これじゃあ、詰みだよ。撤退もできない、かといって、突撃しても感染して桜華のようになるかもしれないんだぞ！　しかもぐずぐずしてたら、龍造寺さんは死ぬんだろ！」

普段の演技を拭い去って幾久世が聞く。半ばパニックになっていた。パニックはみんなに伝染する。

「いやだ、いやだよぉ……！」

鹿野が泣き始める。代志子は彼女をやさしくハグしてやることしかできなかった。

「ふっふっふー。こんなこともあろうかと、リアちゃんは奥の手を用意しておいたのです！　いやー、天才だねっ」

奥の手。その言葉にわずかな希望を感じる一同。純華は「だったら早く言えよ！」と怒鳴った。

「では、奥の手を発表しまーす！　じゃじゃじゃーん！」

リアはくるりと宙返りする。そのとたん、衣装は白衣に変わり、顔には眼鏡が現れた。

「その名も、人間反物質爆弾でーす！」

人間反物質爆弾。ネーミングに途方もなく嫌な予感がする。

「説明しよう！　人間反物質爆弾とは、読んで字のごとく、人間を反物質に変換させて作る爆弾だよっ。具体的には、遺伝情報の流れである情報血管を辿って、万物根源が持つ反物質の情報を、遺伝子と量子的絡み合い《エンタングルメント》させるんだ。万物根源との時間的距離が長ければ、送れる反物質の量も減るけど、この時代くらいだったらそれほど大きな障害はないね。まあ、全部を変換しちゃうと爆発が大きすぎて歴史が変わる心配があるから、今回はヒトゲノムDNAの〇・二五パーセントくらいを変換しとこうか。それでも十分な破壊力があるしね。反物質ってものを知らない無学な子がもしかしたらいるかもしれないから、解説も送ったよ。読んでねー」

代志子の視界に、反物質についての解説文がスクロールする。通常の物質とは電荷が逆になっている原子から構成されたものを指し、反物質と通常の物質が触れ合うと、互いに消滅して莫大なエネルギーを放出するそうだ。

それが意味することは明白だった。誰かひとりが命を犠牲にして、爆弾となるのだ。

みんなも、そのことに思い至ったようで、空気が一変して、沈黙が流れる。

「あの……、それは、絶対にひとり死なきゃいけないってこと？　なんとか、死なない方法はないの？　この時代の動物を反物質にするとか、流れた血を反物質にするとか？」

ミカが祈るように聞く。

「グッドクエスチョン！　でも、残念だけど、ご期待には沿えませんねぇー。この時代はまだネコ宇宙の支配が強いから、ヒト宇宙の万物根源にある情報を動物へは輸送できないんだよっ。あと、反物質に変換できるのは、生きた生物のなかにある遺伝子だけだよー。生命体と切り離されると、情報血管から離れたのと同じだから、万物根源からのルートがなくなるっていうこと」

最後の希望を絶たれ、ふたたび、重苦しい沈黙が流れる。

「あれー、みんな、どうしちゃったのかな～。楽しい楽しい自己犠牲タイムじゃん。命を犠牲にして仲間を助けるなんて、そんな経験、人生でめったにないぞー。まぁ、人生終わっちゃうんだけどねっ」

「誰かを犠牲にするなんて、できるわけない！」

代志子は、思わず叫んでいた。

「絶対に、十八人で、元の世界に帰らないと！　誰かが死ぬなんて、嫌！」

「あっそー。理想的なお言葉ですこと。感動ポイントですなぁ。でもねー、そんな余裕あるのかな？」

「とにかく、誰かを犠牲にする案なんて、絶対にありえない！」

代志子の声が崖に響き渡る。声はこだましながら、徐々に消えていく。

沈黙が広がる。

みんな、身動きひとつしなかった。

その静寂を破る静かな音がした。「ぴしゃっ」という水音だ。

「きゃっ！」

鹿野の叫びだ。水にぬれた顔をこすっている。すぐ近くには知性ネコがいた。ひしゃくのような骨で作った道具を持っている。

「いつの間に！」

萌花が銃を構えて、撃つ。撃って撃って撃ちまくる。怒りのためか、銃弾で顔がひしゃげて死んでいることが明らかになったあとも撃ち続ける。

「あ……、あ……、あ……。もしかして、わたし、感染したの……？」

鹿野はネコに水をかけられるということが何を意味するかに気づき、恐怖で身を震わせる。

「はいはーい、リアちゃん診断しまーす。……ありゃりゃ、感染している。どうやら、眼から侵入したみたいだね～」

「あっ、あぁぁあああああ……。い、いや！　助けて！　誰か助けてぇ！」

半狂乱になって叫ぶ鹿野を、代志子が抱きよせる。

斜面の岩陰から、何匹ものネコが顔を見せた。岩と岩の隙間に隠れていたのだ。

急な崖を、素早く降りてくる。みんなの銃が火を噴き、ネコの死体がぱらぱらと落ちる。

ネコたちの攻撃は、それ以上に激しかった。骨で作った容器に汚水をつめて、投げつけてくる。汚水は広範囲に拡散し、雨のように降った。何人かにかかったようで、悲鳴が飛び交う。

このままでは、総崩れになってしまう。

「鹿野ちゃん、ちょっと貸して！」

代志子は、鹿野から銃を取った。立ち上がり、二挺の銃でネコの群れに突撃する。もともとの肉体では、二挺同時に扱うなんて芸当はできなかっただろう。いまは、それができる。照準を乱さずに、二つの銃口から弾が出ていく。

クラスのみんなを守る！　わたしが守る！　代志子の頭にあったのはそれだけだ。その思いを込めて、ネコに銃弾を放っていく。

「おっと、ヨシヨシ。注意注意！」

小夜香が放った弾で、近くまで迫ったネコが倒れる。彼女はネコの頭を蹴り、そのまま、群れに向かった。汚水をかけられているのに、気にする様子もなく、ゆっくりと歩く。ネコに近づくと、一匹一匹確実に狙って射殺していく。

ネコの群れは、もう十分だと判断したのか、一斉に崖の奥へと引いていった。

「ありゃりゃ〜、びしょびしょだよ。これは、感染したかな？」

小夜香は妙に気軽に言いながら、代志子の隣へ戻り、つぶやく。

「さあて、リーダー。どうするの？」

「……教えて、リアちゃん。みんなは感染したの？」

「はいはーい！　小夜香ちゃんは確実に感染してるねっ。この後、一時間くらい経てば症状が出始めると思うよ。あと、感染が疑われるのは、幾久世ちゃん、純華ちゃん、あゆむちゃん、萌花ちゃんかな。免疫系の反応次第では、症状は出ないかもしれないけどね」

「わかった……。こんな状況なら、取るべき道は一つね……」

わたしが爆弾になる。そう言おうとした。リーダーとして、ふさわしい行動はそれしかない。だけど、怖かった。怖い。怖い。怖い。怖い。死ぬのが怖い。無になるのが怖い。誰ともおしゃべりできなくなるのが怖い。おいしいものが食べられなくなるのが怖い。ずうっと、何千年何万年何億年永遠に、何の感覚もなく暗闇に閉じ込められるのが怖い！

「わ……、わ……、わ……」

わたしが爆弾になる。その一言が、どうしても出なかった。喉がぎゅっと縮まる。声を発することができない。

沈黙が広がる。代志子の苦しげな息づかいだけが、響き渡る。

突然、陽美が叫んだ。

「リア！　おれを爆弾にしてくれ！」

「なに言ってるの……、わたしが……」

「あんたはリーダーだろ！　クラスのみんなを無事に帰すのが使命なんだよ！　死んじゃダメだ！」

「わあ、エモい！　超絶感動展開じゃーん。リアちゃん感動して泣いちゃったよ〜」

リアはハンカチをとり出して顔をふいた。

「で、代志子ちゃんと陽美ちゃん、どっちが人間反物質爆弾になるの？　どっちでもいいけど、早く決めたほうがいいよ〜」

「おれだ！　おれにしろ！　クラスで一番足が早いからな。一番うまくやれる！」

陽美が叫ぶ。

「陽美ちゃん……」

「よしさん、ここは、議論している時間はないよ」

深刻な顔をして、幾久世が言う。歯をガタガタと震わせていた。彼女は、感染している可能性があると告げられているのだ。

幾久世は陽美に向かう。

「熱田さん、本当にごめん……。犠牲になって……」

「ああ、わかった。だから、おまえらは生きろよ。絶対、約束だ」

なんで彼女が死ななければいけないのだ。代志子はそう思った。

こんな不条理。許せない。

陽美が死ぬ。陽美が死ぬ。陽美が死ぬ。もう陽美と会えなくなる、しゃべれなくなる。陽美の笑顔を見れなくなる。彼女が全力を込めて走ったあとの笑顔、いつもすてきだった。落ち込んだときに、背中を強く叩いてくれた。直情的だけど、正義感が強くて、本当にいい人。その陽美がなんで死ななければいけないの……。

一方で、自分のなかに、ひどく邪《よこしま》な感情があることも、うっすらと気づいていた。

安堵。死ななくてよくなったことへの安心の気持ち。

気持ちがぐちゃぐちゃになってくる。自分がなにを考えているのかわからなくなる。

気づくと、代志子は泣いていた。眼から静かに、涙がしたたる。

「おーい、よしさん。なーに泣いてるんだ」

陽美がやさしく抱き着く。

抱き着きながら、背中を叩いてくれる。いつもの感触。

「さあ、みんなをつれて、現代に帰るんだ。約束だぞ。おれはもう一仕事しなきゃいけないからなっ」

陽美の腕が離れる。彼女と抱き合うのはこれで最後になる。もう二度と、体温を感じることはできない。

離れ離れになる。永遠の断絶。

「よしっ、リア！　おれは何をすればいいんだ!?」

「いーねー、そのやる気。とりあえず、もうちょっと崖の奥に行ってから爆発しよっか〜。知性ネコの巣は奥の洞窟にあるから、そこ壊せば絶滅させられるよっ」

「わかった。じゃあな、みんな。あっ、そうだ。みんなの銃を貸してくれないか。弾込めする暇もないと思うしな」

陽美はまるでこれからピクニックに行くようにふるまう。四挺の銃を首にかけ、「ありがとな」「世話になった」そんな風にみんなに別れを告げる。

代志子は反射的に陽美の手を握った。温かい、筋肉質な手を。

「行かないで！」

陽美は困ったように笑う。

「だって、離したら……、陽美ちゃんが死んじゃう……」

「よしさん、離せよ」

陽美は何も言わずに、代志子の手を振りほどいた。寂しげな笑顔。

「みんなが元気なら、それでいいんだよ……」

そう言い残して、岩の陰から出ていく。これでお別れなんて、信じられない。何かの間違いだ。嘘だ。嘘だ。嘘だ。

「リアちゃん！　お願い、わたしを爆弾にして！　陽美ちゃんは、死んじゃいけない！　死んだらダメ！」

叫びながら、陽美に追いすがる。

「やめろよ……」

陽美は、背中を震わす。

「やめてくれよ！　最後は笑顔で別れたかったのに、そんなにされたら……、泣いちゃうじゃないか……」

振り向いた陽美は、涙を流していた。音もなく、眼と鼻からしずくが落ちる。前歯で唇をきつく噛み、必死にむせび泣くのを我慢している。

「あーあ、代志子ちゃん、やっちゃったねー。せっかく、陽美ちゃんが決心して美しい去り際を見せたのに、残酷なことするねぇ～。最悪じゃん」

リアの声が頭に響く。最悪。最悪。最悪。その声が何度もリフレインする。

悲しみと絶望と後悔と自責が代志子を刺す。物理的に感じるほどのショック。頭を殴られたようにバランスを崩し、地面に倒れる。

倒れた代志子の体を、容赦なく雨が打つ。

陽美は涙を流したまま、何も言わずに代志子を見下ろしていた。

「なぁーにしてんのさ、陽美ちゃん。早く爆発しに行こうよっ。時は金なり。もたもたしてると、またサルになっちゃうかもよ～」

リアにせかされ、陽美は「ああ」とつぶやくと、代志子に背を向けて、歩き始めた。ときどき、むせび泣くような音が聞こえるが、振り向きはしないまま遠ざかる。

川から発生した霧により、その姿が消えた。

「紅葉さん、立てる？」

気づくと、萌花が手を伸ばしていた。代志子はうなずくが、呆然として手をとることすら忘れていた。萌花に引っ張られて受動的に立ち上がる。

「早くここから離れたほうがいい、下流に向かおう」

「リアちゃんもその意見にさんせーい！　陽美ちゃんが爆発したら、ここも危ないよっ。もう少し下流に離れたほうがいいぞー」

リアの警告により、残されたものたちに動揺が走る。

「それなら、いますぐ逃げなきゃね……。みんな、急ごう！」

代志子は声を張り上げ、歩き出す。叫んでいなければ、気力を失いそうだった。

リーダーという役割にすがりつく。それが、陽美の死から顔をそむける方法だった。陽美の死を忘れるために、叫び、はげまし、指示した。自らの存在をリーダーというキャラクターに捨象《しゃしょう》することにより、さっきまでの現実を否定し、陽美の死から距離をとろうとした。

それは、ごまかしだった。ごまかしでもよかった。さもないと、立っていることすらできなかっただろうから。

だが、自分を完全にごまかすことなどできない。現実から逃げ切ることなどできるわけがない。

その証拠に、代志子の眼からは涙が流れ続けた。

熱田陽美

走る。走る。走る。

陽美は走り続けた。段々と早くなる心臓の鼓動に対応するため、呼吸を激しくする。

走ることは慣れている。いままで、ずっと走ってきた。

幼稚園のかけっこのとき、陽美はいつも一番だった。園の誰も、彼女に追いつける子はいなかった。

運動選手になるという夢ができたのはそのときからだった。以来、高校三年生になるまで、その夢は変わっていない。

オリンピックで金メダルをとる。その大きな目標を胸に秘めて、走ってきた。どんなに苦しくなっても、夢の実現のためだと考えれば楽になった。

いま、その夢は絶対に到達できないものとなった。まさか、こんなことで実現が阻まれるとは、予想もしていなかった。

「――でも、いいんだ。みんなを助けることができるなら」

そう独《ひと》り言《ご》ちる。自分に言い聞かすように。

崖の上から、知性ネコが降りてきた。陽美に立ちはだかるように近づいてくるが、スピードを緩めることなく避けて銃で撃つ。

ごめんな……。おまえたちは、なんにも悪くないのに……。

ネコたちに謝りながら、陽美は走る。

これが人生最後の走りだ。それに気づいて、少し寂しくなる。

走ることは、楽しかった。もちろん苦しみもあった。大会に出て、自分よりもずっとレベルが高い子がたくさんいることを実感させられたときは、胸がぎゅっと苦しくなった。でも、トレーニングを重ねて、練習をたくさんやることで、自分が成長できているのが感じられるようになった。

成長の末に、星智慧女学院へのスポーツ推薦を勝ちとった。みんなに出会えたのも、走ってきたおかげだ。

人生の最後に、すばらしい仲間に出会えて、本当に良かった。クラスのみんなの顔が目に浮かぶ。性格も印象もみんなバラバラだけど、それぞれかけがえのない十七人。できることなら、もっと仲良くなりたかった。もっと話して、遊んで、騒ぎたかった。

柔らかな日の光を感じる。いつの間にか、雨がやんでいた。

スポットライトのような光が頭上から放たれていた。天井の穴を通して、日光が丸く切りとられている。

川が光を反射してキラキラ輝く。荒涼としたところだと思ってたが、案外、きれいな場所だったんだな。

ネコたちも、光を浴びて輝いていた。崖の奥に行くにつれて数が増えているようだ。

ハイハイと二足歩行の中間のような不器用な歩き方をしているので、速度は鈍く、ほとんど脅威にならない。囲まれても、二挺の銃でなぎ払いながら弾を撃ち込めば力押しで進める。最初はどす黒い血が頭からかかることに吐き気を感じたが、すぐに慣れた。もうじき死ぬというときに、そんなことを気にしてもしかたがないだろう。

ただし、水は何度もかけられた。ネコたちは骨で作った原始的な水鉄砲みたいなもので持ち出し、悪臭を放つ黒い水をかけてくる。寄生虫に感染させようとしているのだ。できるだけ、口や眼に入らないように気をつけていたが、なんだか熱っぽく感じる。心なしか筋肉が痛い。ひょっとすると……。

「おい、リア！　調べてくれ。感染してるのか⁉」

「はいはーい！　ドクターリアちゃんの診断だよー！　ありゃー、こりゃ感染しちゃってますねー」

「症状が出るまでに、目的地に着けるか？」

「このペースならよゆーよゆー」

「なら、いいな」

もうすぐ消える体なのだ。思う存分、寄生すればいい。

十分に水をかけたと判断したのか、ネコたちは戦略を変えた。無理に陽美に近づくことはせず、岩の間から遠巻きにして観察している。症状が出るのを待って襲いかかるつもりだろう。かえって都合が良い。

ごごごごごご。遠くの方で轟音がした。陽美が奥へと進むにつれて、音が大きくなっていく。

「あそこを曲がれば目的地に到着だよっ!」

崖がカーブしているところを曲がると、壮大な景色が見えた。

すごい量の水が上から降ってきている。滝だ。高さはちょっとしたビルくらいはあるだろうか。落ちた水が集まる滝壺は小さな池のようになっており、そこから、川が流れ出している。水音はゴウゴウと鳴り響き、陽美の体を揺さぶる。だいぶ離れたところにいるのに、水しぶきが顔にかかる。

「陽美ちゃんの死に場所はここでーす! 滝の裏に洞窟があるでしょ。そこがネコの巣だよー」

たしかに、滝に隠れるように岩に大きな穴がある。穴から、無数の光る眼がこちらを向いていた。倒れたら、いっせいに襲いかかろうとにらんでいるのだろう。

太陽の光がおだやかに降りそそぎ、水しぶきには虹が浮かび上がっている。平和な場所だ。

「さてさて、それじゃー爆発しちゃいましょー。こーんなキレイな場所で死ねるなんて、陽美ちゃん幸せだねっ」

そうか、死ぬのか。このすぐあとは、永遠の無。二度と何も感じることはないのだ。

「世界初の『反物質で自爆してみた』いってみよー！　カウントダウン開始！」

大丈夫。怖くない。怖くなんかないぞ。寝るのと一緒だ。心地よい暗闇が広がり、意識がなくなる。ただ、それだけなんだから。

「ごー、よん」

自分が死ぬのはいい。けれど、残された人は悲しく感じるだろうな……。

「さん、にー」

お母さん。お父さん。ごめんなさい。一人娘が死んだら、寂しくなっちゃうよね……。

「いち」

閃光。


万物根源から、情報が送られてくる。反物質の情報だ。未来とエンタングルメントした陽美のＤＮＡに、情報が供給される。電荷が反転し、反ＤＮＡへと姿が変わる。プラスの電子とマイナスの陽子を持つ反炭素原子で構成された反ＤＮＡ。

反ＤＮＡは、瞬時にＤＮＡと触れ合い、反応する。プラスとマイナス。反対の電荷を持つ電子同士、陽子同士が接触し、消滅する。完全に無になったわけではない。エネルギーに変換されたのだ。物質はエネルギーであり、エネルギーは物質だ。物質が消えるとき、同等のエネルギーが放出される。アインシュタインの方程式$E = mc^2$に従って。エネルギーは、質量と光速の二乗の積に等しい。消えた質量はわずかなものだったが、結果として、膨大すぎるエネルギーが誕生した。陽美を殺すには十分すぎる量のエネルギーが。

最初に陽美を殺したのは、ガンマ線だった。電子と反電子が衝突することにより、最もエネルギーが高い電磁波――ガンマ線が放出される。ガンマ線は宇宙最速のスピード、光速で陽美の体を切り刻む。

人体の七十パーセントは水である。そのため、ガンマ線が最初に衝突した分子のほとんどが水分子――酸素原子と水素原子の複合体――であった。ガンマ線が原子と衝突すると、原子核を回る電子にエネルギーを与えて外側の軌道に飛ばしたり、原子の外へと投げ出したりする。前者を励起、後者を電離と呼ぶ。励起や電離した原子は非常に不安定であり、自らを安定化させようと光やX線の形でエネルギーを放出する。

陽美は光り輝いていた。ガンマ線やX線などのエネルギーの高い光も出していたが、可視光でいえば紫色に光っていた。可視光のうちで最もエネルギーの高い紫色の光であたりを照らしていた。神秘的な光だ。

ガンマ線が放出されたすぐあと、パイ中間子《パィオン》の形成が始まった。陽子と反陽子の反応は電子と反電子の反応のように単純ではなく、多くの二次粒子を形成するが、そのほとんどがパイオンである。陽子はクォークと、それを結びつけるのりの役割をするグルーオンという基礎的粒子により構成されている。反陽子の反クォークは、完全に陽子と反応して消滅せず、グルーオンと結びつきパイオンに変換されるのである。

パイオンは光速の半分のスピードで陽美の体を進んでいく。もちろん、巨大なエネルギーを秘めているため、陽美を形作っている原子を励起し電離していく。その過程で細胞は完膚《かんぷ》なきまでに破壊されるが、すでにガンマ線が陽美に不可逆的な死をもたらしたあとだ。

パイオンは非常に不安定な粒子だ。その姿を保ち続けることができるのはわずか二十六ナノ秒にすぎない。その寿命の間に、パイオンは陽美の体を飛び出し、四メートルを進んだ。寿命に達したパイオンは、電子やニュートリノやガンマ線に変わり、その生涯を終える。

ガンマ線とパイオンは行く手にある原子へエネルギーを与えながら爆進した。エネルギーを与えられた原子からも、副次的な光が出現する。そのような二次三次四次の玉突きが繰り返されたのち、最終的に陽美の体はとてつもない温度に達する。煌々《こうこう》と紫色に光り輝く熱の球が陽美を呑み込む。火球だ。

火球に包まれた陽美はガスとなり、さらに、原子核と電子がはがされプラズマとなる。火球は膨らみ続ける。わずか〇・二秒後には三百メートルへ成長する。陽美が立っていた地面は燃え、ガラス状の沸騰する液体となる。滝は下から爆発しながら蒸発していく。あまりにも蒸発するスピードが早いため、水蒸気爆発を起こしているのだ。

ガンマ線と熱は、ネコたちにも襲いかかった。ネコたちが立ったまま燃えていく。ネコが融ける。ネコが蒸発する。ネコがプラズマ化する。消滅したネコがいたところには、持ち主のいなくなった黒い影だけが残る。

火球にさらされると、岩でさえ燃える。電離した空気が放つ紫色の光を、燃える谷から出るオレンジ色の光が覆う。岩に隠れていたネコたちも、鉄板の上の焼き肉のように熱される。逃げ出したくても、肉が融けて接着剤をつけられたように岩から離れない。足や尻の肉が壊死《えし》して、炭化していく。

火球が成長するスピードは、当然のことながら音速を超えた。押された空気は、逃げることができずに圧縮され続ける。幾層もの空気が重なり合い、物理的な力を持って広がり始める。衝撃波の形成だ。

爆発から一秒が経ち、火球は冷え始める。光の波長が長くなり、紫色からコバルト色、オレンジ色、赤色へと変動する。代わりに破壊の役割をバトンタッチされたのが、衝撃波だ。

熱によって自然発火したネコたちは、巨大な手で持ち上げられるかのように、衝撃波で飛ばされた。燃えたネコが嵐のなかの木の葉のように空を揺らめく。燃えてもろくなったネコの体が、空中でバラバラに吹き飛ばされる。

衝撃波にさらされ、果物の皮がむかれるように地表がはがれていく。巻き上げられた途方もない量の土砂が光を遮り、あたりは暗闇に支配される。砂の一粒一粒が銃弾よりも速く飛び交い、十二分に肉体を破壊できる凶器となる。

陽美が立っていたところには、直径百メートルのクレーターが誕生した。衝撃波の破壊力はそれだけではすまされない。爆発によって押された地面は、波のように揺れた。地震である。マグニチュード六相当の地震波が陽美の死に場所を中心として地面を伝わっていく。谷は揺れ、いたるところで土砂崩れが発生する。

衝撃波はクレーターと地震を作り上げただけでは消えない。地面に激突しながらも、余ったエネルギーは反射する。反射した衝撃波はもとの衝撃波と一緒になり、破壊力は二倍となる。

炭になったネコたち、まだ燃え残った死体、土砂や石などが煮えたぎる川の水と混ぜ合わされ、黒々としたミックスジュースとなる。ジュースは、衝撃波に押され、壁のように高くなり、秒速二百メートルのスピードで走っていく。

もちろん、知性ネコの大部分が住み着いていた洞窟にも破壊の波が襲った。洞窟深くに潜み、ガンマ線と熱線から逃れたネコにも、衝撃波が襲いかかる。狭い洞窟に衝撃波が入ると、いたるところで空気の渦ができた。いわば、ミニ竜巻だ。渦によりネコの体はクルクルクルクルクルと回る。遠心力で肉が引き裂かれ、土砂が混じった赤黒い液体が洞窟の壁を染める。衝撃波でも生き抜いたネコたちには、今度は酸欠が襲う。燃焼により酸素がなくなり、のたうち回りながら窒息死する。それでも死ななかったネコの上に、岩が落ちてくる。地震で洞窟が崩壊したのだ。

爆発から三秒が経ち、火球は丸みをなくす。熱せられた地面からの上昇気流に乗り、柱のように上空へと上っていく。その柱めがけて、火と煙と砂埃と死体が吸い込まれていく。爆発により空気が押し出されたことで、爆心地が真空状態となり、その反動で吸収が起こったのだ。

やがて、火球は赤から白へと変わり、成層圏にまで上る巨大な煙の柱が姿を現す。柱はあるところで天につかえたように止まり、横へと傘状に広がっていく。

キノコ雲だ。

この爆発で、知性ネコは全滅した。やけどを負いながらも生き抜いたネコはいたが、種が存続できるほどの個体数には達することなく行き倒れた。その死体は、自らが家畜化していたボロファグスたちにむさぼり食らわれた。

知性ネコの絶滅は、その後の宇宙の歴史を大きく変えた。本来ならば、北アメリカ大陸を中心にして、百万年ほどかけてベーリング陸橋からアジアへ、アジアからアフリカへと広がり、地球上のすべての哺乳類を家畜化して知性ネコによるグローバルな肉食文明が成立するはずだった。だが、その文明は最初の段階ではかなくも消え去った。

知性ネコがアフリカへと進出することで、その地域にいた大型の霊長類をも家畜化するはずだった。家畜化によって脳が縮小し、恐怖という概念のない餌にもってこいの生物が品種改良されるはずだった。その事実はなかったことになった。知性ネコは北アメリカから出ることはなく、アフリカに到着することもなかった。

知性ネコがアフリカにたどり着かなかったことにより、大型霊長類は独自の進化を始めた。直立二足歩行を開始し、自由になった前脚を使って物を運んだ。やがて、親指が器用に動かせるようになり、石を打ちつけて武器や道具を作った。他の動物が恐れて近寄ることのない火も操れるようになった。

それからおよそ五百万年後、両極の氷河が広がり、地球規模での寒冷化が訪れた。厳しい気候のなか、いくつもの種が絶滅していった。アフリカから進出した大型霊長類たちにも危機は訪れたが、なんとか持ちこたえ、その勢力を拡大していった。

その動物はこれまでにない能力を獲得していった。個体間でのコミュニケーション手段、言語だ。言語というシステムが誕生したことにより、一世代で捨てられた知識は永遠に保存されるようになった。その動物は時間から少しだけ自由になったのだ。現在の束縛を逃れ、過去と会話することができるようになった。

言語能力は、物語《ストーリー》や虚構《フィクション》を作る能力へと進化していった。物語や虚構から、社会システムが発生し、これまでにない大集団での協力が可能となる。

その動物たちは、いくつかの種へと分岐したが、極端な寒冷化が終わる時代になると、ひとつの種だけが生き残っていた。その種はアジアから北アメリカへ、北アメリカから南アメリカへと進出し、全世界へ拡大していく。

やがて、その動物は、お得意の言語能力を使い、自らを名づける。知恵《ホモ・サピエンス》のある人と。

空上ミカ

川の水を飛ばしながら、どうぶつ戦車が走る。

ミカたちは、下流へと逃げていた。

間近に迫った陽美の反物質爆発を避けるため、爆心地からできるだけ遠くに行かなければならないのだ。

陽美と別れたあと、一行は、小さな滝のところまで走り、戦車に飛び乗った。

桜華はトキソプラズマ感染で魂が抜けたようだったが、誘導すれば付いてこられるらしく、しおりが肩を組んでいる。

「陽美ちゃん……陽美ちゃん……、うう、うぅぅぅぅ」

代志子が声を押し殺しながら泣いている。

クラスメイトが死ぬのはミカにとってもショックだったが、正直なところ泣き出すほど悲しいわけではなかった。陽美とはそれほど親しかったわけではない。記憶にある限り、三回くらいしか話したことがない。ミカは彼女の人格について何も知らなかった。暑苦しい体育会系というカテゴリーに入れるのがせいいっぱいだ。彼女が死んで受ける衝撃は、せいぜいテレビに出てくる有名人が死んだくらいだ。むしろ、自分や早紀が犠牲にならなくてラッキーという感情すら心のなかにあった。もちろん、それは表に出さない。みんながしているように、暗い表情を形作る。

ミカの心配事は別にあった。反物質爆発だ。本当に、安全な距離まで逃げられるのだろうか？　なんていったって、反物質だ。物質と反物質の対消滅は、宇宙で最も効率が良いエネルギー解放手段だ。その爆発から、戦車で走って数キロ離れたくらいで安全圏に入るのだろうか？

「はははは！　ミカちゃんビビりすぎー。変換する反物質は一グラムにも満たないから、エネルギーは広島型原爆くらいだよー」

原爆くらいの爆発が起こったらやばいじゃないか！　本当にこのＡＩ、信頼できない。リアに文句を言ったところで、からかわれるだけだ。ミカは口をつぐみつづける。誰も口を開かない。泣き声と戦車が動く音だけが峡谷にこだまする。

雨はやみ、太陽の光が降り注ぐ。心地よい乾燥した風が谷に流れる。平和な風景だ。あとちょっとで反物質爆発が起こるなんて考えもできないだろう。

「へい！　あてんしょんぷりーず！　そろそろ、爆発の時間だよー。ここで、リアちゃんから貴重なアドバイス。爆風に飛ばされないため、地面に伏せよーねっ」

もうタイムリミットなのか。戦車に乗って数十分くらいしか走っていない。これで十分な距離を稼げたのだろうか。

とにかく、安全な場所を探さなければ。爆風をしのげそうな遮蔽《しゃへい》物があれば、なお良い。川から離れたところに、家ひとつ分くらいの巨大な岩が転がっている。何千年、何万年も昔に洪水があって運ばれてきたのだろう。あれを盾にすれば、爆風がきても大丈夫そうだ。

ミカたちは、岩の陰に隠れた。十七人が集まり、側面に戦車を停める。

「さてさて〜、陽美ちゃんのほうも用意ができたみたいだし。世界初の『反物質で自爆してみた』いってみよー！」

リアがカウントダウンを開始する。ミカには、まだ心の準備ができていなかった。あまりにも、一方的すぎる。

みなも戸惑っているようで、どのように爆発に対応するのかわかっていないようだ。顔を見合わせて、おずおずと、しゃがみ込む。

そうじゃない。爆風に対応するために、耳を塞いで伏せないと！

そのことをみんなに伝える間もなく、閃光が放たれた。

いきなり間近でヒーターがつけられたように、皮膚がヒリヒリする。地上にもうひとつ太陽ができたかのようだ。すべての影が細長く伸びていく。

光に集まる昆虫のように、純華が立ち上がろうとしていたので、あわてて腰を引っ張る。

「ダメダメダメ！　衝撃波がくるから、伏せて……」

ガガガガガガダンガダンガダンガダン！　谷に轟音が響き渡る。少し遅れて、地面が揺れていることを察する。地震だ！

そうだ。地中は空気中よりも波が伝わるスピードが速い。衝撃波の前に地震波が到達するのだった。広島型原爆並みというから、すっかりそのことを忘れていた。広島では、空中で原爆が爆発したから地震はなかった。今回は、地面で爆発が起こったのだ。

ミカがこれまで経験した最も大きな地震は東日本大震災であったが、彼女がいた地方では震度はせいぜい五弱くらいだった。今回はそれを大幅に上回っている。揺れているというよりも、巨人の手で直接揺さぶられているようだ。恐怖のあまり笑い出してしまいそうになる。もはや、人間としての尊厳はない。地震の前では、知性があろうがなかろうが、地面の上で転がる物体にすぎない。

周りで悲鳴が上がる。ミカの口からも悲鳴がもれた。怖くて怖くてたまらなかった。命の存続という生の絶対条件が保証されない状況だ。

やっと、揺れが収まったかと思うと、頭を殴られたような衝撃が走る。全速力で走っているときに見えない壁に当たったようだ。砂利が巻き上がり、眼や口に入ってくる。空が暗黒に染め上げられる。焼けた煤《すす》の臭いがする泥が降ってくる。

脳のなかでジーンと反響音が聞こえる。ゴゥンゴゥンゴゥンと巨大な何かが動く音が頭上から響く。爆風だ。あまりにも風の勢いが強いため、そこに物理的な実体を見てとってしまったのだ。

瞬間、爆風が止まったかと思うと、今度は逆向きに吹き始めた。ミカの体は岩に投げつけられた。皮膚に砂利が当たり、痛い。血が出ているのを感じる。風に胸が押されて、息ができない！

一瞬のような、ひどく長いような苦しみのあと、ミカは眼を開けた。さっきまでの轟音が嘘のように静まり返っている。口のなかにじゃりじゃりとした感触があり、あわてて吐き出す。

平和な風景は一変していた。穏やかに流れる川は消え去り、黒い泥が広がっている。木の枝が折れ、自然発火してくすぶっている。ただ、空だけは地上で起こったことなど我関せず、いつも通り青い。

クラスメイトたちがしゃべり始めるが、泥をかぶり顔が汚れており、誰が誰かもわからない。

「みんな、大丈夫？　お願い……、もう、誰も死なないで……！」

泥だらけの人物がそう言いながらみんなの無事を確認している。声の調子からして代志子だろう。

ミカは自分の体を手で探った。首元に、血がにじんでいる。出血はそれほどではない。小石が当たってかすり傷ができたのかもしれない。いずれにしろ、心配するようなものではない。他の十六人も無事のようだ。

青い空と白い山脈を背景に、燃える煙が上ってきた。雨雲のような灰色の煙のところどころに、オレンジ色の炎が光っている。

雲は、塔のようにまっすぐ天高く伸びる。てっぺんは、大きく膨らみ、傘状になっている。

教科書で見たキノコ雲とそっくりだ。壮大な、恐ろしい光景。

あの雲の下で陽美が死んだのか。

「まっ、これで、めでたしめでたしだね〜。陽美ちゃんの尊い犠牲の上に、ヒトの進化史は守られたのであった。ハッピーエ〜ンド！」

黙り込むみんなのなかを、リアの白々しい声だけが響く。

「ごくろーさん。大進化どうぶつデスゲームはヒト宇宙の勝ちだよっ。これでみんなの世界は生き残ったぞー。わーい！　わーい！」

もちろん、祝う雰囲気にはならない。沈鬱な空気がひたすら流れるのみ。人が死んだあとの空気。若い友人が、不条理な死を遂げた直後の空気。やり場のない怒りと悲しみが場を支配する。

嫌な空気を切り裂くように、遠くから低い音が響いてきた。上流から伝わってきているようだ。段々と、大きくなってくる。

「リア！　この音は何⁉」

悪い予感がしてミカは聞く。

「これは鉄砲水だねっ。陽美ちゃんの爆発で天然ダムが決壊しちゃったみたい〜」

「やばいんじゃない⁉」

「リアちゃん予報によると、水かさはさらに増えるでしょう。速やかな避難が必要です。さもないと、溺死《できし》します」

悪い冗談のように、急にアナウンサー口調になるリア。

みるみるうちに、水が増えてきた。消えていた川が復活する。ただし、元のような澄みきった流れではなく、黒々としたグロテスクな川だ。

泥のなかに、死体が浮かんでいる。苦悶の表情を浮かべるネコの死体。皮膚が焼かれぺろりとめくれているネコの死体。体の半分を失い、筋肉が露出して揺らめいているネコの死体。どの死体も、早々と蝿の大群がまとわりついている。鼻の奥を悪臭が刺す。

水の勢いはさらに強まり、元の川幅を大きく越した。平地であったところが、あっという間に水没する。ちょっと前にあった豪雨災害のニュース映像を思い出す。

ミカたちのいるところにも、水が押し寄せる。生ぬるい感触を足に感じ、あわてて遮蔽物として使っていた岩に上がる。

生存者たち十七人は、岩の上に逃げたが、周囲はたちまち黒い水で囲まれる。逃げ場はない。四方を急な流れが支配する。

大きな岩だったが、それでも高さが足りない。水かさが衰える気配はない。このままでは、逃げ場はなくなる。溺死だ！

「おい、リア！　どうすれば助かる⁉　助けてくれ！」

恥も外見もへったくれもなく、ミカは叫ぶ。

「はぁー、さんざん文句言っていざというときは助けろって、都合良すぎってやつじゃないかなっ？　頑張ればなんとかなるでしょ」

「そんな無責任な！　こんなところに勝手に連れてこられて、死ぬなんて嫌だ！」

「キミたちが死のうがどうデスの勝敗にはもうカンケーないから、助けてやる義理ないんだけどー。まっ、助言はしてあげるよ。困ったときの、どうぶつ戦車だよ。戦車の脚はヤモリの遺伝子を利用してるから、ファンデルワールス力でどんな斜面でもすいすい登っちゃうんだ！　あれを使えば、溺れる前に崖を登れるんじゃない？」

ミカは戦車を探した。岩のすぐそばに停めてあったはずなのに、なくなっている。

「おい！　あれ！」

誰かが怒鳴り声を出す。教えてもらわずとも、ミカはわかった。戦車が四体とも、濁流に流されている。

とっさに、思念を送り、戦車を操った。サーベルタイガーとの戦いでわかったが、少し離れていても操縦できる。

だが、離れれば離れるほど、操るのは難しくなる。戦車の脚は、水に呑み込まれ浮いていた。泳がせて、水流に逆らわせる。

四体すべてを同時に操ろうとすると、頭が混乱してしまう。水の勢いで戦車の向きは変わり、近づけるためには方向を調整しなければいけない。

「誰か！　手伝って！　戦車を操縦して！」

ミカが叫ぶ。その意味を瞬時に悟ったのは、代志子と早紀だった。

二人の協力により、ミカの負担が軽くなる。戦車を崖に近づけ、斜面に脚を固定させる。他の戦車も、同じように停まる。

これで一安心というわけにはいかない。みなが立っている岩と、戦車が停まっている斜面との間には、濁流が走っている。その距離およそ三メートル。高低差は二メートルくらいある。水の勢いは増しており、これ以上戦車を動かすと、かえって流されてしまうだろう。

「みんなどうしたの？　こんなのカンタンでしょ」

小夜香がジャンプした。きれいな放物線を描き、戦車にたどり着く。オリンピック選手を見ているようだ。

「小夜香ちゃんのいうとーりだよっ。なんのためにキミたちの肉体を強化したと思ってるのかなー？」

リアの言葉で、みなはおずおずと、顔を見合わせる。

最初に動いたのは、あゆむだ。小柄な体が素早く飛ぶ。戦車の上で少し滑ったが、小夜香が腕をつかみ、落下は防がれる。

「ほら！　こっちきてみてよ！　受け止めるからさ！」

小夜香の声に、月波が反応する。

「うわぁあぁぁぁぁあああぁ！」

と高低を激しく変調して叫びながらジャンプする。空中で手足をバタバタさせ、とてもきれいなフォームとはいえないが、戦車までたどり着く。

「うわぁ！　落ちる！」

バランスを崩して倒れそうになるが、小夜香が抱きつき、支える。

「ははは っ、ルナっちおもしろいね！」

それを見て、みなの決意が固まったようだ。後に続く者が現れる。続々と、ジャンプしていく。

「桜華ちゃん、大丈夫？　跳べる？」

感染して、焦点が合っていない目をしている桜華に、代志子が聞く。

桜華はぼぉーっとした様子で、声が聞こえていないようだったが「跳べる……」と返事した。

「桜華さま、つかまってくださいね」

しおりが、桜華の右肩を支えた。代志子は左肩を支える。

「じゃあ、いちにいさんで飛ぶよ！　いい？　いち、にい、さん！」

代志子がカウントを取って助走する。話を聞いていないように思えた桜華だが、一緒に走り始めて、タイミングよくジャンプした。

気づけば、岩の上に残ったのはミカだけだった。跳ばなきゃいけないということがわかっているのに、濁流を見ると、二の足を踏んでしまう。

「空上さん、早く！」

戦車の上から、早紀が叫ぶ。

水量が増している。戦車がその場に留まることが難しくなる。

「約束する！　受け止めるから！」

早紀は両手を広げる。その顔には、固い決意が浮かんでいた。

大丈夫だ。早紀が言うならば、間違いはない。

「わかった！　ありがとう！」

そう返事して、助走する。

戦車までの距離は、思ったより遠く、高い。こんなところ跳べるのか？　思わずそんな疑問が頭によぎってしまう。

抱くべきではなかった疑問だ。

ほんの少しの躊躇が、踏み切りのタイミングをずらす。足と足がぶつかってしまい、十分に地面を蹴ることができないまま、跳んでしまう。

もともとの肉体に比べれば、とても強い力だ。けれど、十分ではない。

ミカは、空中で、そのことをはっきりと認識していた。戦車の手前の濁流のなかへと落ちてしまう軌道が、ありありと頭のなかで描かれた。

「空上さん！」

早紀が手を差しのべる。すらりとした、長い腕を。

ミカも空中で、手を伸ばす。早紀の指先に触れる。

するり。

あっけなく、二つの手は離れる。

体全体が、水面に衝突する。水しぶきが広がる。

さっきまで、他人事だった死。それが突然自分に降りかかってきたのだ。

予想だにしない、準備もできない死が。

ミカは、ただ、呆然としていた。絶望する余裕もなかった。

現実感がなかった。何かの冗談のようであった。ひどく作り物めいていた。

彼女の感覚とは裏腹に、現実はここに存在する。ミカは死への瀬戸際にある。濁流にのみ込まれ、溺死する寸前にある。

流れが自分を押しているとわかる。抵抗することができない力で、流されている。早紀の手がどんどん遠くなる。

一瞬で、戦車は見えなくなる。上流へと泳ぐという発想が出る前に、渦がミカを水中に引き込んだ。

まわりにあるのは、水水水水水ひたすら水。

水が口から鼻から侵入してくる。吐き出すこともできない。拒否することはできない。

苦しい！　苦しい！　空気が欲しい！

細胞から酸素が奪われる。全身の肉体が、苦痛の声を上げる。

酸素不足に一番弱いのは、脳だ。神経細胞が寸断され、情報処理ができなくなっていく。

意識がもうろうとする。ミカは、自分がどこにいるのかわからなくなる。自分が誰であるのかもわからなくなる。自分が存在することすらもわからなくなる。

存在と非在のあいだを、彼女の意識はゆらゆらと揺れる。

ぐぎ！

そこに、猛烈な感覚が侵入してくる。痛みだ。

背中に、痛みの線が走る。

だが、それは祝福だ。痛みにより、意識を取り戻した。

ミカは、水面を目指す。陽の光がちらつく水面を。

暴力的な水から、逃れ出る。清涼な空気が、喉をうるおす。

「かぁはぁっ……、ぐはぁっ……」

ミカはせき込みながらも、救いの空気を吸い込む。

少しずつ、周囲の状況がわかってくる。

自分がいるのは、湾曲している崖の内側だ。岩が突き出ており、そこに引っかかって濁流に流されずにすんでいる。

どこまで流されたのは、わからないが、見える範囲に戦車はない。

背中に手をやると、血の感触がした。岩と衝突して傷ができたようだ。アドレナリンのせいか、痛みは薄い。

安心はできない。水量はいまも刻々と増加している。このままでは、溺死してしまう。逃げないと！

生きたい！　死にたくない！　もう二度と溺れるのは嫌だ！　そんな思いだけで、やみくもに崖に手をかけ、登りだす。

ロッククライミングのやり方など知らない。ただ、岩の凸《とつ》部分に手を置き、全身の力を込めて体を持ち上げる。その繰り返しだ。

死ぬ気を出しているせいか、はたまた肉体を強化しているからなのか、意外とすいすい体が上がっていく。

だが、ある程度まで登ると、自分が何をやっているか気づいてしまう。ほぼ垂直な崖を、命綱なしで登っているのだ。背後は荒れ狂う川であり、手が滑ればまっさかさま。死が背後まで迫っている。

体が固まる。ちょっとでも動くと、落ちてしまいそうに思えてくる。口のなかが乾いて喉が痛い。肉体の深いところにある筋肉から震えが湧き上がってくる。震えでバランスを崩してしまうとわかっているのだが、その察しがさらなる恐怖を産む。手を動かすことすらできない。力を入れると、手が暴走するようにビクつく。

絶望感が急速に充満する。その感覚は精神だけでなく、肉体をも襲う。ミカの口は「へ」の形に曲がる。

仮に、崖を登ったとして、それがどうにかなるのか。死ぬまでの猶予が、数時間ほど延びるだけではないか。もう、どうぶつ戦車は行ってしまったのだ。戦車なしではタイムポータルにたどり着けない。現代に帰ることはできず、餓死するか、動物の餌になるだけだ。誰も助けになんかきてくれないだろう。

「うぅぅっ……あぁぁ……」

みっともなく、声を上げて泣いてしまう。涙をぬぐうこともできない。涙が涙が次から次から次へと出てくる。目が痛くなり、視界がぼやける。

孤独。圧倒的な孤独。ひとりぼっち。水の音が聞こえるだけ。声をかけてくれる人はいない。なにかしていないと、絶望で胸がいっぱいになってしまう。泣きながらも登る。岩が手のひらを突き刺す痛みが、なんとかミカの精神を保っていた。

十分ほど登ると、崖に岩の凹《へこ》みを見つけた。小さな洞窟状になっており、体を休める広さはある。

四つん這いになって、息を整える。驚いたことに、これほど筋肉を酷使しても、疲労を感じない。むしろ、運動すればするほどパワーがあふれるような気がしてくる。この肉体が改造されたものだと如実にわかる。

ふと、揺れを感じた。陽美が爆発したときと同じように、地震が起こっている。まあまあの大きさだ。震度四くらいだろうか。

　そういえば、いまいるアメリカ西海岸付近は、地震がよく起こるところだった。サンアンドレアス断層を筆頭に、大小さまざまな活断層が縦横無尽に大地に走っている。反物質爆発で、断層のひとつが刺激されて地震が誘発されてもおかしくはないだろう。

　揺れが大きくなる。ミカは身がまえたが、すぐにおさまる。

「ふう」

　一息をつく。とりあえずは安心だ。そう思った。

　手の上に、それが落ちてくる前までは。

　それは、揺れが収まりかけたときに現れた。ゴトッ。何気ない音をたてて、気づけば目の前にあった。

　大きな黒い岩だ。おおよそ、人の半分くらいの大きさはあるだろうか。

　ふと、右手が視界から消えていることに気づく。腕の先にあるはずの右手がなく、そこには巨大な黒い岩がある。

　ミカの頭のなかで、言葉にできない叫びが鳴り響く。「やばい、やばい」という警告。同時に、何がやばいのか絶対に気づきたくないという相反する欲求も。

　右手があったところを、よく見る。皮膚が広がっている。本来、手の形を保っていなければいけないはずの皮膚が、びろーっと粘土のように広がっている。

岩は、ミカの右手を完全に押しつぶしていたのだ。

「あああああああああああああああああああああ！」

自分の状況に気づいてしまったことがトリガーになったように、激痛が走る。あんまりにも痛すぎて、痛いということしかわからなくなる。意識すべてが痛さで満たされる。

左手で岩を叩くが、何も変化はない。体勢を変えて足で蹴ってみるが、コンコンと虚ろな音がするばかり。

「あああああ！　いやだぁ、いやだあああああああ」

なんとかして痛みから解放されようと、頭をハンマー代わりに岩へと振り下ろす。眼の前に火花が散って軽く擦りむくが、それでも、途方もない痛さに比べればほぼ無視できる。

「ウソだウソだウソだウソだ……、そんなぁ……、そんなぁ……」

右手を引いてみるが、さらなる激痛が生じて、すぐにやめる。

「ああ……、ダメだ……、ダメ……、ううううぅぅぅ……」

腕を動かすのをやめると、しばらくして激痛は引いていった。代わりに感覚が麻痺していく。右手首から、触覚が盗まれたようだ。世界から右手が消えてしまった。右ひじから先が、筋肉ではなくゴムにつながっているようだ。

岩の下に見える伸びた皮膚は、すでに黒ずんでいる。トマトが腐るように、柔らかくなって、すべての絵の具を足し合わせたような嫌な色で満ちる。気のせいかもしれないが、腐ったような臭いまでしてくるようだ。

たぶん、もう、神経は死んでいるのだ。危機感を抱かなければいけないはずなのに、ホッとする。神経がつながっていれば、激痛がとめどなく続いたはずだ。まだ、気持ちの悪い無感覚状態のほうがマシだ。

神経が切れているとすると、もう手は終わりだろう。崖下では濁流の音が続いている。岩に拘束されたままだと、遠からず溺れ死んでしまう。

生きるためには、手を切断して脱出するしかない。

最悪、手はどうでもいいのだ。どんなに大きな怪我でも、生きてタイムポータルにたどり着ければ、精神はオリジナルの体に戻る。

片手でタイムポータルまで帰れるとは思えない。けれど、クラスメイトたちが助けてくれるかもしれない。

切らなければ、生存率はゼロだ。

ミカは左手でポケットからナイフをとりだす。利き手ではないため、落とさないように慎重に扱う。

銃があれば、簡単に腕を撃ち抜けたかもしれないが、あいにく、陽美にあげてしまった。この小さいナイフで腕を切るしかない。

刃先で皮膚をなでる。細い、赤い線が現れる。血がしずくになって落ちる。

腕を切るなんて、どうやればいいんだ？　一気に刺すべきか、ちびちびと削っていくべきか。

だいたい、無事に切れたとして、右手がないまま崖を登るなんてことができるのか？　たいして親しくもないクラスメイトたちが救助にくるなんて、ありえないのでは？　怖い。どうしようもなく怖い。

ミカはナイフを皮膚に当てたまま、ためらっていた。「あー」とか「うー」とか、うめきが口からでてきて、いっこうにナイフが動いてくれない。

できない……。どうやっても、自分の肉を切れないのだ。そんな勇気が出ない。力が抜け、ナイフが地面に落ちる。結局、ここで死ぬんだ……。誰にも看取られることなく、独りで、死ぬんだ。

お似合いかもしれない。いつも図書室で本ばかり読んで、好きになった人にも気持ちを伝えられない自分は、薄暗いところで寂しく死んでしまうのが似合っているのかもしれない。

ミカはすべてをあきらめようと、眼を閉じた。

そのとき。

「空上さん！」

まぶたを開けると、シルエットが浮かび上がった。長い栗色の髪の毛が、光で輝いている。白い肌。美しい顔。

天使……。いや、それ以上の存在。

八倉巻早紀がそこにいた。

杠葉代志子

「空上さん！」

早紀が叫んだ。

岩から飛んだミカは、戦車に届かずに、濁流へと落ちていった。

ミカの姿は消えていた。荒れ狂う流れが一瞬で彼女を消し去ったのだ。

伸ばした手を呆然と見つめる早紀。

「そんな……」

早紀はつぶやく。

「助けに行かなきゃ！」

早紀が操縦する戦車がビクリと動いた。同乗者が悲鳴を上げる。濁流へと突入しようとしているのだ。

「やめて！」

代志子は、思念を割り込ませ、戦車をストップさせる。

「早紀ちゃん！　いまは脱出を考えよう！」

「そうね……、ごめんなさい……」

早紀は唇を噛みしめながら、下流を見つめる。いまにも水没しようとしていた戦車は、なんとか持ち直し、崖を登る。

「ミカちゃんは絶対に助けるから！　まずは安全なところに！」

代志子はそう宣言し、戦車を崖に向けて動かす。

戦車の脚がぞわぞわと動き、オレンジ色の岩を這う。一見頼りなさそうな細い脚だが、岩を滑ることなく前進する。

「みんな、つかまって！」

車体が激しく傾く。右手で、戦車の背のこぶを握りしめ、左手で、もうろうとしている桜華を抱きしめる。

他の戦車たちも、代志子の後に続く。

少女たちの悲鳴がこだまする。戦車の脚が岩をひっかくガサガサという音が大きくなる。

四体のどうぶつ戦車が、ゆっくりと上昇していく。十六人の少女たちは、戦車の背に必死にしがみついていた。

手に痛みが走る。充血して、赤くなっている。だが、代志子の頭にあるのは、みんなのことだった。これ以上、誰かが死ぬのは、絶対に嫌だ！　生きて帰らなきゃ！　もう、仲間が死ぬのは見たくない！

ミカが心配だった。きっと、苦しい思いをしているのだろう。いますぐ助けに行けないことで、心が痛い。焦燥感と無力さが胸にあふれる。

だが、いまは安全な場所に行かなければ。崖を登りきらなければ。それだけを考えなければいけない。

登り始めてから十分ほど経っただろうか。頂上が見えてきた。戦車の脚が、平地に届く。四体の戦車は、次々と崖を登り切る。

「みんな、無事!?」

代志子は戦車を降りて、仲間の安全を確認する。振り落とされた者は誰もいないようだ。後ろから、轟々と音がする。峡谷は、巨大な川へと変貌していた。あそこで、ミカが流されているのだ。

「下流に向かおう！　早くしないと、ミカちゃんが死んじゃう！」

そう言って、代志子は戦車に飛び乗る。

ところが。

「冗談じゃないよ！」

叫びが上がる。幾久世だ。

「みんな感染しているかもしれないんだよ！　こんな状況で、あの濁流のなかから救助するの？　無理だよ！」

幾久世は、拳を握りしめ、全身を震わせる。その瞳は、恐怖で見開かれていた。

彼女の姿を見ると、胸がつまり、とっさに返事ができなかった。沈黙が広がる。

「わたしの言っていること、そんなにおかしい!?」

沈黙を埋めるように、幾久世は続ける。

「おかしくないよね!?　タイムリミットが迫ってるんだよ！　いま助けに行けば全滅する！　やっと、帰れると思ったのに。もう嫌だ……帰りたいよぉ……、死にたくないよぉぉ……」

叫び声は、すすり泣きに変わった。

「幾久世……」

千宙が声をかけるが、幾久世は顔を両手にうずめたまま、嗚咽《おえつ》を漏らす。

川の轟音と、泣き声が響き渡る。みな、なにも言えなかった。

「おかしくないわ」

沈黙を破ったのは早紀だった。幾久世に近づき、その肩に手を添える。

「けれど、空上さんと約束したの、受け止めるって。わたしはその約束を破ってしまったわ。だから、助けなきゃいけないの」

幾久世は涙に濡れた顔を早紀に向ける。敵意を持って、にらみつける。

「そんなの、八倉巻さんの都合じゃん！」

「ええ、そうよ。これは、わたしの問題なの。だから一人で行くわ。お願い、戦車を一つ貸してくれない？」

「早紀ちゃん……。わたしも行くよ！」

代志子が思わず言う。

「ダメよ。あなたはリーダーでしょ？　みんなを無事に帰す役目があるのよ。龍造寺さんを元に戻さないと。もう時間がないわ」

早紀の言うとおりだ。一刻も早く、タイムポータルにたどり着かなければいけない。

代志子は早紀の手をつかんだ。

「わかった……。絶対、死なないでよ！」

「心配ないわ。わたしは死なないから」

自信のある笑顔で言い切る早紀。代志子と握手を交わすと、用意ができた戦車に軽々と飛び乗る。

「リア！　空上さんの場所はわかるの？」

「はいさっさー！　ガイドはリアちゃんにおまかせあれ！」

早紀が問うと、リアが空中に出てくる。バスガイド風の衣装を身にまとっていた。

「任せるわね。それじゃあ、行ってくるわ。あなたたちは先に現代に帰っていて。わたしは空上さんを連れて、後から戻るから」

まるでピクニックにでも行くような言葉だが、その声には覚悟があった。

戦車が動き出す。あっという間に、早紀の姿は小さくなる。

見送っている時間はない。代志子は涙を拭き、仲間たちに向かって言った。

「みんな、戦車に乗って。帰ろう！　わたしたちの時代に！」

空上ミカ

ついに幻覚を見始めたか、もう終わりだな……とミカは思った。

それにしても、なんと都合の良い幻覚だろうか。絶体絶命の危機に、愛する人が助けにきてくれるなんて。

「大丈夫!?　はさまれたの!?」

ミカの腕に触れられる。感触がある。幻覚ではないのか。まさか本物の早紀なのか。

「八倉巻さん、なんで、ここに……?」

おそるおそる、尋ねる。

「約束したじゃない。受け止めるって」

ミカは返事をすることができなかった。ドキドキして、口を開いたら心臓が出てきそうだ。

「それよりも、早く脱出しないと。二人で押してみましょう!」

早紀の二つの手と、ミカの一つの手が岩にそえられた。ふたたび、全力を込めて岩を押す。

それでも、ビクともしない。肉体が改造されているという話はなんだったのだろうか。こんなときに役に立たないで、何が肉体改造だ。

いずれにしても、岩は動かなかった。早紀が押そうが、蹴ろうが、変化はない。

「岩を、撃ってみるわ」

早紀が首にかけていた銃を構える。

ズゥゥン。銃弾が岩へとぶつかる。さっきまでとは違う種類の痛みが体を襲う。骨を握られて前後に揺すられたような、気持ちの悪い痛み。

ズゥゥン。ズゥゥン。さらなる痛みの波。早紀に心配されないように、我慢していたが、思わずうめいてしまう。

「痛いの？　ごめんなさい。大丈夫？」

早紀の手が肩にそえられる。彼女の手に触れられるだけで、痛みがスッとなくなるような気がしてくる。

「大丈夫、もっとやって！」

さらに数発の弾丸が岩に放たれる。それでも、変化はあまりない。岩の表面が少し削られただけで、割れる気配はない。

銃撃が無駄であることがわかり、早紀はがっくりとうなだれる。

「これは、切る……、しかないわね……」

おずおずと、危険なことを言うかのようにためらいながら早紀は言う。

「うん、そうだね……」

やはり、腕を切るのか。それしかないのか。

いままで自分の一部であった皮膚を、筋肉を、神経を、血管を、骨を切り裂く。自分でないものにする。想像しただけで、怖い。

沈黙のなかで、濁流の音だけがゴゥンゴゥンゴゥンと聞こえてくる。

早く決断しなければ、このままだと、早紀の命まで危なくなる。いつ何時《なんどき》、濁流が侵入してくるかわからないのだ。

「わかった、やって」そう言葉にしようと、空気を吸うが、どうしても声帯が動かない。

肺が暴走しているように、空気が小刻みに喉から出てくる。

恐怖で苦しむミカを、何かふんわりとしたものが包み込んだ。優しい感触。いい香りがする。長いサラサラした髪が、ミカの頬をくすぐる。

ミカは早紀に抱かれていた。力強い、温かな体に、ぎゅうっと抱きしめられている。

「大丈夫、大丈夫だから」

早紀のその言葉で、恐怖がスッと消えた。魔法の言葉だ。早紀が大丈夫と言うのならば、大丈夫なのだ。

「……うん、大丈夫だよね。切ろう、腕を！」

ようやく、決心がついた。もう怖くないぞ。早紀に切られるんなら、望むところだ。

早紀は上着を脱いで、ミカの右腕に縛りつける。血が止まるほどきつく。止血帯の代わりだ。肉が押し込まれ、停滞した血が血管を圧迫するが、早紀にやられていると思うと、どことなくくすぐったいような妙な快感がある。

「じゃあ、いくよ……！」

早紀が銃を構える。ミカの右手首めがけて。

ミカがうなずきかえした、そのとき。

近くで咆哮《ほうこう》が、響いた。

八倉巻早紀

獣の咆哮だ。かなり近くから聞こえてくる。

野蛮な声。早紀はそう連想した。暴力的で、危険な声。

洞窟の入り口から見下ろし、声の主を探す。いた。黄色がかった毛皮に、黒い水玉模様。ヒョウのような姿だが、凶暴な大きな牙がある。

目を引くのが前脚だ。右の前脚が乱暴に切断されていた。

間違いない。少し前に戦ったあいつだ。マカイなんとか。名前は覚えていないが、あいつに違いない。

マカイなんとかは、早紀たちがいる洞窟に向かい、登ってきていた。ハンディキャップもなんのその、器用に岩をつかみ、スルスルと上がってくる。

「早紀ぃ、どうしたの……？」

ミカの不安そうな声がする。あわてて戻る。

「あいつがやってきたのよ。牙が長いあいつ。マカイなんとか」

「マカイロドゥス？」

「それよ！」

ミカの顔色が曇る。少し考えてから、吐き出すようにつぶやく。

「……わたしのことは、もういいから、逃げて……。お願い」

その言葉に、少しカチンときた。

「はぁ!? そんなこと、できるわけないじゃない。見損なってもらっては困るわ、わたしは八倉巻早紀よ! 名誉にかけて、あなたを守るんだから!」

ミカの手首に、銃口を向ける。

「撃つわよ!」

ミカがうなずく。

ぶしゅ! スイカ割りのときのような、水分を含んだ柔らかいものが潰れる音がした。

ミカが歯を食いしばる。思わず耳をそむけたくなるようなうめき声。こっちまで胸の奥が苦しくなってくる。

手首は、とても直視することができない惨状だった。肉が丸くえぐられた傷口から内部が見える。ぐちゃぐちゃになった赤い組織のなかに、白い筋が見える。

傷口はうごめいていた。血管が息をするように脈動し、血が垂れてくる。躊躇している場合ではない。早紀はミカの腕を握る。肘のすぐ下あたりを、止血するために摑む。

血で染め上がった皮膚は、ぬちゃっとした感触だった。腕を押すと、傷口からにゅるっと黄色い脂肪が顔を出す。歯みがき粉のチューブを押すようだ。ミカがうめく。半ば、パニックになってしまう。ピアノや茶道や英会話なら一通り習っているけど、手術の方法なんて聞いたこともない。こんなことやって、もしかしたら、殺してしまうかもしれない。一瞬、目をつぶる。ミカが死んでしまう光景が浮かんでくる。そんなことになれば、悔やんで悔やんで一生悔やんでも悔やみきれないだろう。

「大丈夫よ、わたしは八倉巻早紀なんだから」

その言葉を、自分に言い聞かす。自信、それが早紀の最大にして最強の武器だ。

指先に、血が動く感触がする。ミカの血。ミカが生きていることのあかし。

ミカを救えるのは、自分しかいないのだ。だったら、何が何でも、頑張らなければ！

目を開ける。傷口を直視する。腕は完全に切れてはいない。穴があいただけだ。切り裂くには、もっと撃たないと。

「空上さん、ごめんなさい！」

二発目を発射する。衝撃で肉の塊が早紀の頬に当たるが、そんなものにかまっている暇はない。

銃撃で、ミカの腕は、骨が露出していた。白いパスタみたいな線で覆われた骨。それらは膜に包まれているようで、ヌラヌラと濡れている。

そうだ、骨。骨をどうにかしないと、ミカを解放することはできない。撃ち続ければ、折ることができるだろうか？

「早紀……、あいつがいる！」

ミカの声で早紀の意識は現実に戻された。

やつだ。マカイロドゥス。洞窟の入り口に足をかけて侵入してきている。

「ここはあなたのくるところじゃないわ！」

怒鳴りながら、乱射する。

一発が、やつの腹に当たった。致命傷とまではいかないが、苦しそうにうめいて、少しずり落ちる。

「とどめよ！」

身を乗り出して、頭を狙う。引き金を引くが、銃弾が出てこない。弾切れ⁉

しかたがなく、ミカのところに戻る。やつは手傷を負っている。いまなら、逃げられるかもしれない。

「ねえ、空上さん、骨を折らなきゃいけないの。どうしたらいいの？」

ミカは、苦しげにうめきながら、切れ切れにつぶやく。

「それなら……、てこの原理を使おう。肘あたりで骨を持ち上げて……、岩を重しにして折るんだ……」

てこの原理。支点と力点との距離が、支点と作用点の距離よりも長いほど、力を節約することができる。この場合は、骨の端が支点、骨と岩が接するところが作用点、肘あたりが力点だ。

「わかった、それでいきましょう！」

早紀の両手がミカの肘をつかむ。ミカも、しゃがみこみ、左手で右手を持つ。

「せーのっ！」

二人の声が重なる。

血で滑りそうになりながらも、力を込める。ミカの骨を感じる。やわらかな肉で囲まれた固い棒。

骨が岩に当たっているのか、抵抗を感じる。ミカは苦悶の叫びをあげた。思わず、力を緩めてしまいそうになるが、心を鬼にして押し続ける。

パーン！　乾いた音。手拍子がうまくいったときのように、高い音が響く。ミカがブルッと全身を震わせて、叫ぶ。焼けつくような声が、早紀の耳を襲う。声は、刃物のように、全身の皮膚をビリビリと引き裂く。吐きそうだ。こんな声を聞いていたくない。

「ああ、痛い？　痛いの？」

混乱して、当たり前のことしか聞けなくなる。

「もう一度、やって……！　腕には……、二本、骨があるから……」

息も絶え絶えのミカが、言葉を苦労して吐き出す。苦痛に満ちたその顔は、しかし、決意に満ちている。

たしかに、銃創からは、二本の骨が見えた。親指側と小指側。親指側のほうが少し細い。おそるおそる、手首のあたりを触ると、折れているのは小指側の骨のようだ。内出血をしたのか、筋肉がぼこりと膨らんでいる。

ミカの苦痛を見ると、早紀も涙が出てきた。お願い……、お願い……！　誰かこの子を救ってあげて……。

いや、願っていても無駄だ。彼女を救えるのは自分しかいないのだ。この子を救うのは、八倉巻早紀の義務であり責任だ。

「ほんとうに、ごめんなさい！」

一気に骨をねじ込み、折る。パーン！　ふたたび、悲鳴。

早紀は震えるミカを抱きしめた。何度も何度も固く両手でハグした。

「あり……がとう……。大丈夫……、だから……」

にっこりと、ミカが笑みを浮かべる。安心させるために、無理をしているのだろう。汗が玉になりだらだらと額から落ちている。

骨は二本とも折った。あとは、筋肉を切ればいい。

ナイフを持ち、銃弾があけた穴に振り下ろす。料理のとき、まな板の上で豚肉や鶏肉を切っている感覚と気味が悪いほど似ている。人間って、肉でできていたんだ。そんな当たり前のことがひどく衝撃的だ。

反対側の皮膚が膨らみ、赤い刃先が現れる。刃を肉に刺したまま、スライスするようにナイフを動かす。動脈を傷つけたのか、血が滴ってくる。

血糊で手元が滑る。砂を握り、血を吸収させる。タオル代わりだ。

予想外に、切りにくい。丈夫な紐のような筋が何本もあり、そこにぶつかるたびにナイフが止まる。小刻みにナイフを動かして、削りとるように切っていく。

やがて、白いパスタのような組織が傷口から垂れ下がる。ナイフがそれを触ると、ミカが叫んだ。

これまでの叫びとは、まったく質が違う叫び声。聞いている早紀の両耳から侵入し、脳を押しつぶすような高くて悲惨な声。たぶん、これは神経なのだろう。

ああ、嫌だ！ こんな悲鳴は聞きたくない。耳を塞ぎたい。目を閉じたい。ここから逃げ出したい。

でも、そんなことは許されない。名誉にかけて、この子を守らなければ！

「ごめんなさい！」

一息に神経を切る。ギターの弦のように弾力があり、ナイフに力を込めると伸びて体外に出る。プチン！ ゴムが切れたときのような音がする。

早紀は、一種の麻痺状態になっていた。精神の過負荷を減らすために、無意識のうちにミカの様子を無視するようになった。あまりにも悲惨すぎて、そうでもしないと手を止めてしまうのだ。

ただ、目の前にある肉を切ることに専念する。ぎゅいぎゅいぎゅいぎゅいと、ナイフを前後に動かして筋肉を刻んでいく。

やっと、すべての筋が切れた。残るは皮膚だけ。皮膚は、筋肉がなくなったことで、半透明の膜のようになっていた。魚の皮でもはぐように、皮膚をナイフの腹でなでる。

「切ったわ、腕を……。大丈夫、動ける⁉」

蒼白な顔になっているミカは、うなずき、ゆっくりと、後ろに下がる。傷口から、血管と腱と神経がだらりと垂れる。折れた骨の先端が見える。骨のなかからは、透明な液体が滴る。

本体から切り離された右手は、縮んで見えた。洗濯して、しわくちゃになった、手袋みたい。

「ううっ！」

ミカが地面に転がる。あわてて抱きかかえる。傷口から血が漏れ出したので、止血帯代わりの服をきつく結び直す。

「空上さん……！　大丈夫？　立てる？」

「うん……、ありがとう。それと……」

痛みに歪んだ顔が、一瞬笑ったような気がした。

「できたら、ミカって呼んでほしいな」

それに対する早紀の答えは、咆哮に妨げられた。

マカイロドゥスだ。前脚を切断され、腹に弾を食らっても、気力を失っていないようだ。

むしろ、闘争心は高まり、眼が爛々と輝いている。

もはや、銃は使えない。武器はこれしかない。

早紀は小さなナイフをまっすぐに向ける。

「下がって！　わたしが、あなたを守る！」

こいつを殺す。そうしなければ、ミカは死んでしまう。絶対に、守り抜くんだ！

ナイフを両手で持ち、刃を放つような勢いで走り出す。

ぶずっ！　手応えが感じられる。やつの首元にナイフが刺さる。厚い毛皮を通して、鋭い刃が入り込んでいく。

やった！　歓声を上げようとした瞬間、衝撃が走る。お腹の空気が一気に抜けて口から出てくる。

マカイロドゥスの頭突きによって、早紀はバランスを失う。勢いあまって岩壁に叩きつけられる。

口のなかにたまった血を吐き出し、フラフラとよろめきながら早紀は立ち上がる。

これくらい、なんでもない。ミカの痛みに比べれば。

ナイフは手から消えていた。マカイロドゥスの首元に刺さったままだ。やつの動きはにぶっていない。ナイフが傷を塞いで出血がないためだろう。

すべての武器を失った。早紀はそれでもあきらめることなく、拳を握ってミカの前に立つ。

この子に、触れさせなんてしない。わたしは、八倉巻早紀だ。彼女を守ると誓ったからには、絶対にやり遂げる。

たとえ、命に代えてでも。

「空上さん」

早紀は、マカイロドゥスにゆっくりと近づく。

「逃げて……！　あいつが、わたしを襲っているあいだに」

「そんな……、そんなの、嫌だ！　死んじゃうよ！　早紀がいなくなるなんて嫌だ！　せっかく、仲良くなれたのに……」

子供のように泣きじゃくるミカ。

早紀はほほえみながら、一歩一歩前に出ていく。

脳裏にあるのは、できるだけ時間をかせぐことだ。やつに組みついて、ミカが逃げるまでおとりになるのだ。

生き抜くこと、そのことはもう考えていなかった。最悪、死んだあとも、肉としておとりの役目は果たせる。

マカイロドゥスの口が開く。唾液が滴る牙がヌラヌラと光る。よしっ、首元に飛び込もう。刺さっているナイフを横に引いて、首から出血させよう。

そう決断した瞬間、黒い影が天空から舞い降りた。

影は、マカイロドゥスめがけて雷のように突き刺さる。

「ピィィィィィ！」

影が鳴いた。マカイロドゥスもそれに応えるように咆哮する。

鳥だ。美しい鳥が、マカイロドゥスの顔にかぎ爪を打ち込んでいる。

「ペディーだ！　ペディーだよ！」

ミカが叫ぶ。そうだ、影の正体はあのハヤブサ、ペディーであった。

鷹匠の先生から言われたことを思い出す。ハヤブサは記憶力にすぐれ、餌をもらった人の顔を一生忘れないという。

燻製肉を与えられた恩を忘れずに、早紀たちを助けにきてくれたのだ。

マカイロドゥスは飛び回る虫を払うように腕を振り回すが、むなしく空を切る。

ペディーは空中で猛攻を慎重に避けながら、その隙を狙い、急降下する。

狙うは、眼球だ。

「ぐがぉぉぉおおおおおお！」

風圧を感じるような咆哮。そこには、いままでにない痛々しい苦しみが混じっていた。

マカイロドゥスの眼球が潰れる。ペディーのかぎ爪により、角膜が破れ、水晶体が破壊され、視神経が体外に出る。

巨体がよろめく。いまがチャンスだ！

早紀は渾身《こんしん》の力を込めて、マカイロドゥスを蹴る。一回、二回、三回。そのたび、動物の体が後退していく。

マカイロドゥスがバランスを崩す。そのすぐ後ろは、絶壁である。追い詰めた！

「これで、終わりよ！」

早紀の体当たりで、マカイロドゥスが転げ落ちていく。くるくると体が回り、突き出た岩に打ちつけられる。血と脳漿《のうしょう》を撒き散らしながら、加速して深淵へと落下……！　最後には、轟音を立てる濁流へと呑み込まれる。

その上を、優雅にペディーは飛んでいた。旋回しながら、まるで別れを告げるように鳴く。その高い音は、峡谷にこだました。

「ペディー！　感謝するわ！」

早紀は鳥の姿が見えなくなるまで、大きく手を振った。

これで、敵はいなくなった。あとは、ミカと一緒に元の時代へ帰るだけだ。

「行くわよ！」

ミカを支えて、一歩一歩、前へ進む。

さあ、崖を登ろう。

空上ミカ

存在しない右手の代わりに、早紀の左手がある。

不思議な感覚。まるで自分の体が、連続的に早紀につながっているよう。

ミカは崖を登っていた。早紀と二人で。

なくなった右手の根本に、早紀の指が絡みついている。早紀に右手を握られながら、左手で、手がかりとなる岩を探る。

右手が使えなくなったミカは、それでも器用に崖を登っていく。むしろ、手があるときよりも速い。

すべては、早紀のおかげだ。早紀が隣にいて支えてくれるおかげで、高いところも怖くない。落下の恐怖から守られている。

いまだに激痛に襲われるが、早紀に触れられていると思うと、それも我慢できる。

ひどく寒い。体の芯から震えが走る。血が失われているのだろう。止血帯の上から早紀が傷口を押さえてくれているが、それでも赤い液体が垂れているのを感じる。一方で、頭のなかが熱い。汗が止まらない。暑さで脳が溶けて汗に混じって外に出ていくよう。

「頑張って、あと少しで頂上よ！　そこに、戦車があるから！」

早紀の掛け声で、ちょっとだけ意識が回復する。

本当だ。無限に続くと思われていた岩の壁が、上の方で途切れている。

あそこまで行けばゴールだ。早紀と一緒に生き抜くんだ！

ミカは、最後の気力を振り絞る。

早紀と一緒に、早紀と一緒に……。そう繰り返すと、まるで自分と早紀が一体になったかのように錯覚してしまう。朦朧《もうろう》とした頭がおかしなことを考える。自分は早紀で、早紀は自分だ……。血が早紀と混ざり合い、傷口に触れられることで、一心同体となったのだ。

ミカの認識では、自分の体と早紀の体との区別はなかった。三つの手と四本の脚を持つ一人が、崖を登っている。

早紀の意識はミカの意識で、ミカの意識は早紀の意識だった。その一つの意識は、バランスを保ちながら、自らの肉体を上昇させていく。

「――やったわ！　頂上よ！」

果てしなく積み重なっていた岩が消える。まばらに草が生える荒野が目の前にある。谷にいるあいだは見ることができなかった地平線が、ふたたび現れた。おなじみの、節くれだった脚を何本も生やした巨体——どうぶつ戦車も停まっている。

目の前の課題が解決されたからか、急に疲れてきた。いままで、無理をして体を動かしてきた緊張が途切れ、操り人形の糸が切れたようにだらりと体を地に落とす。

「どうしたの⁉　しっかりして！」

早紀の声が遠くから聞こえる。子守唄のようだ。とても疲れていて、つらいはずなのに、ぬくぬくとした布団に潜っているように気持ちがいい。いまにも、寝てしまいそう。

「お願い……！　目を覚まして！　ミカ！」

ああ、なんて幸せ者なんだ。早紀から、『ミカ』って呼ばれるなんて。

一生のお願いが叶ったようなものだ。これでもう悔いはない。安心して、眠れる。

ミカの意識が、闇のなかへと落ちる。

エピローグ

空上ミカ

バスから降りたミカの頬に、風が当たる。暖かく、草の匂いを含んだ風。夏の訪れを感じさせる。

あの『大進化どうぶつデスゲーム』から生還して、三ヶ月が経っていた。

八百万年前の北アメリカで右手を失ったミカは、気絶してしまった。それからあとのことは覚えていない。気づくと、元の時代に帰っていたのだ。早紀の話では、戦車でタイムポータルに急行し、命が尽きる前になんとか精神を転送できたらしい。

目を覚ますと、切ったはずの右手があった。傷一つなく、自由に動かせる。オリジナルの体に精神が戻ったのだ。感染していた桜華や幾久世や小夜香たちも、健康体であった。

そこは、いつもの教室だった。巨大なネコも、サルもいない、平和な日常。死んだはずの薫先生も、生きている。

クラスメイトたちも、ミカと同時に目覚めた。

十八人の手首に刺さっていたタイムポータルのケーブルは、目覚めと同時に消えていった。空中に溶けるように自己分解したのだ。残ったタイムポータルは、片手でつかめるくらい小さく縮んだが、残っている。いまは、学校の裏庭に埋めている。

ミカたちの体感時間では、タイムトラベルから一日が経過していたが、この世界の基準では時間は経っていないらしい。宇宙変容に伴う揺れから起こったことは、すべてリセットされ、数学の授業の途中から再スタートした。リアが言っていたように、デスゲームに勝った結果、ネコ宇宙はなかったことになり、またヒト宇宙が成立したのだ。

薫先生からすると、数学の授業の途中に、生徒たちが全員騒ぎ出したようにしか見えないだろう。

だけど、すべてが元に戻ったわけではない。陽美の精神は失われた。

呼吸も脈拍もあり、はたから見ると眠っているようにしか見えないが、なんの反応もない植物状態になってしまった。いまは、病院で人工呼吸器につながれている。病名は不明だ。ミカたちは話し合って、デスゲームについて黙っていることに決めたのだ。正直に話しても、絶対に信じてもらえないだろう。

現在に戻ってきてから、すべての発端であるあの美少女キャラクター、シグナ・リアが現れることはなかった。

バスからしおりが出てくる。ミカは彼女の手を持って降りるのを助けた。

この三ヶ月、しおりとはだいぶ仲良くなった。同じ秘密の思いを抱いた仲間なのだ。ゆっくりとだが、何度も言葉を交わすうちに、互いに支え合う関係性を築くことができた。どちらもコミュ障であるため、あいかわらず会話は少ないが、二人でいる時間が居心地良く感じられるようになった。こんなこと、はじめてかもしれない。

今日は、しおりと休日をすごすことになった。友だちと遠出するなんて久しぶりなので、けっこう緊張する。何を着ていくか二、三日悩んだほどだ。結局、背伸びしても失敗するだろうという判断から、Tシャツとパーカーとガウチョパンツという無難なコーデに落ち着いた。

出かける場所は、少し離れた博物館だ。ミカのお気に入りの場所で、かなりの回数通っているが、飽きることはなかった。しおりにも、その魅力を知ってもらいたくて提案したのだ。

エントランスに入ると、恐竜や翼竜、古代魚の化石標本が出迎えてくれる。

「なんだか、荘厳な気持ちになりますね」

しおりがそう言ってくれて、自分のことのように嬉しい。

展示は地球の歴史に沿って並んでいた。通路を進むごとに、時代が現在に近づく。

ミカとしおりは、薄暗い展示室を歩く。地球誕生から現在までの四十五億年の時間を旅する。

四十億年前、最初の生命が誕生し、進化が始まる。六億年前に、大型の活動的な生物——動物が生まれる。五億四千万年前から始まるカンブリア紀において、動物たちは肉食というパンドラの箱を開く。進化というデスゲームは一気に加速する。古生代が幕を開ける。

カンブリア紀の海を泳ぐ小指の先ほどの小さな脊椎動物たちはやがて、魚類となり、上陸を果たして両生類となる。両生類は乾燥に適応し、爬虫類となる。繁栄を始める爬虫類たちだが、二億五千万年前のペルム紀末に起きた謎の大絶滅によりほとんどが滅んでしまう。これにより、古いタイプの動物は消えていき、新しいタイプへの移行が起きる。古生代が終わり、中生代が始まる。

大絶滅から逃れた動物たちの一部は、低酸素の環境に対応するため、肺へ効率的に酸素を送る気嚢《きのう》という器官を発達させる。この器官を手に入れた種たちは、大型化して恐竜となる。一方、別のルートを取った種たちもいる。肺を押す横隔膜を発達させたのだ。この種たちは、小型化して主に夜行性の生活を送る哺乳類へと進化する。

中生代において、恐竜は食物連鎖の上部に立ち、哺乳類はその下に位置した。ところが、六千五百万年前の隕石衝突による大絶滅で、恐竜の大部分は死滅する。このチャンスを逃すことなく、さまざまな環境に拡散していく哺乳類たち。一方、絶滅をまぬがれた恐竜の一部は鳥類となり、大空へと進出していく。

その後始まる新生代では、温暖湿潤《しつじゅん》な気候のなかで、哺乳類たちは大いに繁栄した。ところが、南極大陸の氷河化と、ヒマラヤ山脈の誕生により一気に寒冷乾燥化へと転じる。新しい環境に適応できない種は絶滅する他ない。

八百万年前の北アメリカで実際に出会った動物たちの化石も、展示されていた。狩りの獲物であったシンテトケラス、ハイエナに似たボロファグス、そして、命がけの戦いを交わしたマカイロドゥス。

ミカとしおりは、ついに、自らの種である人類の誕生を紹介するコーナーに入る。五百万年前、アフリカ大陸の一角で直立歩行する大型霊長類たちが誕生し、全世界に広まっていく。かつては、多種多様な人類がいた。そのなかで、現生人類――ホモ・サピエンスのみが生き残り、他は消え去ってしまった。

二人は最後のコーナーに行き着く。『現在進行中の大絶滅』と記された展示室。進化の歴史において、過去に五回の大きな絶滅があった。だが、今、それを上回る巨大絶滅が起こっているのだ。進化のデスゲームを勝ち抜いてきたヒトの活動により、環境が破壊され、多数の種が消えている。

これらの常設展示は、ミカにはおなじみのものだ。何度もここにきているため、説明文を空で言えるくらいだ。

でも、しおりが隣にいるだけで、まるで初めて見ているような気持ちになる。あまり言葉は交わさなかったが、沈黙は怖くなかった。ゆっくり、展示物を見ながら、一言二言感想を言い合うだけで、楽しい時間が流れる。

その時間は、突如として終わりを告げる。

二人の体から、神秘的な光が出てきたのだ。頭を殴られたときに脳裏に走るピンク色の稲妻にも似ている、輝き。それが、体の深いところから放たれていた。

それに驚く間もなく、激しい揺れが襲いかかってきた。奇妙で気持ちの悪い揺れだ。地震のときと違って、空間そのものが揺れているようだ。

この事態に、覚えがあった。あの、運命の日。『大進化どうぶつデスゲーム』に参加することになった日と同じことが起こっている。

揺れが収まると、案の定、博物館のなかが様変わりしていた。急に年月が経ったように、荒廃している。

ミカとしおりのスマホが同時に鳴る。

押し寄せる不安と絶望に手を震わせながらも、スマホをとる。

思い出したくもない人物がそこに映っていた。いや、人ではなくキャラクターだ。ＣＧでできた美少女キャラクター。

シグナ・リアはオーバーな身振りを交えて、宣告する。

「はーい！　おひさしぶりっ、リアちゃんでーす！　大進化どうぶつデスゲーム、第二回戦はじまるよー！」

本書は書き下ろし作品です。

四紀の生物』技術評論社
冨田幸光（2002）『絶滅した哺乳動物たち』丸善出版
冨田幸光（2011）『新版絶滅哺乳類図鑑』丸善出版
ユヴァル・ノア・ハラリ（2016）『サピエンス全史　文明の構造と人類の幸福』（柴田裕之訳）河出書房新社
広瀬立成（1977）「陽子-反陽子消滅過程」、『日本物理学会誌』vol.32(1)
アラン・フェドゥーシア（2004）『鳥の起源と進化』（黒沢令子訳）平凡社
リチャード・フォーティ（2008）『地球46億年全史』（渡辺政隆・野中香方子訳）草思社
古川政美（監督）（1994）『ジーンダイバー』アミューズ（アニメ作品）
丸山茂徳（2016）『地球史を読み解く』放送大学教育振興会
宮尾益知（2016）『女の子の発達障害　思春期の心と行動の変化に気づいてサポートする本』河出書房新社
都城秋穂・鈴木秀夫・冨田幸光・米倉伸之・棚井敏雅・坂口豊（編）（1997）『アメリカ大陸の誕生　アメリカ大陸の自然誌1』岩波書店
G・ミルバーン（2003）『ファインマン・プロセッサ　夢の量子コンピュータ』（林一訳）岩波書店
アーロン・ラルストン（2005）『アーロン・ラルストン　奇跡の6日間』（中谷和男訳）小学館
NHK広島「核・平和」プロジェクト（1999）『原爆投下・10秒の衝撃』日本放送出版協会
HAIR（2018）『ヘアゴム一本でできる「まとめ髪」便利帳』宝島社

[英語文献]

Bedecarrats, A., Chen, S., Pearce, K., Cai, D., & Glanzman, D. L. (2018). RNA from Trained Aplysia Can Induce an Epigenetic Engram for Long-Term Sensitization in Untrained Aplysia. *eneuro, 5(3),* ENEURO.0038-18.2018. doi:10.1523/eneuro.0038-18.2018

Ebisuzaki, T., & Maruyama, S. (2015). United theory of biological evolution: Disaster-forced evolution through Supernova, radioactive ash fall-outs, genome instability, and mass extinctions. *Geoscience Frontiers*, 6(1), 103-119. doi:10.1016/j.gsf.2014.04.009

Hardy, L. (2009). Quantum Gravity Computers: On the Theory of Computation with Indefinite Causal Structure. *The Western Ontario Series in Philosophy of Science,* 379-401. doi:10.1007/978-1-4020-9107-0_

参考文献

[日本語文献]

阿岸祐幸(編)(2012)『温泉の百科事典』丸善出版

ピーター・ウォード、ジョゼフ・カーシュヴィンク(2016)『生物はなぜ誕生したのか　生命の起源と進化の最新科学』(梶山あゆみ訳)河出書房新社

井頭昌彦(2010)『多元論的自然主義の可能性　哲学と科学の連続性をどうとらえるか』新曜社

小笠原鳥類(2016)『小笠原鳥類詩集』思潮社

葛西奈津子(2008)『進化し続ける植物たち』化学同人

小泉格(2014)『鮮新世から更新世の古海洋学　珪藻化石から読み解く環境変動』東京大学出版会

講談社(編)(1986)『世界の国立公園1北アメリカ』講談社

小塩和人・岸上伸啓(編)(2006)『アメリカ・カナダ　大地と人間の物語』朝倉書店

このは編集部(2014)『ホネホネ博物館』文一総合出版

小松美枝子、小松紀三男(1997)『ハーブの事典―香りと味のエッセンス』成美堂出版

更科功(2018)『絶滅の人類史　なぜ「私たち」が生き延びたのか』NHK出版

イアン・ジェンキンス(2004)『生命と地球の進化アトラスIII　第三紀から現代』(小畠郁生訳)朝倉書店

主婦の友社(編)(2016)『BEST HIT!運命が変わるレングス別ヘアカタログ1500　スタイル数、日本一!　カウンセリングでの使いやすさはトップ美容師が太鼓判!』主婦の友社

主婦の友社(編)(2019)『Ray特別編集　可愛いコがしているおしゃれヘアカタログ1500　Spring & Summer』主婦の友社

リチャード・エヴァンズ・シュルテス(2007)『図説快楽植物大全』(鈴木立子訳)東洋書林

高橋正道(2006)『被子植物の起源と初期進化』北海道大学図書刊行会

宝島社(編)(2018)『Sweet特別編集　Myベストヘア2019』宝島社

アビゲイル・タッカー(2017)『猫はこうして地球を征服した　人の脳からインターネット、生態系まで』(西田美緒子訳)インターシフト

土屋健、群馬県立自然史博物館(監修)(2016)『古第三紀・新第三紀・第

著者略歴　1990年広島県生，北海道大学大学院理学院所属，作家「最後にして最初のアイドル」（早川書房刊）で第4回ハヤカワＳＦコンテスト特別賞，第48回星雲賞（日本短編部門）受賞

HM=Hayakawa Mystery
SF=Science Fiction
JA=Japanese Author
NV=Novel
NF=Nonfiction
FT=Fantasy

大進《だいしん》化《か》どうぶつデスゲーム

〈JA1371〉

二〇一九年四月二十日　印刷
二〇一九年四月二十五日　発行

（定価はカバーに表示してあります）

著者　草《くさ》野《の》原《げん》々《げん》
発行者　早川浩
印刷者　入澤誠一郎
発行所　株式会社　早川書房

郵便番号　一〇一 - 〇〇四六
東京都千代田区神田多町二ノ二
電話　〇三 - 三二五二 - 三一一一（大代表）
振替　〇〇一六〇 - 三 - 四七七九九
http://www.hayakawa-online.co.jp

乱丁・落丁本は小社制作部宛お送り下さい。送料小社負担にてお取りかえいたします。

印刷・星野精版印刷株式会社　製本・株式会社明光社

ISBN978-4-15-031371-5 C0193

本書は活字が大きく読みやすい〈トールサイズ〉です。